방 황

루쉰 소설집

방 황

루쉰 지음 | 정석원 옮김

문예출판사

彷徨

鲁迅

차 례

축복 祝福[1]

음력 세밑이야말로 가장 세밑다운 기분이 난다. 시골이나 중소 규모의 도시는 말할 것도 없고, 하늘에도 곧 불어닥칠 새해의 기상이 나타난다.

회백색의 묵직한 저녁 구름 사이로 간혹 섬광이 번뜩이는가 싶더니 곧이어 둔탁한 소리가 들려온다. 부뚜막 신[2]께 제사를 올린 다음 하늘로 보내드리는 폭죽 소리다. 혹 가까운 곳에서 터지는 놈이라도 있을 때면 위력도 더 커서 폭음이 귓전을 때리곤 하는데, 그 소리가 미처 사라지기도 전에 공기 중에는 이미 메케한 화약 내음이 잔뜩 퍼져 있게 마련이다.

나는 바로 이날 밤에 내 고향 루전(魯鎭)으로 돌아왔다. 비록 고향이라고는 하나 사실은 모두 이사 간 데다 집도 없어졌기 때문에 나는 루쓰(魯四) 나리 댁에 잠시 머물 수밖에 없었다. 그는 나와 한집안 사람인데 나보다는 한 항렬이 위였다. 그러므로 '넷째 아저씨 (四叔)' 쯤으로 불러야 할 분으로, 과거 성리학을 가르쳤던 늙은 감생(監生)[3]이었다.

그는 옛날에 비해 그리 크게 변한 것이 없었다. 단지 조금 더 늙었을 뿐인데, 아직도 수염만은 기르지 않고 있었다.

우리는 만나자마자 인사말을 주고받았다. 인사말이 끝나자 그가 나를 보고는 대뜸 한다는 말씀이 '뚱뚱해졌구나!' 한마디였다. 그러고 나서는 신당(新黨)[4]에 대해 한바탕 욕설을 퍼부어대기 시작했다.

나는 이 노인이 무엇에 빗대어 나를 욕할 분은 결코 아니라는 것을 잘 알고 있었다. 그가 욕하고 있는 것은 캉유웨이(康有爲)[5]였다. 하지만 나와 그런 유의 대화를 나눈다는 것이 서로 죽이 썩 잘 맞지는 않았기 때문에 얼마 지나지 않아 서재에는 나 혼자만 댕그라니 남게 되었다.

이튿날 나는 아주 늦게 일어났다. 점심을 먹고 나서 몇몇 친척과 친구들을 만나려고 밖으로 나가보았다. 나는 사흘째가 되던 날도 그렇게 하루를 보냈다.

내가 만나본 사람들도 그동안 크게 변한 것은 없었고, 그저 약간 늙었을 뿐이며 어느 집안이나 할 것 없이 온통 '축복(祝福)'[6]을 준비하느라 여념이 없었다.

축복은 매년 섣달그믐이면 루전에서 치르는 커다란 제사다. 그런 만큼 온갖 정성과 예를 다 갖춰 복신(福神, 행운의 신)을 맞아들임으로써 내년 한 해의 운수가 대통하기를 기원한다. 그래서 닭과 거위를 잡고 돼지고기도 마련하는 등 그야말로 온갖 정성을 다해 정갈하게 잘 씻는다.

그러다 보니 아낙네들의 팔은 물에 퉁퉁 불어 온통 벌게지기 마련이다. 실을 꼬아 엮은 줄로 만든 은팔찌를 낀 아낙네도 있었다. 고기를 푹 삶고 나면 이번에는 고기 위에 젓가락을 여기저기 어지럽게 꽂아두는데, 그것을 '복례(福禮)'라고 부른다.

새벽 4시가 되면 제물들을 제사상에 잘 차려놓는다. 그런 다음 향과 초를 사르고 복신을 모셔서 많이 드시도록 축원한다. 제사는 남자들만 모실 수 있다. 제사가 끝나고 나면 이번에는 옛날과 다름 없이 폭죽을 터뜨린다.

이런 행사는 매년, 그리고 집집마다 그렇게 해왔다. 따라서 복례 나 폭죽 따위를 살 형편이 되는 사람들은 아마 올해에도 모두 그렇 게 할 것이다.

하늘빛이 갈수록 음침하게 어두워지더니 오후가 되자 눈이 내리 기 시작했다. 눈송이가 큰 놈은 매화만 했다. 이놈들이 하늘 가득 휘 날리고 여기에다 희뿌연 연기와 사람들의 분주한 기색까지 더하자 루전은 그야말로 한바탕 북새통으로 빠져들었다.

내가 넷째 아저씨의 서재로 돌아왔을 때는 이미 지붕 위 기왓골 에 하얀 눈이 내려앉아 있었다. 그 때문에 방 안에도 눈빛이 꽤나 밝 게 비쳐 들어와 벽에 걸려 있는, 주사(朱砂)로 탁본을 뜬 커다란 '목 숨 수(壽)' 자가 무척이나 또렷하게 드러나 보였다.

그것은 진단(陳搏)[7]이 쓴 것이다. 대련(對聯) 한쪽은 벌써 떨어 져 나가서 그랬는지 그냥 느슨하게 둘둘 말린 채 탁자 위에 놓여 있 고, 여전히 걸려 있는 다른 한쪽에는 '사리통달 심기화평(事理通達 心氣和平, 사리에 통달하게 되면 마음이 평화스러워진다)'[8]이라고 쓰여 있었다.

나는 또다시 심심하고 따분해졌다. 그래서 창 밑의 책상 쪽으로 가서 그 위에 놓여 있는 책 무더기를 한번 뒤져보았다. 그랬더니 전 질(全帙)에서 좀 빠진 듯한, 완전한 것 같지는 않은 《강희자전(康熙 字典)》과 《근사록집주(近思錄集注)》 1권, 그리고 《사서친(四書襯)》 1권 따위가 눈에 들어왔다.[9]

어찌 되었거나 나는 내일 이곳을 떠나기로 굳게 마음을 먹었다. 더군다나 어제 우연히 마주친 샹린(祥林) 아줌마[10]의 일을 생각하면 더는 이곳에 편안하게 머물 수가 없었던 것이다.

그것은 오후였다. 나는 루전의 동쪽 어귀에 사는 한 친구를 찾아
갔다가 걸어 나오던 길에 강가에서 우연히 샹린 아줌마를 만났다.
그녀의 부릅뜬 두 눈에서 나오는 눈빛을 본 순간, 나는 틀림없이 그
녀가 나를 향해 걸어오고 있다는 것을 알았다.

내가 이번에 루전에 와서 만나본 사람 사람들 가운데 그녀만큼
변화가 큰 사람은 없었다. 5년 전만 해도 희끗희끗하던 머리가 이제
는 온통 백발이 되어 마흔 남짓이라는 나이에 통 어울리지가 않았
다. 얼굴은 온통 깡마르다 못해 누런 바탕에 군데군데 검은 반점이
돋아나 있었으며, 더더구나 옛날의 그 슬픈 표정마저 싹 가시고 이
제는 마치 목각 인형처럼 무표정한 사람이 되어 있었다. 다만 간혹
움직이는 눈동자만이 그녀가 아직도 살아서 움직이고 있는 물체라
는 것을 알려줄 뿐이었다.

그녀는 한 손에 대바구니를 들었는데 그 속에는 이가 빠진 텅 빈
밥그릇 하나가 들어 있었다. 다른 손에는 자기 키보다도 더 긴 대나
무 막대를 짚고 있었다. 아래쪽 끝자락도 갈라져 있고 하여 그것은
벌써 영락없는 거지꼴이었다.

나는 그 자리에 우뚝 서서 그녀가 돈을 구걸할 것에 대비했다.

"돌아오셨군요?"

그녀는 먼저 이렇게 물었다.

"예."

"마침 잘됐네요. 당신은 글자를 알지요? 게다가 외지에 나가 살
았으니 견문도 넓을 테고요. 묻고 싶은 게 하나 있는데요……."

순간 초점도 없던 그녀의 눈에서 갑자기 빛이 번쩍였다.

나는 그녀가 이런 말을 할 줄은 꿈에도 생각하지 못했던 터라 그저 의아스레 서 있었다.

"다름 아니라……."

그녀는 두어 걸음을 앞으로 내딛더니 낮은 목소리로, 무슨 극비 사항이라도 되는 듯 소곤거리면서 말했다.

"사람이 죽고 나면 도대체 영혼이 있나요, 없나요?"

나는 순간 모골이 송연해졌다. 뚫어져라 나를 쳐다보는 그녀의 눈을 본 순간, 꼭 등줄기에 가시라도 박힌 느낌이었다. 마치 학교에서 아무런 예고도 없이 시험을 보는데, 하필이면 선생님이 죽어라고 내 옆에만 서 있는 바람에 불안하고 초조하던 그때보다도 더 무서웠다.

'영혼이 있느냐, 없느냐?'

사실 그 문제에 대해서는 나 자신도 여태껏 한 번도 생각해본 적이 없었다. 그렇지만 지금 이 순간, 내가 그녀에게 어떻게 대답해야 좋단 말인가? 나는 매우 짧은 순간이나마 주저하면서 생각해보았다.

이곳 사람들은 관습적으로 귀신의 존재를 믿는다. 하지만 그녀는 도리어 귀신의 존재에 대해 의혹을 품고 있지 않은가? 아니, 그보다는 영혼이 존재하기를 바라고 있는 것은 아닐까? 아니면 존재하지 않기를 바라는 것일까?

하필이면 나처럼 인생의 말로(末路)를 걷고 있는 사람에게 고뇌를 더 안겨줄 것은 또 뭐란 말인가? 그녀를 생각해서라도 그냥 '영혼이 존재한다'고 말하는 편이 좋을 것 같다는 생각이 들었다.

"내 생각으로는…… 아마도 있을 겁니다."

하고는 어물어물 대답해주었다.

"그렇다면 지옥도 있겠네요?"

"아! 지옥 말인가요?"

나는 이번에도 깜짝 놀라 얼른 얼버무리듯 말하는 수밖에 없었다.

"지옥 말이지요? 음…… 이론상으로는…… 마땅히 있어야겠지요. 하지만…… 꼭 그렇지 않을 수도 있고…… 에잇, 누가 그런 것에 관심을 갖나요?"

"그럼 집안에 죽은 사람이 있다면 그들을 모두 만나볼 수 있을까요?"

"그야 뭐, 뭐…… 만나볼 수도 있겠고, 못 만나볼 수도 있겠고……."

순간 나는 내 자신이 세상 어디에도 없는 멍청이라는 사실을 알게 되었다. 아무리 주저하고 또 궁리도 해보았지만, 이 세 가지 질문에 대해 제대로 된 답변 하나 해주지 못했기 때문이다.

불현듯 내 자신이 위축되는 듯하면서 방금 한 말들을 몽땅 뒤집어버리고 싶다는 생각이 들었다.

"그것은…… 사, 사실은 말이지요, 저도 딱 부러지게 말씀드릴 수가 없어서……. 사실 영혼이 있느냐 없느냐 하는 문제는 저 역시 딱 부러지게 말씀드릴 수가 없네요."

그녀가 또 무슨 질문을 들이댈지 모를 일이었다. 그래서 틈을 주지 않기 위해 얼른 성큼성큼 발을 내딛고는 황급히 도망치듯 넷째 아저씨네 집으로 돌아왔다. 그러나 마음은 굉장히 편치 않았다.

나는 곰곰이 생각해보았다. 혹시 내가 해준 대답 때문에 그녀가 어떤 위험에 빠지지는 않을까? 아마도 그녀는 남들이 '축복'을 올릴 때 오히려 쓸쓸함을 느꼈는지도 몰라.

그런데 그녀의 물음에 다른 뜻이 숨겨져 있던 것은 아닐까? 그것이 아니라면 무슨 예감이라도 들었던 것은 아닌지?

만약 다른 뜻이 있었다면 혹 그 대답이 빌미가 되어 어떤 사건이 일어날 수도 있고, 또 그렇게 되면 답을 해준 나도 정말이지 일말의 책임을 면키 어렵지 않을까?

그렇지만 나는 곧이어 스스로 웃고 말았다. 우연히 일어난 일, 무슨 깊은 뜻이야 있을라고? 그런 것을 가지고 꼼꼼히 따지고 앉아 있으니, 남들이 교육가들을 두고 신경병에 걸렸다고 말하는 것도 무리는 아니지.

하물며 내가 분명히 말하지 않았던가? 딱 부러지게 말할 수는 없다고. 이 한마디로 내가 했던 대답을 모조리 뒤집어엎은 셈이니, 설사 무슨 일이 일어난다고 해도 나와는 아무런 관계도 없는 것이 아닐까.

'딱 부러지게 말할 수는 없다.'

사실 이 한마디는 무척 쓸모 있는 말이다. 세상 물정도 잘 모르면서 그저 용감하기만 한 청년들은 가끔 남을 위해 궁금한 점을 해결해주거나 아픈 사람에게 의사를 알선해주기도 한다. 그러다 혹 안 좋은 결과가 나오기라도 하면 도리어 원망을 사는 경우도 있다.

그러나 '딱 부러지게 말할 수는 없다'라는 말 한마디로 결말을 맺어두고 나면 어떤 일이 벌어지든 자유로울 수가 있다.

나는 이때 이 한마디의 필요성을 더더욱 절실히 느꼈다. 구걸하는 여인과 나누었던 말일지언정 이 한마디는 결코 없어서는 안 될 말이라고 생각한다.

그렇지만 나는 왠지 모르게 불안해졌고, 하룻밤이 지났어도 여전히 불쑥불쑥 기억이 되살아나곤 했다. 마치 무엇인가 불길한 예감이라도 품고 있는 것처럼 말이다. 게다가 눈이 내리는 음침한 하늘과 무료한 서재……. 그래서 불안감은 갈수록 더욱더 심해져만 갔다.

이럴 바에야 차라리 돌아가는 게 낫겠다! 내일은 성안으로 들어가자. 음식점 푸싱러우(福興樓)의 맹물로 삶은 상어 지느러미 요리가 커다란 접시 하나에 1원이었다. 값싸고 맛도 뛰어났는데 지금은 얼마나 올랐는지 모르겠다. 옛날 함께 어울리던 친구들, 비록 지금은 모두가 뿔뿔이 흩어졌지만 상어 지느러미 요리만큼은 먹지 않을 수 없다. 설령 나 혼자일지라도…….

어쨌든 나는 내일 떠나기로 작정했다.

나는 예상대로 되지 않기를 바라거나, 또 '설마 그렇게는 되지 않겠지' 하고 바라던 것이 도리어 생각한 대로 되고 마는 경우를 종종 보아왔다. 그래서 나는 이번 일은 그렇게 되지 않기를 기대했다. 그런데 과연 특별한 일이 벌어지고 말았다.

저녁 무렵이었다. 사람들이 안방에 모여 이야기하는 소리를 듣게 되었다. 무슨 일을 의논하는 것 같았다. 좀 지나자 그만 말소리가 뚝 그치더니 넷째 아저씨가 왔다 갔다 하면서 큰 소리로 말했다.

"이르지도 않고 그렇다고 늦지도 않고, 하필이면 왜 이때……. 참 요망한 것 같으니라고!"

나는 처음에는 의아스러웠지만 곧이어 무척 불안해졌다. 왜냐하면 그 말이 나와 무슨 관계라도 있는 것처럼 느껴졌기 때문이다.

문밖을 내다보았지만 아무도 보이지 않았다. 저녁 식사 전, 품팔이꾼들이 와서 차를 끓일 때에야 비로소 나는 물어볼 기회를 얻게 되었다.

"방금 넷째 아저씨께서 화를 내시던데 누구 때문에 그러셨나?"

내가 물었다.

"샹린 아줌마가 아니고 누구겠어요?"

품팔이꾼이 짤막하게 말했다.

"샹린 아줌마라고? 그 아줌마가 어쨌는데?"

내가 다그쳐 물었다.

"죽었어요."

"뭐, 죽었다고?"

갑자기 가슴이 죄어오는 듯하면서 나는 하마터면 펄쩍 뛰어오를 뻔했다. 아마 내 얼굴색도 변했으리라. 하지만 줄곧 내가 머리를 들지 않았기 때문에 그들은 전혀 눈치를 채지 못했다.

나는 내 자신을 진정시킨 다음 곧이어 또 물었다.

"언제 죽었는데?"

"언제냐고요? 어제 밤이 아니면 오늘이겠지요 뭐. 딱 부러지게 말씀드릴 수가 없네요."

"어떻게 죽었대?"

"어떻게 죽었냐고요? 그야 뭐 굶어 죽지 않았을까요?"

그는 담담하게 대답하면서 여전히 나를 쳐다보지도 않고 그대로 나가버렸다.

그렇지만 내가 놀라고 당황스러운 것은 잠시뿐이었다. 곧이어 나는 오고야 말 것이 벌써 지나갔음을 느낄 수 있었기 때문이다.

내가 말한 '딱 부러지게 말할 수는 없다'거나 그가 말한 '굶어 죽었다'는 말에 위안을 받을 필요도 없이 내 마음은 이미 점차 가벼워지고 있었다. 하지만 그렇기는 해도 가끔 양심의 가책을 느끼는 것은 어쩔 수가 없었다.

저녁상이 들어왔다. 넷째 아저씨와 정중하게 겸상을 하고 앉았다. 나는 이 기회에 샹린 아줌마의 소식을 물어보고 싶었다.

하지만 나는 단념했다. 왜냐하면 그가 '귀신은 음양의 조화에 의

한 결과'[11]라는 문장을 읽었으면서도 워낙 꺼리는 것이 많은 사람이라는 것을 잘 알고 있었기 때문이다. 그러나 무엇보다 '축복'을 드리기 위해 준비하는 요즘, 죽음이나 질병 따위의 상서롭지 못한 말을 입에 올릴 필요는 결코 없다는 생각이 들었기 때문이다.

만부득이 언급해야 한다면 은근히 빗대는 말, 즉 은어(隱語)를 사용하면 되겠지만 아쉽게도 나는 그런 말은 잘 알지 못한다. 그래서 몇 번이고 묻고 싶었지만 끝내 포기하고 말았다.

나는 그의 엄숙한 얼굴빛을 보고는 갑자기 의문이 들었다. 그가 나에 대해서도,

'이르지도 않고 그렇다고 늦지도 않고, 하필이면 이런 때에 찾아와 성가시게 굴다니……. 네놈도 참 요망하구나!'

라고 여길 것만 같았다.

그래서 미리 안심을 시켜드리기 위해 내일 아침에 루전을 떠나 성안으로 들어가겠노라고 말했다. 그러나 그분은 나를 그다지 막지 않았다. 이렇게 나는 어색한 분위기에서 저녁 식사를 마쳤다.

겨울에는 해가 짧은 데다 눈이라도 오면 밤의 기운이 일찌감치 온 마을을 뒤덮는다. 등불 밑에서는 사람들이 분주하지만, 창밖은 매우 적막하다. 이불처럼 두껍게 쌓인 눈 위에 눈송이가 사각사각 내리면 더욱 무거운 적막감을 몰고 온다.

나는 노란 불꽃을 내뿜는 유채 등잔 아래 홀로 앉아 생각에 잠겨보았다. 의지할 곳이라고는 털끝만큼도 없던 샹린 아줌마, 사람들에 의해 쓰레기덤에 내동댕이쳐지고, 보기조차 싫증이 난 낡아빠진 장난감 같은 신세가 되지 않았던가. 살아서는 그래도 쓰레기덤에 형체나마 드러내 보이곤 했다.

하지만 인생을 즐기면서 살아가는 사람들이 볼 때, 저 여자는 왜

아직도 살려고 저렇게 발버둥 치고 있을까 하며 무척 괴기하게 생각했으리라. 그러나 이제는 무상(無常)[12]에 의해 흔적도 없이 사라지고 말았다.

영혼이 있는지 없는지, 나는 모른다. 하지만 적어도 현세에서 무료하게 살던 사람이 죽었다는 것, 그리고 보기 싫어하는 사람들에게 보이지 않게 되었다는 것은 어찌 보면 남을 위해서나 자신을 위해서도 나쁘지는 않으리라.

나는 조용한 가운데 창밖에서 눈이 사각사각 내리는 소리를 듣고 있다. 그런 가운데서도 한편으로 생각에 잠기니 도리어 마음이 차츰 후련해졌다.

그러면서 전에 내가 보고 들어오던 그녀의 반평생에 걸친 행적의 편린(片鱗)들이 이제 와서 하나하나 연결되는 듯했다.

그녀는 본디 루전 사람이 아니었다. 어느 해 초겨울에 넷째 아저씨네 집에서 하녀를 바꾸게 되었는데, 그때 소개꾼인 웨이(衛) 할멈이 그녀를 데리고 왔다.

그녀는 머리에 흰색 띠를 두르고 검은 치마에 남색 겹저고리, 담청색 조끼를 입고 있었다. 나이는 스물 예닐곱쯤 돼 보였다. 얼굴빛이 파리했지만 양 볼에는 그래도 홍조를 띠고 있었다.

웨이 할멈은 그녀를 '샹린 아줌마'라고 불렀다. 자기 친정 옆집에 사는 사람인데 남편이 죽자 남의집살이를 하기 위해 집을 나왔다고 했다.

넷째 아저씨는 눈살을 찌푸렸다. 그러나 넷째 아주머니는 벌써 남편의 뜻을 눈치챘다. 그녀가 과부라서 못마땅했던 것이다.

하지만 외모가 단정한 데다 손발이 큼직하고 눈을 살포시 내리뜬 모습하며 꼭 다문 입술을 보니, 분수 잘 지키고 힘든 일도 억척스럽게 잘할 것 같았다. 그래서 서방님이야 눈살을 찌푸리든 말든 그녀를 붙들어두기로 했다.

그녀의 일솜씨를 보기 위해 시험 삼아 일을 한번 시켜보았다. 온종일 일을 하고도 왠지 한가롭고 무료한 듯 보였으며, 게다가 힘이 넘쳐 남자 한몫을 거뜬히 해내는 것이 아닌가. 그래서 사흘째가 되던 날, 매달 500문(文)의 품삯을 주는 것으로 최종 결론을 보았다.

다들 그녀를 '샹린 아줌마'라고 불렀지만, 그녀의 성(姓)이 무엇인지 묻는 이는 아무도 없었다. 다만 소개꾼이 웨이자산(衛家山) 사람인 데다 자기 친정 옆집 사람이라고 했으므로 그녀의 성도 웨이(衛)가 아닐까 하고 짐작만 할 뿐이었다.

그녀는 말하는 것을 그다지 좋아하지 않아서인지 누가 물어야 대답을 했으며 그나마 길게 하지도 않았다.

열흘쯤 지난 뒤에야 비로소 그녀의 내력이 하나하나 밝혀지기 시작했다. 즉 집안에 무서운 시어머니와 땔감을 할 수 있는 나이 여남은 살의 어린 시동생 하나가 있고, 올봄에 남편을 잃었는데 나무꾼이던 그의 나이는 그녀보다 열 살이나 아래였다는 것 등이다. 그녀에 대해 사람들이 알고 있는 것은 겨우 그 정도였다.

세월은 빨리도 흘러갔다. 그녀는 조금도 게으름을 피우지 않았다. 음식도 가리지 않고 잘 먹었으며 힘도 아끼지 않았다. 다들 루쓰나리 댁에서 부리는 이 여자 하인은 부지런한 남자 머슴보다도 일을 더 잘한다고들 말했다.

세밑이 되어 대청소를 한다든지, 마당을 쓸고 닭과 거위를 잡으며 밤새도록 복례 음식을 삶는 등의 일을 그녀 혼자 도맡아서 했으므로 품팔이꾼을 더 부를 필요가 없었다. 그래도 그녀는 오히려 만

족스러워했으며, 입가에는 차츰 웃음이 피어나면서 얼굴도 희고 포동포동하게 살이 올랐다.

설이 막 지나서였다. 그녀가 강가에서 쌀을 씻고 돌아오는데 갑자기 얼굴빛이 변하는 것이 아닌가. 방금 저 멀리 맞은편 강가에 웬 남자 몇 사람이 배회하는 것을 보았는데, 남편의 큰아버지를 많이 닮았다면서 아마도 자신을 찾으러 온 것 같다고 했다. 넷째 아주머니가 깜짝 놀라 자세히 캐물었지만 그녀는 도무지 말을 하지 않았다. 이를 눈치챈 넷째 아저씨가 즉시 이맛살을 찌푸리면서 말했다.

"이거 좋지 않은 징조인데……. 아마도 그녀가 도망쳐 온 것 같아."

아닌 게 아니라 그녀는 도망쳐 나왔으며, 얼마 지나지 않아 그의 추측은 사실로 입증되었다.

그 뒤로 열흘쯤 지났다. 다들 샹린 아줌마의 일에 대해서는 점차로 잊어가고 있을 무렵, 웨이 할멈이 느닷없이 서른 살쯤 된 여인을 데리고 와서는 샹린 아줌마의 시어머니라고 했다. 산골 사람의 행색을 하고는 있었지만 사람을 대하는 품이 의젓하고 말도 조리 있게 잘하는 편이었다.

서로 인사를 나눈 다음, 그녀는 먼저 사과부터 했다. 그러고 나서 이번에 자신의 며느리를 데리러 온 까닭을 설명했다. 봄이 되어 할 일은 많은데 집에는 고작 늙은이와 어린것뿐이라 일손이 부족하다는 것이었다.

"시어머니가 데려가겠다는데 무슨 할 말이 있겠소."

넷째 아저씨가 말했다.

그러고는 품삯을 계산해보니 모두 1,750문이나 되었다. 그녀는 이 돈을 한 푼도 쓰지 않고 고스란히 주인집에 맡겨두었다. 주인이 돈을 몽땅 시어머니에게 건네주자, 그녀는 옷가지까지 챙겨 들고는 고맙다는 인사를 하고 밖으로 나갔다.

때는 이미 정오쯤 되었다.

"어머나, 쌀은? 샹린 아줌마가 쌀 씻으러 가지 않았나?"

한참이 지나 넷째 아주머니가 깜짝 놀라면서 말했다. 좀 시장해지자 점심 생각이 났던 것이다.

그래서 다들 조리를 찾아 나섰다. 그녀는 먼저 부엌으로 갔다가 다음에는 앞마당에서 찾더니, 마지막으로 침실까지 뒤졌다. 하지만 조리는 그림자도 보이지 않았다. 넷째 아주머니는 문밖까지 나가 찾아보았지만 그래도 보이지 않자 아예 강가까지 나가보았다. 조리는 강 언덕에 반듯하게 놓여 있고 옆에는 채소도 한 포기 있었다.

직접 본 사람들의 말에 따르면, 오전쯤 강가에 흰 장막을 친 배 한 척이 정박해 있었다고 한다. 온통 흰 천으로 배를 뒤덮었기 때문에 안에 누가 있었는지는 알 수 없고, 또 굳이 알려고 한 사람도 없었다는 것이다.

그러다 샹린 아줌마가 쌀을 씻으러 나와서 막 앉으려고 할 때 갑자기 배 안에서 두 남자가 달려 나왔다. 산골 사람 같았는데 한 사람은 그녀를 꽉 껴안고 또 한 사람은 부축하더니 배 안으로 끌고 들어갔다. 샹린 아줌마의 울부짖는 소리가 몇 번 들리는가 싶더니 곧 아무 소리도 들리지 않은 것으로 보아 아마도 뭔가로 입을 틀어막은 것 같았다.

이어 두 여자가 배에 올랐는데 한 명은 모르는 사람이었고, 나머지 한 명은 웨이 할멈이었다. 그때 얼핏 배 안을 들여다보았는데 또렷하지는 않았지만 샹린 아줌마가 묶인 채로 바닥에 누워 있었던 것 같다고 했다.

"괜씸한 것 같으니라고! 그래서……."

넷째 아저씨가 말했다.

그날은 넷째 아주머니가 손수 점심을 짓고 아들 아뉴(阿牛) 녀석
이 불을 땠다.

점심을 먹고 나자 웨이 할멈이 다시 왔다.

"괜씸한 것 같으니라고!"

넷째 아저씨가 말했다.

"대체 뭘 어쩌자는 거요? 무슨 낯으로 우리를 다시 보러 왔소?"

넷째 아주머니가 밥그릇을 씻다 말고 웨이 할멈을 보더니 그만
화가 나서 말했다.

"자기가 소개해놓고는 다시 저쪽 녀석들과 짜고서 납치해 간 것
아니오? 한바탕 소동을 피웠으니 다들 우리를 뭘로 알겠소? 지금
우리 집을 가지고 무슨 장난을 치고 있는 거요?"

"아이코! 저야말로 속았답니다. 그래서 나리께 자초지종을 잘 말
씀드리기 위해 이렇게 왔답니다. 글쎄, 그 여자가 나를 찾아와 일자
리를 부탁하지 않았겠어요. 시어머니를 속이고 왔다는 걸 전들 꿈에
나 생각했겠어요? 주인어른, 주인마님, 정말 죄송해요. 어쨌든 이
늙은이가 주책없이 일을 그르치는 바람에 두 분을 뵐 면목이 없게
되고 말았네요. 다행히 나리 댁은 도량이 넓으신 분들이라 저 같은
소인배들을 두고 따지지는 않으시겠지요. 속죄도 할 겸해서 이번에
는 틀림없이 좋은 하인을 소개해 올리도록 하겠습니다."

"하지만……."

넷째 아저씨가 말했다.

이렇게 하여 샹린 아줌마 사건은 일단락되었고 머지않아 사람들은 이 일을 잊고 지냈다. 그런데 오직 넷째 아주머니만은 그렇지 않았다. 나중에 하녀를 새로 들였는데 게으르지 않으면 식탐이 많고, 또 어떤 하녀는 게으른 데다 식탐까지 있어서 도무지 맘에 들지 않았다. 그러다 보니 자연히 샹린 아줌마를 떠올리지 않을 수 없었던 것이다.

넷째 아주머니는 그럴 때마다 가끔 혼잣말을 하곤 했다.

"지금 어떤 모습이 되어 있을까?"

그것은 바로 다시 와주었으면 하는 뜻이었다. 그렇지만 이듬해 설이 되면서 꿈을 접어야 했다.

설이 가까워올 무렵, 웨이 할멈이 세배를 하러 찾아왔다. 벌써 거나하게 취해 있었는데, 웨이자산 친정에 가서 며칠 있다 오느라 늦었다고 했다. 서로 이야기를 주고받는 사이에 자연스럽게 샹린 아줌마 이야기를 하게 되었다.

"그 여자 말인가요?"

웨이 할멈이 신이 나서 말했다.

"지금은 그 여자 팔자가 바뀌었지요. 지난번 시어머니가 와서 잡아갔을 때 이미 허(賀) 씨 마을 여섯째에게 주기로 되어 있었대요. 그래서 돌아가고 며칠 안 돼 꽃가마에 태워서 강제로 시집을 보냈답니다."

"아이코, 저런 못된 시어머니가 다 있나······!"

넷째 아주머니는 의아해서 말했다.

"참, 마님도! 과연 큰 집 마나님다운 말씀이십니다. 하지만 저희 같은 산속 나부랭이들이야 미천하고 가진 게 없으니 그게 어디 대수겠어요? 어린 시동생도 장가를 보내야 하잖아요. 그러니 샹린 아줌마를 시집보내지 않으면 어디서 돈이 나서 결혼 예물을 마련하겠어요?

그렇게 보면 시어머니는 똑똑하고 강인한 여자예요. 이해타산에도 아주 밝았기 때문에 그녀를 두메산골로 개가시켰던 거지요. 만약 한마을 사람에게 보냈다면 예물도 얼마 받지 못했을 거예요. 다만 깊은 산골로 시집가려는 여자가 적다 보니 그 시어머니는 8만 문이나 손에 쥐게 되었답니다. 지금은 둘째 며느리를 맞아들이는 데 예물로 5만 문을 쓰고, 그 밖의 잔치 비용을 빼고도 1만 문 넘게 남았답니다. 보세요, 그러니 얼마나 잇속에 밝습니까?"

"그래, 샹린 아줌마는 순순히 따랐소?"

"따르고 말고 할 게 뭐 있나요? 누구든 한바탕 소동은 벌이기야 하겠지만 동아줄로 꽁꽁 묶어 꽃가마에 밀어 넣은 다음, 그냥 메고 남자 집으로 가는 거지요. 그러고는 족두리를 씌워 집안 어른들에게 절을 시키고 나서, 신방에 처넣고 밖에서 방문을 걸어 잠그면 만사 끝인 걸요 뭐.

하지만 샹린 아줌마는 정말 남달랐어요. 들리는 말로는 그때 얼마나 난리를 쳤는지……. 다들 '유식한 양반 댁에서 일해본 사람이라 과연 보통 사람과는 다르구나'라고 했답니다.

마님, 저는 별의별 사람을 다 봤지요. 어떤 과부는 개가할 때 울고불고하는가 하면, 죽네 사네 발버둥을 치거나, 남자 집에 보쌈이 되어 가서도 야단법석을 치느라 천지신명께 절도 올리지 못하거나, 또 결혼식 촛대를 때려부수는 과부도 있지요.

하지만 샹린 아줌마는 정말 남달랐답니다. 잡혀가는 가마 속에서도 줄곧 악을 쓰며 울부짖고 욕설을 퍼붓는 바람에 허 씨 마을에 도착해서는 목이 쉬어 벙어리가 다 되었다더군요. 가마에서 끌어내 남자 두 사람과 어린 시동생이 달라붙어 우격다짐으로 무릎을 꿇렸지만 끝내 천지신명께 예를 올리지 못했답니다.

잘못하여 잠시 손을 놓는 순간, 맙소사! 그만 샹린 아줌마가 향불을 올려놓은 상에 머리를 찧는 바람에 머리가 푹 꺼지고 피가 주르르 흘러내렸다는군요. 터진 머리에 향이 타고 남은 재를 두 움큼이나 쏟아붓고 붉은 천 두 장으로 동여맸는데도 피가 멎지 않았다고 합니다.

그러다 몇 사람이 달라붙어 신랑과 함께 신방에 처넣고 밖에서 문을 잠갔는데도 줄곧 욕설을 퍼붓고 난리를 피웠다네요. 아이코! 그러니 정말로 참……."

웨이 할멈은 머리를 흔들더니 눈을 내리깔고는 더는 말을 하지 않았다.

"그 뒤에는 어떻게 됐나?"

넷째 아주머니가 물었다.

"듣자 하니 이튿날 일어나지 않았다더군요."

할멈이 눈을 뜨면서 말했다.

"그다음에는?"

"그다음 말인가요? 일어났답니다. 연말에는 사내아이도 하나 낳았는데 새해가 되면 두 살이 되네요. 이번에 친정에서 며칠 묵는 동안 허 가 마을에 다녀온 이의 말을 들어본즉, 애 엄마도 통통해지고 아기도 살이 붙어 토실토실해졌다더군요. 이제 시어머니도 없겠다, 신랑도 먹고살기 위해 열심히 일하겠다, 집도 자기 집이겠다……. 아이코! 이제 그 여자도 팔자가 늘어졌지요 뭐."

이 일이 있은 뒤로는 넷째 아주머니도 샹린 아줌마에 대해 이야기를 하지 않았다.

그런데 어느 해 가을, 그러니까 샹린 아줌마의 팔자가 피었다는 소식을 듣고 설을 두 번 쇠고 난 뒤였다. 그녀가 넷째 아저씨네 마당에 나타났다. 상 위에는 올방개같이 생긴 둥그런 대바구니가 놓여 있고, 처마 밑에는 조그만 이불 꾸러미가 있었다.

이번에도 그녀는 머리에 흰색 띠를 두르고, 검은 치마에 남색 겹저고리, 담청색 조끼를 입고 있었지만 파리한 얼굴빛에 양 볼에는 핏기가 사라지고 없었다. 내리감은 눈가에는 눈물 자국이 서려 있고 눈빛도 예전처럼 광채가 나지 않았다.

다만 이번에도 웨이 할멈이 데리고 왔는데, 자비심이라도 베푸는 듯 넷째 아주머니에게 이야기를 늘어놓기 시작했다.

"정말이지 '하늘이 내리는 풍운의 조화는 예측할 수 없다'[13]더니……. 아니 글쎄, 이 여자의 서방이 얼마나 든든했는데…… 그 누가 알았겠어요? 젊은 나이에 장티푸스에 걸려 그만 죽을 줄이야……. 본래 다 나았던 병인데 찬밥 한 그릇 먹고 나서 그만 병이 도졌지 뭐예요. 천만다행으로 아들이 하나 있었으니 그 녀석을 봐서라도 열심히 일을 하고, 땔감을 해오거나 찻잎을 따거나 누에를 치며 수절할 수도 있었지요.

그런데 또 누가 알았겠어요? 아들이 그만 그놈의 늑대에게 물려갈 줄은……. 봄이 막 끝나갈 무렵에, 그것도 늑대란 놈이 마을에까지 나타날 줄 누가 생각이나 했겠냐고요.

이제 이 여자는 혈혈단신 혼자 남았습니다. 그런 데다 죽은 바깥양반의 큰아버지 되는 사람이 와서는 집까지 빼앗은 다음 쫓아내고 말았으니 이젠 오갈 데도 없게 되었습니다. 그래서 다시 옛 주인님을 찾아온 것이지요. 다행히도 이제 그녀에게 걸리는 것은 하나도 없잖아요. 게다가 마침 마님 댁에서 사람을 바꾼다고 하시기에 제가 이 여자를 데리고 온 것입니다. 제 생각에는…… 원 참! '구관이 명관'이라는 말도 있잖아요? 신출내기보다는 훨씬 나을 겁니다."

"저는 참으로 멍청이였어요. 정말로……."

샹린 아줌마는 광채 잃은 눈을 뜨면서 말했다.

"저는 산짐승들이 그저 눈이 내릴 때만 산속에 먹이가 없으니까 먹이를 찾으러 동네로 내려오는 줄 알았어요. 봄에도 내려온다는 것은 몰랐습니다. 아침 일찍 일어나 대문을 열어놓고, 작은 대바구니에 콩을 담아 가지고 아들 아마오(阿毛)에게 문턱에 앉아 콩을 까라고 시켰지요. 워낙 말을 잘 듣는 아이라 제 말이라면 한마디도 빼놓지 않고 들었어요. 그래서 아들은 밖으로 나갔습니다. 저는 그때 집 뒤꼍에서 장작을 패고 쌀을 일어 솥에 앉히고는 콩을 삶기 위해 아마오를 불렀습니다.

그런데 대답이 없어 나가보니 땅바닥에 콩만 잔뜩 흩어져 있고 우리 아마오는 보이지 않았습니다. 그 애는 남의 집에는 놀러 가는 일도 없었지요. 그래서 온 데를 다 찾아 물어보았지만 없었습니다. 다급해진 저는 주위 사람들에게 내 아이 좀 찾아달라고 애원을 했지요. 해 질 녘까지 찾아 헤매다가 산 중턱에서 가시나무에 걸려 있는 아이의 조그만 신발을 발견했습니다. 그때 사람들이 말하더군요. '이젠 다 틀렸다'고. 늑대에게 물려 간 것 같다고 했습니다. 조금 더 들어가보았더니 정말로 제 아들이 풀숲에 누워 있는 게 아니겠어요? 오장을 다 파먹혀 배 속은 이미 텅 비었고, 손에는 그때까지도 작은 대바구니를 꼭 쥐고서……."

그러면서 그녀는 오열하느라 더 말을 잇지 못했다.

넷째 아주머니는 처음에는 좀 망설이는가 싶었는데 그녀의 말을 다 듣고 나서는 눈시울을 붉혔다. 한참을 생각하더니 둥근 대바구니

26

와 이불 꾸러미를 하인 방에 갖다 놓으라고 시켰다.

웨이 할멈은 어깨에서 무거운 짐 덩어리라도 내려놓은 양 '휴!' 하고 한숨을 내쉬었고, 샹린 아줌마도 처음 왔을 때보다는 기운이 좀 든 것 같았다. 그녀는 누구의 안내도 없이 익숙한 솜씨로 이불 꾸러미를 방에 갖다 놓았다.

이렇게 하여 그녀는 다시금 루전에서 하녀로 일하게 되었다. 사람들은 여전히 그녀를 '샹린 아줌마'라고 불렀다.

하지만 이번에는 그녀의 처지가 많이 달라졌다. 일을 시작한 지 사나흘쯤 되었을까? 주인은 그녀의 손발 놀림이 예전처럼 민첩하지 못하고, 기억력도 많이 나빠졌다는 것을 눈치챘다. 꼭 죽은 사람처럼 핏기도 없이 파리한 얼굴에는 종일토록 웃음이라고는 찾아볼 수가 없었다.

넷째 아주머니의 말투에는 조금씩 불만이 배어났다. 처음 그녀가 왔을 때, 넷째 아저씨가 눈살을 찌푸리기는 했어도 하녀 구하기가 쉽지 않았기 때문에 크게 대놓고 반대를 한 것은 아니었다. 단지 넷째 아주머니에게 넌지시 타일렀을 뿐이다. 무척 불쌍한 사람이기는 하지만 미풍양속을 어지럽힌 여자이므로 도움은 받되 절대로 제사에는 손을 담그지 못하도록 해야 하고, 그래서 제사상에 올리는 모든 음식은 직접 해야지 안 그러면 정결하지 못해 조상께서 흠향(歆饗)하지 않으실 것이라고.

넷째 아저씨 집에서 가장 중요한 일은 제사를 모시는 것이다. 샹린 아줌마가 전에 제일 바쁘게 움직였던 것도 바로 이 제사 때였는데 이제는 도리어 한가했다.

대청마루 한가운데에 제사상이 놓이고 이어 상보가 펼쳐지자 그녀는 전에 하던 대로 술잔과 젓가락을 갖다 놓으려고 했다.

"샹린 아줌마, 그냥 둬! 내가 할 테니까."

넷째 아주머니가 황급히 말했다.

그녀는 쑥스러운 듯 얼른 손을 거두더니 이번에는 촛대를 가지러 가는 것이 아닌가.

"샹린 아줌마, 가만두라니까, 글쎄. 그것도 내가 가져올 거라고!"

넷째 아주머니는 또다시 황망하게 말했다.

그녀는 제사상을 몇 바퀴나 돌았는데 아무 일도 하지 못하게 되자 잔뜩 의아스런 표정을 지으면서 밖으로 나갔다. 이날 그녀가 할 수 있었던 일이라곤 고작 아궁이 앞에 앉아 불을 때는 것뿐이었다.

마을 사람들도 여전히 그녀를 샹린 아줌마라고 부르기는 했지만 말투는 예전과 많이 달랐으며, 같이 이야기를 해도 냉랭한 웃음만 지을 뿐이었다. 하지만 그녀는 전혀 눈치채지 못하고 그저 눈을 동그랗게 뜬 채 자기로서는 자나 깨나 잊지 못하는 이야기만 늘어놓았다.

"저는 정말 멍청이였어요. 정말로……."

그녀는 말했다.

"저는 산짐승들이 그저 눈이 내릴 때만 산속에 먹이가 없으니까 먹이를 찾으러 동네로 내려오는 줄 알았어요. 봄에도 내려온다는 것은 몰랐습니다. 아침 일찍 일어나 대문을 열어놓고, 작은 대바구니에 콩을 담아 가지고 아들 아마오에게 문턱에 앉아 콩을 까라고 시켰지요. 워낙 말을 잘 듣는 아이라 제 말이라면 한마디도 빼놓지 않고 들었어요. 그래서 아들은 밖으로 나갔습니다. 저는 그때 집 뒤꼍에서 장작을 패고 쌀을 일어 솥에 앉히고는 콩을 삶기 위해 아마오를 불렀습니다.

그런데 대답이 없어 나가보니 땅바닥에 콩만 잔뜩 흩어져 있고 우리 아마오는 보이지 않았습니다. 그 애는 남의 집에는 놀러 가는 일도 없었지요. 그래서 온 데를 다 찾아 물어봤지만 없었습니다. 다급해진 저는 주위 사람들에게 내 아이 좀 찾아달라고 애원을 했습니다.

해 질 녘까지 찾아 헤매다가 산 중턱에서 가시나무에 걸려 있는 아이의 조그만 신발을 발견했습니다. 그때 사람들이 말하더군요. '이젠 다 틀렸다'고. 늑대에게 물려 간 것 같다고 했습니다. 조금 더 들어가보았더니 정말로 제 아들이 풀숲에 누워 있는 게 아니겠어요? 오장을 다 파먹혀 배 속은 이미 텅 비었고, 불쌍한 내 새끼, 손에는 그때까지도 작은 대바구니를 꼭 쥐고서⋯⋯."

그녀는 눈물을 흘렸고 목소리는 흐느끼고 있었다.

이 이야기는 꽤나 효과가 있었다. 남자들이야 여기까지 듣고 나면 가끔 웃음을 거둔 채 난처한 표정으로 자리를 뜨곤 했지만, 여인네들은 마치 관용이라도 베풀려는 듯 당장에 얼굴에서 멸시의 기색을 싹 감출 뿐만 아니라 눈물까지 펑펑 쏟아냈다.

길거리에서 그녀의 이야기를 듣지 못한 할머니들은 일부러 찾아와서 비참한 이야기를 들려달라고 졸라댔다. 그러다 그녀가 흐느껴 우는 대목에 이르면 자기들도 일제히 눈가에 고여 있던 눈물을 흘리곤 했다. 그러고는 탄식 한 번 하고 나서 흡족한 표정으로 자리를 뜨면서 이러쿵저러쿵 뒷말까지 덧붙였다.

이처럼 그녀는 자신의 비참한 이야기를 되풀이해 말하곤 했으며, 그럴 때면 늘 네댓 사람이 와서 듣곤 했다.

하지만 그것도 오래가지는 못했다. 다들 이야기에 익숙해지자 이제는 가장 자비로운 데다 염불까지 외울 줄 아는 늙은 마님들의 눈가에서조차도 눈물 자국을 볼 수 없게 되었다. 나중에는 마을 사람이라면 거의 누구나 그녀의 말을 외울 정도가 되어 듣기만 해도 골치가 아플 지경이었다.

"저는 정말 멍청이였어요. 정말로……"

라고 그녀가 말할라치면,

"그래, 너는 그저 눈이 내릴 때만 산속에 먹이가 없어서 산짐승들이 먹이를 찾으러 동네로 내려오는 줄 알고 있었지?"

라면서 말허리를 자르고는 가버렸다.

그러면 그녀는 입을 헤벌린 채 넋을 놓고 서 있다가 눈을 동그랗게 뜨면서 쳐다보고는 스스로 생각해도 재미가 없다는 듯 돌아서 가버리곤 했다.

그렇지만 그녀는 여전히 제 맘대로 생각했다. 그래서 작은 대바구니라든지 콩, 또는 남의 아들처럼 다른 것들을 통해서라도 아마오의 이야기를 꺼내려고 시도하곤 했는데, 두세 살짜리 아이만 보면 이렇게 말했다.

"아이고, 우리 아마오가 살아 있다면 이 애만큼 컸을 텐데……."

아이는 그녀의 눈빛에 겁을 먹은 나머지 엄마의 옷자락을 잡아끌며 어서 가자고 졸라댄다. 결국 그녀는 또다시 혼자 남게 되고, 그러면 흥이 나지 않아 가버린다.

나중에는 다들 그녀의 성미를 알게 되어 눈앞에 아이만 보이면 웃는 듯 마는 듯한 표정으로 먼저 묻곤 했다.

"샹린 아줌마, 아마오가 아직도 살아 있다면 이 정도까지 컸겠지?"

그녀는 자신의 슬픔이 며칠에 걸쳐, 또 많은 사람들의 입에서 곱씹혔다는 사실과, 진작부터 쓰레기 같은 존재가 되어 이제는 싫증과 멸시의 대상으로 바뀌어 있다는 사실을 잘 모르는 것 같았다.

그렇지만 그녀는 사람들의 웃는 표정에서 쌀쌀맞고 비꼬는 듯한 느낌을 받았기 때문에 더는 입을 열 필요가 없다는 것을 깨달았다.

그래서 힐끗 쳐다볼 뿐 한마디도 하지 않았다.

루전은 영원히 설을 쇠기라도 할 듯 섣달 스무날 이후부터는 바빠지기 시작한다. 넷째 아저씨네 집에서는 이번에 남자 일꾼을 하나 구해놓기는 했지만, 그래도 일손이 부족하자 류(柳) 어멈을 따로 불러 일손을 돕도록 했다. 닭과 거위를 잡아야 했는데, 그녀는 신실한 불교 신자라 육식도 하지 않고 살생도 꺼리면서 그저 그릇 씻는 일만 하려고 들었다.

이제 샹린 아줌마는 불 때는 것 말고는 이렇다 할 일이 없었기 때문에 한가로이 앉아 그저 류 어멈이 그릇 씻는 모습만 바라볼 뿐이었다.

싸락눈이 조금씩 내렸다.

"아이코, 나는 정말 바보였어요."

샹린 아줌마는 하늘을 쳐다보며 탄식하듯 혼잣말로 중얼거렸다.

"샹린 아줌마, 아이코! 또 그 소리군."

류 어멈이 귀찮다는 듯 그녀의 얼굴을 쳐다보면서 말했다.

"하나 물어볼게. 자네 이마에 난 그 흉터 말이야, 그때 부딪쳐서 생긴 거지?"

"음……."

그녀는 얼버무리듯 대답했다.

"물어보자. 그때 어떻게 하다 마지막에 가서는 허락하게 되었나?"

"나 말인가요……?"

"그럼, 자네 말이지. 내가 보기에는 자네가 원했던 거야. 그렇지 않고서야……."

"애고머니나, 그 사람 힘이 얼마나 센지 알기나 해요?"

"그걸 누가 믿어? 자네가 그렇게 힘이 센데도 그 사람을 이기지 못했다고? 결국은 자기가 좋아서 허락해놓고는 이제 와서 그 사람 힘이 세다고 뒤집어씌우는구먼."

"에잇, 아…… 아줌마도 한번 당해봐요."

그렇게 말하고는 웃었다.

주름 가득한 류 어멈의 얼굴에도 웃음이 어렸다. 이 바람에 그렇지 않아도 쭈글쭈글한 얼굴이 마치 호두처럼 더욱더 쪼그라들었다. 류 어멈은 말라버린 작은 눈빛으로 샹린 아줌마의 이마를 힐끗 쳐다보다가 다시 그녀의 눈에다 시선을 고정시켰다.

샹린 아줌마는 움찔하는 듯하더니 이내 웃음을 거두고는 눈길을 돌려 휘날리는 눈을 바라다보았다.

"샹린 아줌마, 자네 정말 손해 보는 짓을 했구먼."

류 어멈은 도무지 종잡을 수 없다는 듯 말했다.

"좀 더 세게 뻗치든지, 아니면 차라리 머리를 받아 죽기라도 했다면 더 좋았을 것을. 이제 와 보면 두 번째 남편과는 2년도 채 못 살았으니 큰 죄를 뒤집어쓰고 만 셈이야. 생각해보라고. 자네가 죽어 저승에 가면 두 남자 귀신이 자네 때문에 서로 다툴 텐데, 그럼 자네는 누구한테 갈 거야? 염라대왕이라고 별수 있겠나? 자네를 톱으로 두 조각을 내서 나눠줄 수밖에……. 내가 보기에 이건 정말……."

그러자 그녀의 얼굴에는 공포의 기색이 역력히 드러났다. 산골에서는 전혀 들어보지 못하던 이야기가 아닌가.

"내 생각에는 아예 미리 액땜을 하는 게 좋을 것 같아. 토지묘(土地廟)에 가서 몸 대신 문지방 하나를 바쳐봐. 그래서 수많은 사람이

밟고 넘어 이승의 죄가 속죄되고 나면 죽어서 고통을 면할 수가 있을 거야."

그때 그녀는 아무 대답도 하지 않았지만 무척 고민이 되었다. 이튿날 아침에 일어나니 두 눈가에 커다랗고 검은 테두리가 둘려 있었다.

아침을 먹고 나서 그녀는 마을 서쪽 어귀에 있는 토지묘로 갔다. 문지방 하나를 시주하겠노라고 하자 처음에는 사당지기가 딱 부러지게 거절했다. 그렇지만 나중에 다급해서 눈물까지 흘리며 사정을 하자 그제야 못 이기는 척 청을 들어주었다. 값은 동전으로 쳐서 1만 2천 문이었다.

그녀는 벌써 오래전부터 사람들과 말을 나누지 않았다. 그것은 아마오 이야기가 진작부터 여러 사람들에게 싫증을 자아냈기 때문이다. 그런데 류 어멈과 잡담을 나눈 사실이 퍼져 나간 뒤부터는 많은 사람들이 새로운 흥미를 느끼게 되어 또다시 그녀를 놀려대는 말을 하기 시작했다. 물론 주제도 새롭게 바뀌었는데 이번에는 오로지 그녀의 이마에 난 흉터에 집중되었다.

"샹린 아줌마, 하나 물어보겠는데, 그때 어떻게 하다 마지막에 가서는 허락하게 되었나?"

한 사람이 물었다.

"아이참, 애석하기도 해라. 괜스레 머리를 받았구먼……."

또 한 사람은 맞장구라도 치듯이 그녀의 이마에 난 흉터를 보면서 말했다.

그녀는 그들의 웃음과 말투에서 그들이 자신을 비웃고 있다는 것을 알았기 때문에 눈만 부릅뜰 뿐 아무런 대꾸도 하지 않았다. 그러다가 나중에는 쳐다보지도 않았다.

그녀는 종일 입술을 꼭 다문 채 말이 없었다. 머리에는 모든 사람들이 '치욕의 부호'라고 여기는 흉터를 그린 채 묵묵히 거리를 걷기도 하고, 마당을 쓰는가 하면, 야채를 썻고, 쌀도 일었다.

이렇게 한 1년이 지났을까. 넷째 아주머니에게 그동안 일해서 차곡차곡 모아둔 품삯을 받게 되었다. 그녀는 그 돈을 은화[14] 열두 냥으로 바꾼 다음 휴가를 받아 루전의 서쪽 어귀로 갔다.

하지만 얼마 안 돼 다시 돌아왔는데, 기분도 매우 좋아지고 눈빛도 굉장히 초롱초롱해져 있었다. 그녀는 넷째 아주머니에게 이미 토지묘에다 문지방을 바쳤노라고 신이 나서 말했다.

동지가 되어 제사를 차릴 때가 되었다. 그녀는 더욱 힘을 내어 일했다. 넷째 아주머니가 제물을 다 차려놓은 다음 제사상을 아들 아뉴와 함께 대청마루 한가운데로 들어 옮겼다. 이를 본 그녀는 아무렇지도 않게 술잔과 젓가락을 가지러 갔다.

"그냥 놔둬, 샹린 아줌마!"

넷째 아주머니가 다급하게 큰 소리로 말했다.

그녀는 마치 부젓가락에 손가락이라도 덴 사람처럼 얼른 손을 뗐고, 얼굴은 금세 잿빛으로 변했다. 그녀는 촛대를 가지러 가지도 못하고 넋 나간 사람처럼 우뚝 서 있을 뿐이었다. 향을 피울 때가 되었다. 넷째 아저씨가 '나가라'고 하자 그제야 그녀는 밖으로 나갔다.

이번에 그녀에게는 커다란 변화가 찾아왔다. 이튿날 그녀는 눈만 푹 꺼진 게 아니라 정신까지 더욱 몽롱해졌다. 게다가 겁에 질려 위축된 나머지 캄캄한 밤과 시커먼 그림자를 두려워했을 뿐만 아니라, 사람을 보아도 두려움에 떨었다. 심지어는 자기 주인을 보고도 대낮에 굴 밖을 나다니는 생쥐처럼 오들오들 떨고, 그렇지 않으면 목각인형처럼 멍하니 앉아 있을 뿐이었다.

그 뒤 반년도 안 되어 머리가 희끗희끗해졌으며 기억력도 더욱 나빠져서, 심할 때는 쌀을 일러 나가는 것도 잊어버리곤 했다.

"샹린 아줌마, 도대체 왜 이렇게 됐지? 이럴 줄 알았으면 그때 잡지 않는 건데……."

때로 넷째 아주머니는 아예 대놓고 그런 말을 했다. 그것은 그녀에 대한 일종의 경고 같았다.

하지만 그녀는 여전히 그러했고, 영리해질 가망이라고는 전혀 보이지 않았다. 그래서 그들은 그녀를 웨이 할멈에게 되돌려보낼 생각을 하게 되었다. 내가 루전에 있을 때만 해도 말로만 그랬는데, 지금의 상황을 보면 그 뒤에 정말로 그렇게 한 모양이었다.

하지만 그녀가 넷째 아저씨 집을 나서면서부터 바로 거지가 되었는지, 아니면 먼저 웨이 할멈 집에 간 뒤에 거지가 되었는지, 그 점에 대해서 나는 잘 모른다.

나는 바로 옆에서 터지는 엄청난 폭죽 소리에 깜짝 놀라 잠에서 깨어났다. 콩알만 한 황색의 등잔불이 보였고, 곧이어 '따다닥!' 콩을 튀기듯 발처럼 엮은 연발 폭죽 소리가 들려왔다. 지금 넷째 아저씨네 집에서 '축복'을 올리고 있는 것이다. 벌써 새벽 4시가 가까워 옴을 알 수 있었다.

몽롱한 가운데서도 저 먼 곳 어디에선가 끊임없이 터지는 폭죽 소리가 어렴풋하게 들려왔다. 마치 하늘 가득 음향(音響)이라고 하는 짙은 구름이, 휘날리는 눈송이와 함께 어우러져 온 마을을 얼싸안고 있는 듯한 느낌이 들었다.

이처럼 번잡한 음향에 안긴 나는 마음이 한결 거뜬하면서도 쾌적함을 느꼈다. 뿐만 아니라 대낮부터 초저녁까지 내가 품고 있던 근심과 의혹도 '축복'이라는 공기 속에 자취도 없이 깨끗이 사라지고 말았다.

다만 천지신명께서 인간이 바치는 제물과 향불을 기꺼이 흠향하시고 모두 거나하게 취한 나머지, 루전의 모든 사람에게 한없는 행복을 내려주시려고 비틀거리며 하늘을 걷고 있는 것만 같았다.

1924년 2월 7일

|주|

1 〈축복(祝福)〉: 이 작품은 1924년 3월 25일 상하이(上海)에서 발간되던 《동방잡지(東方雜誌)》21권 6호에 최초로 발표되었다.

2 부뚜막 신 : 중국 민간에서는 조신(竈神, 부뚜막 신)이 그 집안에서 1년간 일어난 모든 대소사를 옥황상제(玉皇上帝)께 보고한다는 미신이 있다. 그래서 매년 음력 12월 23일이 되면 부뚜막 신에게 제사를 정성껏 바침으로써 옥황상제께 잘 보고해주십사 하고 비는 의식을 치른다. 제사 이튿날 부뚜막 신을 보내드릴 때는 요란하게 폭죽을 터뜨려 전송한다.

3 감생(監生) : 명청(明淸) 시대 최고 학부인 국자감(國子監, 지금의 대학)에서 공부했던 학생. 후에는 재산을 바쳐 자격을 받기도 했다.

4 신당(新黨) : 아편전쟁(阿片戰爭, 1840~1842)으로 서구에 유린당한 뒤 청나라 말기에 유신운동(維新運動)이 일어났는데, 그것을 주장했던 사람들이나 신해혁명(辛亥革命, 1911) 때 혁명을 지지했던 사람들을 일컫는 말.

5 캉유웨이(康有爲, 1858~1927) : 자 광하(廣廈), 호 장소(長素). 광둥성(廣東省) 난하이(南海) 사람. 청나라 말기 유신운동의 으뜸 지도자로서 변법(變法)을 통해 전제군주제를 입헌군주제로 바꿀 것을 주장했다.

1898년 변법을 실시하려고 했지만 수구파의 반대에 부닥쳐 실패로 돌아가자(이른바 戊戌政變) 해외로 망명했다. 공자(孔子)의 유가(儒家) 학설을 신봉한 나머지 유학(儒學)으로 정치를 개혁코자 했다.

6 축복(祝福) : 중국 강남 지방의 풍습으로, 매년 섣달그믐에 신령에게 제사를 올려 지난해와 내년 한 해의 풍년과 평안을 비는 의식.

7 진단(陳搏, 871~989) : 자 도남(圖南), 호 부요자(扶搖子). 허난성(河南省) 루이(鹿邑) 사람. 송(宋)에서 오대(五代)에 이르는 유명한 도학자(道學者)이자 은자(隱者). 유불도(儒佛道) 삼가(三家)에 능했으며 후세 성리학(性理學)에 영향을 끼쳤다. 연단술(煉丹術)을 익혀 진단노조(陳搏老祖)로 일컬어진다.

8 사리통달 심기화평(事理通達 心氣和平) : 본디 주자(朱子)의 《논어집주(論語集注)》에 나오는 말. 명(明)나라 이동양(李東陽)이 《공씨사자자설(孔氏四子字說)》에서 '품절상명 덕성견정(品節詳明 德性堅定, 품행과 절조를 자상하고 분명하게 하면 도덕심을 견고하게 할 수 있다)'한 구를 덧붙여 대련(對聯)으로 만들었다. 이 대련은 저장성(浙江省) 사오싱(紹興)에 있는 루쉰(魯迅)의 고택에도 걸려 있다.

9 《강희자전(康熙字典)》: 청(淸)나라 강희 55년(1716)에 대규모 국책출판사업의 일환으로 완성된 중국 최대의 한자 자전(漢字字典)으로 한자의 음과 훈을 설명했다. 학자 30여 명이 참여하여 6년에 걸쳐 완성했으며, 총 4만 7,035자를 수록했다.

《근사록(近思錄)》: 1175년 주자와 여조겸(呂祖謙)이 만나 주돈이(周敦頤), 정호(程顥), 정이(程頤), 장재(張載) 등 네 학자의 글에서 학문과 일상생활에 요긴한 부분들을 가려 뽑아 편집한 것이다. 후세에 전해지면서 순서와 내용에서 많은 오류가 생기자 청(淸) 강영(江永, 1681~1762)이 자신의 견해와 함께 다양한 주석을 모아 오류를 바로잡은 《근사록집주》를 편찬했다.

《사서친(四書襯)》: 청나라 낙배(駱培)가 사서(四書, 대학·중용·논어·
맹자)를 자세하게 풀이한 책으로 《근사록집주》와 함께 과거(科擧)의 필
독서였다.

10 샹린(祥林) 아줌마 : 원문에는 '샹린사오(祥林嫂)'라고 했다. 여기서
'嫂'는 '형수', '아주머니'라는 뜻.

11 귀신은 음양의 조화에 의한 결과(鬼神者二氣之良能也) : 주자의 《근사
록》에 보인다. 鬼와 神은 음양(陰陽) 이기(二氣)의 조화로 생겼다는 뜻.

12 무상(無常) : 불가어(佛家語). 만물은 변하며 생멸변이(生滅變異)의 과
정에 있다는 뜻. 나중에 일부 민속에서는 '죽음', '영혼을 빼앗아가는 사
자(使者)' 등의 뜻으로도 쓰였다.

13 하늘이 내리는 풍운의 조화는 예측할 수 없다 : 원(元) 무명씨(無名氏)
의 《합동문자(合同文字)》 4절에 보인다. '천유불측풍운 인유단석화복
(天有不測風雲 人有旦夕禍福), 곧 하늘이 내리는 풍운의 조화는 예측할
수 없고, 인간의 길흉화복도 변화무쌍하다는 뜻.

14 은화(銀貨) : 원문에는 '잉양(鷹洋)'이라 했다. 본디 옛날 중국에서 유통
되었던 멕시코 은화로 동전 표면에 매 그림이 그려져 있다 하여 붙은 이
름. 후에는 1원짜리 '은화'를 뜻하기도 했다.

술집에서 在酒樓上[1]

나는 북쪽에서 출발해 동남쪽으로 여행하면서 빙 둘러 고향을 찾았다가 그길로 S성(城)으로 갔다. 내 고향에서 30리 떨어진 곳인데 조그만 배를 타면 반나절 정도 걸렸다. 나는 이곳에 있는 학교에서 1년 동안 교편을 잡은 적이 있었다.

한겨울 눈이 내린 뒤의 풍경은 쓸쓸하기만 했다. 게다가 몸이 나른하면서 옛 생각까지 들자 결국 나는 S성에 있는 뤄쓰(洛思)라는 여관에 잠시 머물기로 했다.

전에는 이 여관이 없었다. 본래 S성은 그리 크지 않았기 때문에 나는 만나볼 수도 있을 것만 같은 몇몇 옛 동료를 찾아보았다. 하지만 오래전에 어디로 흩어졌는지 남아 있는 동료가 하나도 없었다.

학교 정문을 지나게 되었는데 학교 이름과 모습이 모두 바뀌어 있어 매우 서먹서먹한 느낌이 들었다. 두 시간도 채 못 되어 나는 흥이 깨져버렸고, 무슨 일이나 많이 할 것처럼 이곳에 왔던 내 자신이 자못 후회스러웠다.

내가 묵은 여관은 방만 빌려주고 음식은 팔지 않았기 때문에 밥이나 요리는 반드시 외부에서 시켜다 먹어야 했다. 그런데 얼마나 맛이 없던지 입에 넣자 꼭 진흙을 씹는 것만 같았다.

창밖으로 담벼락만이 보였는데 그곳에는 물이 스며들어 생긴 얼룩 반점이 서려 있고, 말라 죽은 이끼가 누룽지처럼 덕지덕지 붙어 있었다. 그리고 그 위에는 잿빛 하늘이 희뿌옇게, 그것도 생기라고는 전혀 없는 모습을 하고 있었고 여기에다 싸락눈까지 흩날렸다.

점심도 설친 데다 소일거리도 딱히 없어 나는 아주 자연스럽게 예전에 잘 알던 조그만 술집 하나를 생각해냈다. '이스쥐(一石居)'라는 술집이었는데 여관에서 별로 멀지 않았다.

그래서 나는 그 즉시 방문을 걸어 잠그고는 길거리로 나와 그 술집으로 향했다. 사실 내가 술집을 생각해낸 것은 꼭 술을 마셔서 취해보고 싶었다기보다는 그저 나그네로서 여행 중에 느끼는 무료함을 달래기 위해서였다.

이스쥐는 여전히 그 자리에 있었다. 비좁고 음침한 점포의 앞모습이며 낡아 해진 간판도 변함이 없었다. 그렇지만 주인부터 종업원에 이르기까지 아는 사람이라고는 하나도 없었다. 그러니 이스쥐에서 보면 나는 아주 생소한 손님이었던 셈이다.

그렇지만 나는 옛날에 익히 다니던 식당 모퉁이에 나 있는 계단을 향해 뚜벅뚜벅 걸어가서는 이곳을 통해 조그만 2층으로 올라갔다. 2층도 작은 식탁이 다섯 개 있는 것은 예나 다름없었다. 하지만 본디 나무 격자로 만들었던 뒤의 창문만은 유리가 끼워져 있었다.

"사오싱주(紹興酒) 한 근(斤)에다…… 튀긴 두부 열 개, 고추장 좀 많이 넣어주시오!"

나는 뒤따라 올라온 종업원에게 이렇게 일러두고는, 뒤쪽 창문으로 걸어가 창가 식탁 앞에 앉았다.

2층은 그야말로 텅텅 비어 있었다. 그러니 내 맘대로 제일 좋은 자리를 고를 수가 있었고, 덕분에 나는 그 아래에 있는 황폐해진 정원을 내려다볼 수가 있었다.

그 정원은 아마도 이 술집에 속한 것은 아닌 듯했다. 나는 예전에도 여러 번 내려다보곤 했는데 때로는 눈이 내리는 날도 있었다.

그런데 지금 북방 정경에 익숙해진 내 눈으로 이 정원을 다시 보니 매우 경이로웠다. 늙은 매화나무 몇 그루가 눈보라에 맞서 가지마다 꽃을 활짝 피운 모습은 흡사 엄동설한쯤이야 아무렇지도 않다는 듯 보였다.

또 무너져 내린 정자 옆에는 동백나무가 한 그루 서 있었다. 검푸르고 빽빽한 잎 사이로 붉은 꽃 여남은 송이를 터뜨리고 있는 모습은 흡사 눈 속에서 활활 타오르는 불꽃처럼 보였다. 그것은 또한 멀리 나돌아다니면서 한가롭게 꽃구경이나 하고 있는 나그네의 마음을 분노와 오만에 가득 찬 눈빛으로 멸시라도 하는 듯했다.

이때 나는 또다시 이곳에 쌓인 눈에 불현듯 생각이 미쳤다. 습기를 촉촉이 머금은 눈은 한 번 달라붙으면 쉬이 떨어지지 않을 것 같은 데다 반짝반짝 빛까지 나는 것이, 밀가루처럼 바짝 말라 큰 바람이라도 한 번 휙 불면 온 하늘에 안개처럼 휘날리는 북방의 그런 눈과는 비교가 되지 않았다.

"손님, 어서 술 드시지요……."

종업원은 피곤한 듯 술잔과 젓가락, 그리고 술 주전자와 접시를 내려놓으면서 말했다.

이윽고 술이 나왔다. 얼굴을 돌려 술상을 마주하고 접시 따위를 가지런히 놓은 다음 술을 따랐다.

그러고 보니 본디 북방은 내 고향이 아니다. 하지만 그렇다고 남쪽으로 내려온대도 나라는 사람은 고작 또 하나의 나그네에 불과하지 않은가?

그렇다면 그쪽의 마른눈이 어떻게 휘날리고, 또 이쪽의 촉촉하고 도 보드라운 눈이 어떻게 내 마음을 끌든, 그것은 나와 아무런 관계 도 없다는 생각이 들기도 했다.

나는 약간 애수에 잠기기도 했지만 아주 편안한 마음으로 술 한 모금을 마셔보았다. 술맛이 매우 깔끔한 것이 좋았으며 두부도 퍽이 나 잘 튀겨졌다. 하지만 아쉽게도 고추장은 꽤나 담백하여 그다지 맵 지가 않았다. 본디 이곳 S성 사람들은 매운 것을 잘 먹을 줄 모른다.

아마도 오후였기 때문이리라.

술집이라고는 해도 전혀 술집 분위기가 나지 않았다. 이미 세 잔 이나 마셨는데도 내가 앉은 자리를 빼고는 아직도 술상 네 개가 비 어 있다. 황폐해진 정원을 내려다보노라니 왠지 점점 고독감이 밀려 왔지만 그렇다고 다른 손님이 올라오는 것도 바라지 않았다.

그러다 문득 계단을 올라오는 발걸음 소리를 듣고는 나도 모르게 언짢은 생각이 들기도 했는데 곧이어 종업원이라는 것을 알고는 다 시 안심이 되었다. 이러는 사이 나는 두 잔을 더 마셨다.

나는 이번만은 영락없는 술꾼이려니 생각했다. 왜냐하면 들려오 는 발걸음 소리가 아까 종업원보다 훨씬 느렸기 때문이다. 그가 계 단을 다 올라왔을 즈음이라고 짐작이 되자 나는 갑자기 두렵기나 한 듯 얼른 머리를 들어 나오는 아무런 상관도 없는 그 손님을 바라보 았다.

그 순간 나는 깜짝 놀라 자리에서 벌떡 일어섰다. 뜻밖에도 이런 곳에서 친구를 만날 줄은 꿈에도 생각하지 못했기 때문이다(만약 아 직도 내가 그를 친구라고 부르는 것을 허용해준다면).

계단을 올라온 그 손님은 틀림없는 나의 옛 동창생이자 내가 교사로 있을 때 같이 근무한 옛 동료였다. 얼굴 모습은 꽤 바뀌어 있었지만 한눈에 알아볼 수가 있었다. 다만 예전의 민첩하고 총명하던 뤼웨이푸(呂緯甫)하고는 전혀 다르게 행동거지가 매우 굼떴을 뿐이다.

"아니, 웨이푸 아닌가? 자네 어쩐 일로? 여기서 자네를 만날 줄은 꿈에도 생각하지 못했네."

"아! 아, 자네 아닌가? 나도 정말 뜻밖이라네……."

나는 그에게 함께 앉기를 권했지만 왠지 그는 좀 주저하는 듯 망설이다가 자리에 앉았다. 처음에는 이상하게 생각했으나 곧이어 서글픔과 함께 불쾌한 느낌마저 들었다.

나는 그의 얼굴을 자세히 뜯어보았다. 덥수룩한 머리카락과 턱수염은 여전했지만, 직사각형의 창백한 얼굴은 도리어 쇠약해 보이는데다 깡말라 있었다. 정신은 침착하고 고요한 것 같았으나 어딘지 모르게 의기소침해 보였다. 여기에다 짙고 검은 눈썹 아래의 두 눈마저 생기를 잃은 듯 보였다.

하지만 그가 천천히 사방을 둘러볼 때, 더욱이 황폐해진 정원을 내려다볼 때는 내가 학교에 있던 시절에 늘 보아왔던, 사람을 쏘아보는 듯한 그런 강렬한 눈빛이 순간적으로나마 번뜩이는 것을 볼 수가 있었다.

"우리가……."

나는 신이 났지만 실은 퍽이나 부자연스럽게 말을 꺼냈다.

"우리가 헤어진 지 아마 10년은 됐을걸. 나는 자네가 지난(濟南)에 있다는 것을 진작부터 알고 있었지만 너무 게으른 탓에 끝내 편지 한 장 쓰지 못했다네……."

"그야 피차 마찬가지 아닌가. 그런데 나는 지금 타이위안(太原)에 있다네. 그것도 벌써 2년이 넘었지 뭔가. 어머니와 함께 말일세.

내가 어머니를 모시러 갔다가 자네가 이미 이사를 갔다는 것을 알았지. 아예 깡그리 이사를 갔더구먼."

"자네는 지금 타이위안에서 무슨 일을 하고 있나?"

내가 물었다.

"학생을 가르치고 있다네, 같은 고향 사람 집에서……."

"그럼 그전에는?"

"그전에 말인가?"

그는 주머니에서 궐련 한 개비를 꺼내더니 불을 붙인 다음 입에 물었다. 그러고는 훅 하고 뿜어낸 담배 연기를 바라보면서 깊은 상념에 잠긴 듯 말했다.

"정말 쓸데없는 일을 했지 뭐. 그러니 아무것도 안 한 것과 다름없다고나 할까."

그 역시 우리가 헤어진 뒤의 내 형편에 대해 물었다. 나는 대강 얘기를 해주면서 종업원을 불러 우선 술잔과 젓가락을 가져오게 한 다음, 먼저 내 술부터 권하고는 술 두 근을 더 시켰다.

그사이에 요리도 시켰다. 사실 예전의 우리는 허물없는 사이였지만 이 순간만은 도리어 서로 사양을 하는 바람에 누가 어떤 요리를 시켰는지도 모를 정도였다. 그래서 종업원이 일러주는 대로 훼이샹더우(茴香豆)와 얼린 고기, 튀긴 두부, 청어 말린 것 등 모두 네 가지 요리를 주문했다.

"이곳에 돌아오고 나니 내 자신이 우습게 느껴지더군……."

그는 한 손으로는 궐련을 잡고 다른 손으로는 술잔을 들면서 웃는 듯 마는 듯한 표정으로 나를 보며 말했다.

"내가 어렸을 때의 일이었네. 벌이나 모기가 앉아 있는 것을 보고 놈들을 깜짝 놀라게 하면 그만 횡 날아가버렸지. 그러다 조그만

44

원을 한 바퀴 그리고 나서는 또다시 방금 앉았던 그 자리로 되돌아오는 거야. 나는 그것을 보고 우스꽝스럽기도 하고 측은하기도 했다네. 그런데 내 자신이 그 제자리로 되돌아올 줄이야 생각이나 했겠는가? 나는 조그만 원을 그렸을 뿐이라네. 그런데 뜻하지 않게 자네마저 돌아왔으니……. 자네는 훨씬 더 멀리 날아갈 수도 있었지 않았나?"

"딱히 뭐라 말하기는 어렵지만……. 아마도 나 역시 조그만 원을 한 바퀴 돌지 않았을까 싶네."

나도 웃는 듯 마는 듯 말했다.

"그런데 자네는 왜 되돌아왔는가?"

"나 역시 보잘것없는 일 때문이라네."

그는 단숨에 술 한 잔을 쭉 들이켠 다음 담배를 몇 모금 빨더니 눈을 약간 크게 뜨면서 말했다.

"보잘것없는 일이라……? 그렇지만 우리 한번 이야기해보는 게 어떻겠나?"

종업원이 새로 시킨 술과 요리를 가지고 와 한 상 가득 차려놓았고, 2층은 담배 연기와 튀긴 두부에서 피어오르는 열기가 더해져 분위기가 달아올랐다.

바깥에는 갈수록 눈이 더 많이 내리고 있었다.

"자네도 아마 알고 있었을 테지."

하고는 그가 말을 이었다.

"내겐 어린 동생이 하나 있었는데 세 살 즈음에 그만 죽었지 뭔가. 이곳에 묻었다네. 나는 동생의 생김새조차 잘 기억나지 않는데 어머니 말씀으로는 무척 귀엽게 생긴 아이였고, 또 나하고는 참 잘 어울렸다고 하시더군. 어머니는 지금도 동생을 떠올리면서 눈물을 글썽이곤 하시지. 그러다 올봄에 사촌 형한테 편지 한 통을 받았네. 동생 무덤 주위까지 물이 들어차 머지않아 하천으로 휩쓸려 갈 것 같으니 빨리 손을 써야 한다는 내용이었지 뭔가.

이 사실을 알게 된 뒤로 어머니는 초조해하며 며칠간 통 잠도 이루지 못하셨다네. 어머니도 편지를 읽으실 수 있거든. 하지만 나라고 무슨 뾰족한 방법이 있었겠나? 돈도 없지, 시간도 없지……. 정말이지 그 당시에는 아무런 방법도 없었다네. 그래서 지금까지 차일피일 미루다가 설 휴가를 틈타 이장을 하기 위해 이곳에 돌아온 걸세."

그는 다시 술 한 잔을 비우더니 창밖을 내다보면서 말했다.

"세상 어디에 또 이곳 같은 데가 있을까? 쌓인 눈 속에서도 꽃이 피고, 비록 눈 덮인 땅일지라도 그 아래는 얼지 않으니. 그래서 바로 그저께는 성안에 가서 조그만 관을 하나 샀다네. 땅속에 묻힌 것은 벌써 다 썩었으리라고 여겼거든. 그래서 솜과 이불을 가지고 와 인부 넷을 사서 이장하려고 고향으로 갔지.

나는 그때 갑자기 기분이 매우 좋아졌다네. 무덤을 파서 나하고 사이가 무척 좋았다는 어린 동생의 유골을 보고 싶었던 거야. 이런 일은 내 평생 경험해보지 못했던 것이라서…….

무덤에 가보니 과연 강물이 무덤 두 자 밖에까지 밀려와 넘실거리고 있더군. 불쌍한 무덤이지. 2년간 가토(加土)를 하지 않아 거의 평지가 되다시피 했더라고. 나는 눈밭에 서서 동생의 무덤을 가리키면서 결연한 태도로 인부들에게 말했지.

'파보시오!'

나는 정말이지 못난 놈이네. 그때 나는 내 목소리가 좀 이상하게 느껴졌어. 그 명령이야말로 내 일생에서 가장 위대한 명령이었거든.

그런데도 인부들은 조금도 놀라지 않고 그 즉시 파 내려가기 시작하더군.

묘혈(墓穴)까지 다 파 내려갔을 무렵, 가까이 다가가서 보니 과연 널은 이미 썩어 거의 사라졌고, 단지 나무 부스러기와 조그만 나뭇조각만 남아 있지 뭔가. 심장이 마구 떨렸지만 스스로 다가가 헤집어가면서 조심스럽게 어린 동생을 보려고 했다네. 하지만 뜻밖에도……! 이불이며 옷, 유골까지도 전혀 남아 있지 않았다네. '모든 것이 다 사라지고 없어도 머리카락만은 좀처럼 썩지 않는다'고 옛날부터 들어왔거든. 그랬기 때문에 머리카락만은 아직 남아 있을지도 모른다는 생각이 들었던 거지. 그래서 바짝 엎드려 베개가 놓여 있음 직한 곳의 흙을 자세히 살펴보았지만 역시 없더군. 흔적조차 남아 있지 않았다네!"

나는 문득 그의 눈언저리가 약간 충혈된 것을 보았지만, 곧 술기운 때문이라는 것을 눈치챘다.

그는 좀처럼 요리는 먹지 않고 술만 연거푸 들이켰다. 이미 한 근 넘게 마셔 얼굴빛과 행동거지에서 생동감이 되살아나기 시작하더니 차츰 옛날 내가 보던 뤼웨이푸의 모습에 가까워졌다.

나는 종업원을 불러 다시 술 두 근을 더 주문했다. 그러고는 몸을 돌려 술잔을 들고 그와 정면으로 마주 앉아 그가 하는 말을 묵묵히 듣기만 했다.

"사실이지 이번에는 이장할 필요가 없었어. 그저 무덤을 평평하게 다듬어놓고 관도 팔아버렸으면 만사형통이었을 텐데……. 자네는 내가 관을 팔아 치운다는 말이 좀 이상하게 들릴지 모르겠지만 가격만 아주 낮게 부르면 원래 관을 팔았던 점포에서도 되사려고 했을 것이고, 그렇게 되면 술값 몇 푼은 건지지 않았을까?

하지만 나는 그렇게 하지 않았네. 오히려 먼저 이불을 잘 깔아놓은 다음 솜으로 육신이 묻혀 있던 곳의 흙을 싸놓았지. 그러고는 새로 산 관에 담아 아버지가 묻혀 있는 무덤 쪽으로 옮겨 그 옆에다 묻어주었다네. 무덤을 벽돌로 덮는 공사를 해야 했기 때문에 어제는 반나절이나 감독하느라고 바빴지 뭔가. 이렇게 하여 일을 깔끔하게 마무리 지어놓았으니 이제는 어머니께 잘 말씀드려 안심시켜드리는 일만 남았네.

아 참! 자네가 나를 이렇게 빤히 쳐다보는 모습을 보니, '어쩌면 옛날과 이다지도 판이하게 달라질 수 있나?' 하고 기이하게 생각하는 것은 아닌지 모르겠군.

맞아! 나는 아직도 기억하고 있지. 옛날 우리가 함께 성황묘(城隍廟)[2]에 가서 신상(神像)의 수염을 뽑아버렸을 때며, 중국을 개혁하는 방법을 두고 며칠이나 논의를 하다가 끝내는 싸움까지 벌였던 그때를 말일세.

하지만 나는 지금 이 모양 이 꼴이 되었어. 그저 그렇게 되는대로 그냥……. 나는 가끔 이렇게도 생각한다네. 만일 옛 친구가 나를 본다면 아마도 더 이상 친구로 여기지는 않을 것이라고……. 하여튼 나는 지금 이 모양일세."

그는 다시 궐련 한 개비를 꺼내 입에 물고는 불을 붙였다.

"자네 기색을 보니 아직도 나에게 약간은 기대를 하고 있는 듯하군. 내가 지금은 많이 무뎌졌지만 그 정도 눈치는 챌 수 있지. 자네의 그런 눈빛이 나를 무척 감격스럽게 하지만 동시에 매우 불안하게도 만들고 있다네. 지금 이 순간까지도 나에게 호의를 품고 있는 옛 친구의 기대를 내가 끝내는 저버리지 않을까 해서 말일세……."

그는 갑자기 하던 말을 멈추고는 담배를 몇 모금 빨아들인 다음 다시 천천히 말을 이어 나갔다.

"바로 오늘이야. 여기 이스쥐에 오기 전에도 무료한 일 한 가지를 하고 왔다네. 하지만 그건 내가 하고 싶어서 한 일일세.

옛날 우리 집 동쪽에 창푸(長富)라는 이웃이 살았지. 뱃사공이었는데 아순(阿順)이라는 딸이 있었다네. 자네도 옛날에 우리 집에 왔을 때 아마 보았을걸. 하지만 자네는 틀림없이 기억하지 못할 거야, 그때는 그 애가 어렸으니까.

나중에 그리 예쁘지는 않았지만 그저 평범하고도 갸름했으며 마른 얼굴에 누런 피부를 하고 특히 두 눈이 유난히도 컸지. 눈썹도 무척이나 길었고. 또 흰자위가 마치 청명한 밤하늘처럼 푸르스름했네. 그것도 바람이 자는 북방의 맑은 하늘처럼 말이야. 이 고장에서야 어디 그처럼 맑고도 고요한 하늘을 볼 수가 있나?

그녀는 얼마나 야무진지 여남은 살 때 어머니를 잃고 나서 어린 남동생과 여동생을 잘 거두었지. 그러면서 아버지도 빈틈없이 잘 모셨다네. 살림도 잘해서 집안 형편도 차츰 안정되어갔지 뭔가. 이웃집 누구도 그녀를 칭찬하지 않는 이가 없었다네. 제 아버지 창푸조차도 가끔 감격에 겨워 말을 했을 정도니까.

이번에 내가 돌아온다고 할 때 어머니께서도 그녀를 기억하시더군. 노인이 기억력도 참 오래간다니까. 어머니 말씀으로는, 옛날 아순이 누군가의 머리에 꽂혀 있던, 벨벳으로 만든 붉은 꽃을 보고는 무척 갖고 싶어 했다는 거야.

하지만 뜻을 이루지 못하자 밤새도록 울다 그만 아버지에게 맞아 사흘 동안이나 눈두덩이 붉게 부어올라 있었다더군. 사실 벨벳으로 만든 꽃 따위는 외지에서 온 것이라 이곳 S성에서는 살 수조차 없지. 그러니 그 애가 어디서 그런 것을 손에 쥐어볼 수 있겠나? 그래서 어머니는 이번에 내가 남쪽으로 돌아가는 김에 두어 송이 사서 주라고 하셨다네.

나는 그런 심부름쯤은 그다지 성가시게 여기지 않고 오히려 아주 좋아한다네. 아순을 위해서라면 오히려 도와줄 생각도 있었으니까.

재작년에 어머니를 모시러 돌아왔을 때였지. 어느 날이었네. 창푸가 마침 집에 있더군. 우연히 그와 이런저런 이야기를 나누게 되었는데 도중에 간식으로 메밀 미숫가루를 내왔지 뭔가. 흰 설탕을 넣었다고 하면서. 자네 어디 한번 생각해보게. 집안에 흰 설탕을 두고 먹는 뱃사공이라면 결코 가난한 뱃사공은 아니지 않은가? 먹는 것도 꽤나 잘 먹었을 것이고…….

나는 권유에 못 이겨 먹겠다고는 했지만 작은 그릇으로 달라고 했네. 그런데 그는 세상 물정도 잘 아는지라 아순에게 이렇게 말하지 않겠는가.

'문인들은 많이 먹지도 못하니 그저 작은 그릇에 설탕이나 좀 듬뿍 넣어드리렴!'

하지만 좀 있다 차려 내올 때 나는 깜짝 놀랐다네. 큰 그릇에 듬뿍 내왔는데 내가 하루는 족히 먹을 수 있는 양이더군. 그래도 창푸가 먹는 큰 그릇에 비한다면 내 것은 확실히 작은 그릇이었지.

나는 그때까지만 해도 태어나서 한 번도 메밀 미숫가루를 먹어보지 못했거든. 이번에 먹어보니 정말이지 입에 맞지도 않고 굉장히 달기만 하더군. 나는 건성으로 몇 입 먹고는 그만 먹고 싶었는데, 무심결에 바라보니 저 멀리 집 모퉁이에 우뚝 서 있는 아순이 갑자기 눈에 들어오지 않겠나? 순간 그릇과 젓가락을 내려놓고 싶다는 용기가 싹 가시지 뭔가.

그녀의 표정에는 혹시 자신이 요리를 맛깔스럽게 잘 못하지는 않았나 하는 두려움과, 그래도 우리가 맛있게 먹기를 바라는 희망이 뒤섞여 있었다네. 나는 얼른 눈치챘지. 만약 내가 그 큰 그릇에서 절반 정도를 남긴다면 그 애는 틀림없이 실망하고, 또 무척 미안하게 생각할 것이라고.

그래서 그와 동시에 결심했지. 목구멍을 쭉 펴고는 아예 쏟아부었다네. 창푸와 거의 같은 속도로 말이야. 억지로 먹는 고통이 어떤 것인지 그때 비로소 알게 되었다네. 난 아직도 기억하고 있지. 어렸을 때 회충약 가루를 설탕과 뒤섞어 한 그릇 몽땅 먹어야 했을 때를 말이야. 그때만큼이나 힘들더군.

하지만 나는 그녀를 조금도 원망하지 않았다네. 빈 그릇을 치우려고 왔을 때 흡족한 마음을 억지로 참으면서 웃음 짓던 그녀의 표정에서 나의 고통은 이미 충분히 보상을 받고도 남았기 때문이지.

그래서 그날 밤은 너무 과식한 탓에 잠을 잘 이루지 못한 데다 악몽까지 연달아 꾸었지만, 그래도 나는 그녀의 평생 행복을 빌었고 온 세상이 그녀를 위해 아름답게 변하기를 기원했다네.

하지만 나의 이러한 생각도 옛날 내가 꾸었던 한낱 꿈의 흔적일 뿐이었다네. 나는 그 즉시 혼자 웃음을 짓고는 곧 잊고 말았지.

전에는 그녀가 벨벳 꽃 한 송이 때문에 아버지한테 맞았다는 사실을 나는 전혀 모르고 있었거든. 그러다가 이번에 어머니께서 말씀하시는 바람에 덩달아 메밀 미숫가루 이야기까지 생각이 미쳐 이렇게 뜻밖에도 분주하게 뛰어다니고 말았다네그려.

나는 먼저 타이위안 성내에서 한바탕 찾아보았지만 통 없더군. 그래서 곧장 지난까지 가보았는데……"

창밖에서 '사르륵' 하는 소리가 들려왔다. 잔뜩 휘어졌던 동백나무 가지에서 눈 무더기가 미끄러지듯 쏟아져 내렸다. 그러자 나뭇가지가 붓 대롱같이 곧추서더니 검게 번득이는 두툼한 잎사귀와 함께 선홍색의 꽃이 더더욱 함초롬히 드러나 보였다.

하늘은 잿빛으로 더욱 짙어졌고 참새가 재잘대는 것으로 보아 이미 황혼이 가까워온 듯했다. 대지가 온통 새하얀 눈으로 뒤덮여 먹이를 찾을 수 없게 되자 다들 일찌감치 둥지로 돌아가 쉬는 듯했다.

"곧장 지난까지 가보았는데……."

그는 창밖을 한 번 둘러보더니 몸을 돌려 한 잔을 쭉 들이켰다. 그러고는 다시 담배를 몇 모금 빨아들이고 나서 말했다.

"그제야 비로소 살 수 있었다네. 그 벨벳 꽃을 말이야. 그녀가 아버지한테 얻어맞으면서까지 갖고 싶어 했던 그 꽃이 바로 그런 것이었는지는 모르겠지만 어쨌든 벨벳으로 만든 거였으니까. 그녀가 짙은 색을 좋아할지, 아니면 옅은 색을 좋아할지도 몰랐지만 좌우간 그 자리에서 한 송이는 붉고 큰 것으로, 또 한 송이는 연분홍 색으로 사서 모두 여기까지 잘 가지고 왔다네.

바로 오늘 오후야. 난 점심을 마치자마자 곧장 창푸를 찾아갔지. 이 일 때문에 하루를 지체했거든. 그 사람 집은 그대로 있었지만 어딘지 모르게 좀 우중충하게 보였네. 그러나 그것은 아마도 나 혼자만의 느낌이었을지도 몰라.

아들과 둘째 딸 아자오(阿昭)가 문 앞에 서 있었는데 그새 참 많이도 컸더군. 아자오는 생김새가 언니와는 전혀 달라. 꼭 무슨 귀신같이 생겼는데 내가 자기 집 쪽으로 다가오는 것을 보더니만 그길로 냅다 집 안으로 날 듯이 뛰어 들어가더군. 남은 녀석에게 물어보니 창푸가 집에 없다는 거야. 그래서,

'그럼 네 큰누나는?'

하고 묻자 이놈이 글쎄 불현듯 눈을 부릅뜨더니만 '무슨 일로 누나를 찾느냐?'고 거푸 묻는 게 아니겠어? 그러면서 당장이라도 확 달려들어 물어뜯을 기세로 험악한 표정을 짓더군. 그 바람에 나는 어물어물 발뺌을 하면서 물러 나왔지 뭔가. 그래서 지금 이렇게 엉거주춤하고 있다네……

자네는 모르지만, 나는 이전보다 사람 만나러 가는 것을 더 두려워하고 있네. 왜냐하면 나는 내 자신부터 귀찮아한다는 것을 잘 알고 있기 때문이라네. 내 스스로도 귀찮아하면서 어떻게 남을 찾아가 불쾌하게 할 수 있느냐 말이야.

그래도 이번 심부름만은 제대로 처리하지 않을 수 없었기 때문에, 생각에 생각을 거듭한 끝에 마침내 비스듬히 맞은편에 있던 장작 가게로 되돌아갔다네. 가게 주인의 어머니는 라오파(老發) 할머니였는데 여전히 살아 계시더군. 그런데 아직도 나를 알아보시고는 자기 가게 안으로 불러들여 자리를 권하시는 거야.

우리는 몇 마디 인사말을 나눈 다음 내가 S성으로 돌아온 까닭과 창푸를 찾는 까닭을 말씀드렸네. 그랬더니 뜻밖에도 탄식을 하시면서 이렇게 말씀하시는 것이 아니겠나.

'가엽게도 아순은 벨벳 꽃을 꽂을 복이 없었나 보구먼……'

그러고는 자세하게 얘기를 해주셨는데, 그 할머니 말씀에 따르면 이러했네.

아마도 지난해 봄 이후부터였다나? 아순의 얼굴이 노래지고 점점 수척해지더니 나중에는 자주 눈물을 흘리며 울기까지 했다네. 까닭을 물어도 대답도 하지 않고 말이야. 어떤 때는 밤새도록 울기도 했고……. 그러자 참다 못한 창푸가 '다 큰 계집년이 미쳐버렸다!'

고 야단까지 쳤다는군.

하지만 그해 초가을이 되자, 처음에는 감기 정도로 대수롭지 않게 여겼는데 끝내 몸져눕더니만 이후 일어나지 못하고 말았다네. 그러다 숨을 거두기 며칠 전에야 창푸에게 말을 하기 시작했다나? 진작부터 엄마처럼 시도 때도 없이 각혈을 하고 식은땀을 흘렸노라고. 그렇지만 아버지가 걱정할까봐 줄곧 속여왔다고 했다네.

그러던 어느 날 밤, 큰아버지 창경(長庚)이란 자가 찾아와서는 돈을 빌려달라고 졸랐대. 이런 일은 늘 있어왔지만, 아순이 주지 않자 창경이 비웃으면서 이렇게 말했다는군.

'이놈아! 너무 으스대지 말아라. 네 사내는 나보다도 못한 놈이니까.'

이때부터 그녀는 수심에 잠겼고 부끄러워 누구에게 물어볼 수도 없어 그저 울기만 했다네. 이에 창푸가 그 사내가 얼마나 열심히 살려고 노력하는 사람인지 설명하면서 달래주었지만 때는 이미 늦었다네. 오히려 아순이 믿지 못하겠다는 태도로 반문했다지 뭔가.

'제가 지금 이 꼴이 되었는데 아무려면 어때요.'

라고 말이야.

할머니는 계속 말씀하셨네.

그녀의 사내가 정말로 창경보다 못하다면 그건 정말 끔찍한 노릇이라고. 닭이나 훔치는 좀도둑보다도 못하다면야 그게 어디 인간이란 말인가? 그렇지만 그 사내가 장례식에 왔을 때 할머니 눈으로 똑똑히 봤는데 옷도 정갈하게 입은 데다 체통도 그런대로 괜찮았다고 하더구먼. 그러면서 그 사내가 눈물을 펑펑 쏟으면서 말을 했다더군.

'반평생 조그만 배에서 일을 하면서 억척같이 돈을 모아 아내를 맞이하려고 했건만 그만 기어이 죽고 말았다!'라고 말이야. 그것만 보아도 그가 좋은 사람이었음을 알 수 있었던 게지. 창경이 한 말은 새빨간 거짓말이었던 거야. 좀도둑 같은 놈의 거짓말만 믿고 헛되게 죽은 아순만 가엾을 뿐이지. 하지만 이제 와서 누구를 탓하겠는가? 그저 아순의 박복(薄福)을 탓할 뿐이지.

아무튼 이렇게 되고 말았으니 내가 해야 할 일도 이젠 다 끝난 셈이네. 그렇지만 내가 가지고 있는 벨벳 꽃 두 송이는 어떻게 해야 하나? 라오파 할머니한테 부탁해서 아자오에게라도 다시 보내주고 싶었네. 하지만 그 아자오란 계집애는 마치 나를 무슨 늑대처럼 취급하고는 보자마자 도망쳐버렸거든.

그래서 정말이지 그 아이한테만은 보내고 싶지 않았지만 그래도 보냈다네. 그래놓고 내 어머니께는 아순이 무척 기뻐하더라고 말씀드리면 되지 않겠어? 그러니 정말 따분한 노릇이 아니고 무엇이겠는가? 그저 대강 그럭저럭 처리해놓고, 또 그렇게 새해를 보낸 다음 공자(孔子)[3] 왈…… 《시경(詩經)》[4]이 어쩌고저쩌고…… 하면 되는 거지 뭐."

"그렇다면 자네가 가르치고 있는 것이 '공자 왈…… 《시경》이 어쩌고저쩌고…… 하는 것인가?"

나는 아주 이상한 생각이 들어 물었다.

"물론이지. 그럼 자네는 아직도 내가 ABCD나 가르치고 있다고 생각했나? 처음에는 학생 둘을 가르쳤지. 하나는 《시경》이고 또 하나는 《맹자(孟子)》[5]였어. 그런데 최근 들어 하나가 더 늘었다네. 여자아이라서 이번에는 그 애에게 《여아경(女兒經)》[6]을 가르치고 있다네. 산학(算學, 산수)조차도 안 가르치고 있지. 아니야, 내가 가르쳐주지 않은 것이 아니라 그 사람들이 원치 않았거든."

"나는 정말이지 자네가 그런 것을 가르치고 있다고는 생각조차

하지 못했네……."

"그 애들의 아버지가 그렇게 가르치라고 요구하니 국외자인 난들 무슨 방법이 있었겠나? 이거야말로 정말 따분한 일이 아니고 무엇이겠는가? 그러니 그저 하라는 대로 따르는 수밖에……."

그는 벌써 얼굴이 잔뜩 상기되어 있었다. 어찌 보면 술에 취한 듯하기도 했다. 그래도 눈빛은 좀 소침해져 있었다. 나는 가볍게 탄식하면서 잠시 할 말을 잊었다.

이러는 사이 계단에서 한바탕 왁자지껄하는 소리가 들려오더니 술꾼 몇 명이 올라왔다. 첫 번째 사내를 보니 키가 짝달막한 것이 부기(浮氣)가 서려 있는 얼굴이었고, 두 번째 사내는 키가 훤칠한데 얼굴에 툭 불거진 빨간 주먹코를 달고 있는 자였다. 그다음에도 일행이 계속 올라왔는데 한꺼번에 올라오다 보니 조그만 2층이 마냥 흔들거릴 정도였다.

나는 눈길을 돌려 뤼웨이푸를 쳐다보았다. 공교롭게 마침 그도 눈길을 돌려 나를 바라보던 중이었다. 나는 종업원을 불러 술값을 계산하도록 했다.

"자네는 그 일로 생활해 나갈 수 있는가?"

나는 술자리를 떠날 채비를 하면서 물었다.

"그저 그래. 매달 20원(元)을 받는데 그럭저럭 버틸 수는 있다네."

"그렇다면 자넨 앞으로 어떻게 할 생각인데?"

"앞으로 말인가……? 그건 나도 모르지. 자네 어디 한번 생각해 보게. 우리가 옛날에 생각했던 것이 지금 단 한 가지라도 뜻대로 맞아떨어진 게 있나 말이야? 나는 지금 아무것도 예측할 수가 없다네.

내일조차 어떻게 될지 모르지. 아니, 당장 1분 뒤 일조차도……."

종업원이 계산서를 가지고 올라와 나에게 건네주었다. 뤼웨이푸도 처음 만났을 때 보였던 그런 겸손한 태도가 아니었다. 힐끗 나를 쳐다보더니 담배를 쭉 빨아들이고는 그저 내가 계산하는 것을 지켜볼 뿐이었다.

우리는 같이 술집을 나왔다. 그가 묵고 있는 여관은 마침 나하고는 정반대 방향이라 우리는 술집 문 앞에서 헤어져야 했다.

나는 내가 묵고 있는 여관을 향해 걸었다. 싸늘한 바람과 함께 내리치는 눈발이 얼굴을 때렸지만 왠지 상쾌한 기분이 들었다.

하늘을 보니 이미 황혼이었다. 집이며 길거리는 온통 쏟아지는 눈의 새하얀 그물에 뒤덮이고 있었다.

1924년 2월 16일

|주|

1 〈술집에서(在酒樓上)〉:이 작품은 1924년 5월 10일 상하이(上海)에서 발행된 《소설월보(小說月報)》15권 5호에 연재되었다.

2 성황묘(城隍廟):우리의 서낭당과 비슷하지만 정식으로 사당을 지어놓고 서낭신을 모신다는 점에서는 좀 다르다.

3 공자(孔子):루쉰의 눈에 공자(B.C. 551~B.C. 479)는 봉건시대의 전형으로, 타도의 대상이었다.

4 《시경(詩經)》:중국 최초의 시집, 총 305수. 무려 3천 년 전 주(周)나라 때의 시를 공자가 모았다. 유가(儒家)의 경전이었던 만큼 루쉰에게는 공

자와 함께 봉건의 상징이었으므로 타도의 대상이었다.

5 《맹자(孟子)》: 전국시대 유가의 대표 인물로 이름은 맹가(孟軻, B.C 372~B.C 289)인 맹자의 언행을 제자가 기록한 책이다.

6 《여아경(女兒經)》: 저자 미상. 명나라 때 출현한 뒤 여러 사람이 내용을 보충해 지금에 이르렀다. 봉건시대 여성들에게 예교(禮敎)를 강조했던 책. 속어와 격언을 바탕으로 편성하되 압운(押韻)까지 이루어 읽기 편리하게 했다. 여성을 속박하는 내용도 많으나 개중에는 수양, 처세, 가사, 근검절약 등 긍정적인 면도 많다.

행복한 가정 幸福的家庭[1]

'…… 작가가 작품을 쓰고 말고는 자기 마음이다. 그 작품이란 것은 태양의 빛처럼 무한한 광원 속에서 용솟음쳐 나온 것으로서 부싯불처럼 부시로 부싯돌을 쳐서 일으키는 그런 불빛과는 다르다. 이 것이야말로 진정한 예술이며, 또 그런 작가라야 진정한 예술가인 것이다. 그런데 나는…… 이게 무엇이란 말인가……?'

여기까지 생각이 미치자 그는 갑자기 침대에서 펄떡 일어났다. 전부터 생각해온 것이 있었다. 반드시 몇 푼이라도 고료를 받아야 생활을 할 수 있다고.

투고할 곳은 우선 행복월보사(幸福月報社)로 정해보았다. 고료가 좀 높았기 때문이다. 하지만 작품에는 반드시 주제의 범위가 있어야 하는 법, 그렇지 않으면 채택해주지 않을지도 모른다.

'범위다, 범위……. 지금 청년들의 머릿속을 차지한 커다란 문제는? …… 아마 꽤 많을 것이고, 혹은 매우 많은 부분이 연애나 결혼, 가정 따위가 되겠지……. 맞아, 확실히 수많은 사람들이 이 문제로 번민하고 있으며 또 그 같은 문제로 토론도 벌이고 있다.[2]

그렇다면 가정에 대해서 써보자. 하지만 어떻게 쓴단 말인가? …… 아니야, 아마 채택되지 않을지도 몰라. 왜 하필이면 시대에 뒤

떨어지는 것을 다룬단 말인가. 그렇지만……'

그는 침대에서 뛰어 내려와 네댓 걸음을 걸어 책상 앞으로 가서 앉았다. 그러고는 초록색 격자가 그려진 원고지 한 장을 꺼내더니 조금도 주저하지 않고, 또 자포자기하듯 제목 한 줄을 써 내려갔다.

'행복한 가정'이었다.

그의 펜은 즉시 멈췄다. 고개를 들더니 두 눈을 부릅뜨고는 천장을 바라보았다. 이 '행복한 가정'을 배치할 장소를 물색하는 것이었다.

그는 생각해보았다.

'베이징(北京)? 안 돼. 활기라고는 조금도 없는 데다 공기도 아예 죽어 있거든. 이 가정 주위에 높은 담장을 쌓는다고 공기가 차단될까? 그렇게 될 수야 없지. 장쑤(江蘇)나 저장(浙江)은 매일같이 전쟁 준비에 바쁘고, 푸젠(福建)은 더 말할 나위도 없지. 쓰촨(四川)과 광둥(廣東)은? 지금 모두 전쟁 중이잖아.[3]

그렇다면 산둥(山東)이나 허난(河南) 따위는? …… 아아……. 그곳은 납치될 위험이 있지.[4] 만일 단 한 사람이라도 납치가 된다면 그건 불행한 가정이 되는 거지. 상하이(上海)나 톈진(天津)의 조계(租界, 아편전쟁 이후 영국을 필두로 독일, 프랑스, 러시아, 이탈리아, 일본 등이 중국의 상하이, 톈진, 한커우 등지에 설정한 외국인 거주와 치외법권 인정 구역. 전형적인 불평등 조약의 결과로 제국주의 침략의 전초기지가 되었음)는 집세가 비싸고……. 만일 외국이라면? 웃기는 소리지. 윈난(雲南)이나 구이저우(貴州)라면 어떨지 모르겠지만, 그런데 그곳은 교통이 너무 불편해서…….'

그는 이리저리 생각해보았지만 마땅한 곳이 떠오르지 않았다. 그래서 그냥 A라고 가정했는데, 또 이렇게도 생각되었다.

'지금 알파벳으로 인명이나 지명을 표기하면 많은 사람들이 독자의 흥미를 떨어뜨린다고 반대하겠지?[5] 그래서 이번 투고에는 어쩌면 사용하지 않는 편이 더 좋을 것 같기도 하고, 또 더 안전할 것 같기도 하단 말이야.

그렇다면 어디가 좋단 말인가? 후난(湖南)도 전쟁 중이고, 다롄(大連) 역시 집세가 비싸다. 차하얼(察哈爾)[6], 지린(吉林), 헤이룽장(黑龍江)은? 듣자 하니 마적단(馬賊團)이 횡행한다고 하니 그곳도 안 되겠지……!'

그는 또다시 이리저리 생각해보았지만 역시 마땅한 곳이 떠오르지 않았으므로 마침내 결단을 내렸다. 곧 이 '행복한 가정'의 소재지를 A라고 가정해서 부르기로.

'어쨌든 이 행복한 가정은 반드시 A라는 곳에 있어야 해. 그것은 재론의 여지가 없어. 물론 가정에는 두 부부, 곧 남편과 아내가 있고, 그들은 자유결혼을 했다. 그런데 그들은 무려 마흔 개가 넘는 약조를 맺었으며 그것도 너무나 자세하여 굉장히 평등한 관계인 데다 매우 자유스럽기도 하다. 그리고 고등교육을 받았으며 우아하고 아름다우면서도 고상하기까지 하다……

이제 동양 유학생으로는 통하지 않는다. 그렇다면 서양 유학생이라고 가정하자. 남편은 항상 양복을 입고 있으며 빳빳하게 세운 칼라는 늘 눈처럼 희고, 아내는 앞머리를 항상 뽀글뽀글 볶아서 꼭 참새둥지처럼 하고 있다. 치아는 언제나 백설처럼 희게 드러나 보인다. 그렇지만 의상만은 중국식이다……'

"안 돼요, 안 돼, 그렇게는 안 돼요! 스물다섯 근입니다!"

그는 창밖에서 들려오는 한 남자의 목소리를 듣고 자기도 모르게 머리를 돌려보았다. 창에는 커튼이 드리워져 있고 햇빛이 비쳐 눈에서 현기증이 날 정도로 밝았다. 그의 눈이 침침해졌다. 그리고 곧이 어 작은 나뭇조각이 땅에 쏟아지는 소리가 들렸다.

'상관없어.'

그는 다시 머리를 되돌려 생각해보았다.

'무슨 놈의 스물다섯 근? 그들은 우아하고 아름답고 고상하지 않은가. 게다가 문예도 매우 사랑하고. 하지만 어릴 적부터 모두 행복한 분위기에서 자랐기 때문에 러시아 소설은 좋아하지 않는다……. 러시아 소설에는 하급 계층에 대한 묘사가 많으므로 이런 가정에는 정말 어울리지 않거든.

스물다섯 근이라? 신경 쓰지 말자. 그렇다면 그들은 무슨 책을 볼까? …… 바이런의 시일까, 아니면 키츠일까?[7]

안 되지. 둘 다 적절하지 못해. 아, 있다! 두 사람 모두《이상적인 남편》[8]을 즐겨 읽고 있거든. 나는 그 책을 보지 못했지만 대학교수까지 나서서 칭찬하는 것을 보면 아마 그 사람들도 틀림없이 즐겨 읽었을 거야. 너도 보고, 나도 보고……. 그 부부는 한 사람이 한 권씩, 그 가정에는 모두 두 권이 있다…….'

그는 배가 좀 출출한 것 같아 펜을 놓고는 두 손으로 머리를 받쳤다. 그의 머리가 마치 두 축 사이에 걸려 있는 지구본처럼 보였다.

'…… 마침 두 사람은 점심을 먹는 중이다.'

그는 생각해보았다.

'식탁 위에는 눈처럼 하얀 천이 깔려 있고, 요리사가 요리를 날라 온다……. 중국 요리다. 무슨 놈의 스물다섯 근? 그런 것은 신경쓰지 말자.

왜 중국 요리인가? 서양 사람들은 중국 요리가 제일 선진화되었고 제일 맛있으며 또한 제일 위생적이라고들 말한다.[9] 그래서 그들은 중국 요리를 선택했다.

요리사가 첫 번째 접시를 가져왔다. 하지만 이 첫 접시는 무슨 요리로 하지……?'

"장작이……."

그는 깜짝 놀란 듯 머리를 돌려 쳐다보았다. 왼쪽 어깨 너머로 자기 아내가 서 있는데, 쓸쓸하고도 음침한 두 눈은 자신의 얼굴을 뚫어져라 쏘아보는 듯했다.

"뭐라고?"

그는 아내가 오는 바람에 창작에 방해가 되었다고 여겨 좀 화가 났다.

"장작 말이에요. 다 때서 오늘 좀 샀어요. 지난번까지만 해도 열 근에 24전 하던 것이 오늘은 26전을 달라네요. 나는 25전을 주고 싶은데, 당신 생각은 어때요?"

"좋아, 좋아. 25전으로 해요."

"저울에서 너무 손해를 봤어요. 그 사람은 틀림없이 스물네 근 반이라고 하면서 장작 값을 계산하려 했지만 나는 스물세 근 반으로 쳐주고 싶은데 어떨까요?"

"좋아, 좋아. 스물세 근 반으로 쳐서 줘요."

"그렇다면 5, 5는 25, 3, 5는 15……."

"음, 음, 5, 5는 25, 3, 5는 15라……."

그는 더 말하지 않고 잠시 쉬는가 싶더니 갑자기 흥분한 듯한 모습으로 펜을 잡았다. 그러고는 '행복한 가정'이라고 한 줄 달랑 써둔 초록색 격자 원고지에다 계산을 해나가기 시작했다. 한참을 계산하더니 비로소 머리를 들고 말했다.

"58전이야!"

"그렇다면 내가 가진 것으로는 부족해요. 8, 9전 정도……."

그러자 그는 책상 서랍 속에 들어 있던 동전 한 움큼을 몽땅 꺼내서 보았다. 모두 서른 개는 넘는 듯했다. 그런 다음 죽 벌린 그녀의 손바닥에 놓아주고는 그녀가 방문을 나서는 것을 보고 나서야 비로소 다시 고개를 책상 쪽으로 돌렸다.

그는 머리가 온통 꽉 찬 느낌이 들었다. 마치 나무 가장귀처럼 온통 땔감으로 가득 들어찬 것 같았다. '5, 5는 25' …… 그의 대뇌피질에는 아직도 수많은 아라비아 숫자가 뒤죽박죽 인쇄되어 있는 듯했다.

그는 아주 깊게 심호흡을 하더니 다시 숨을 힘껏 내쉬었다. 마치 그렇게 해서라도 뇌리에 박혀 있는 장작과 '5, 5는 25' 따위의 아라비아 숫자를 몽땅 쫓아내버리겠다는 듯이. 과연 숨을 크게 내쉬고 나니 마음도 한결 가벼워졌다. 그는 다시금 어렴풋하게나마 생각을 하기 시작했다.

'무슨 요리로 하지? 요리라면 좀 특이해도 좋을 것 같은데. 사실이지 녹말가루로 반죽을 한 등심 튀김이나 새우와 해삼 요리로는 너무 평범해. 아무래도 그들이 먹는 것을 용호투(龍虎鬪)라고 말하고 싶은데. 하지만 용호투란 게 또 무엇인가? 어떤 사람은 뱀과 고양이탕이라고도 말한다. 광둥 요리 중에서도 고급에 속하는 요리다. 그래서 무슨 거창한 연회 석상이 아니고서는 맛보지 못하는 것이라고들 하지 않는가?

그렇지만 나는 장쑤의 한 식당 메뉴에서 그 이름을 본 적은 있다. 장쑤 사람들은 뱀과 고양이를 먹지 않는 듯했으니 아마도 누군가 말했듯이 개구리와 뱀장어가 아닐까?

그렇다면 지금 그 남편과 아내는 어디 사람으로 가정해야 하나? 그런 것 따위는 신경 쓰지 말자. 요컨대 어디 사람이건 뱀과 고양이,

또는 개구리와 뱀장어 요리를 먹었다고 해서 행복한 가정을 결코 손상하지는 못할 테니까.

어쨌든 첫 번째 요리를 반드시 용호투로 해야 한다는 데는 재론의 여지가 없겠다. 그래서 식탁 한가운데 용호투 한 접시가 놓였고, 두 사람이 동시에 젓가락을 집어 든다. 그런 다음 접시 가장자리를 가리키면서 서로 마주 보고 빙그레 웃는다.

"My dear, please."(여보, 어서 들어요.)

"Please you eat first, my dear."(당신이 먼저 들어야지, 여보.)

"Oh no, please your!"(아, 아니에요. 당신이 먼저 하세요!)

그러면서 그들은 동시에 젓가락을 죽 내밀고, 또 동시에 뱀 고기 한 점을 집어 든다. 아! 아니지. 뱀 고기는 너무 고약해. 그것보다는 뱀장어라고 하는 게 더 좋겠다. 그렇다면 이 용호투 요리는 개구리와 뱀장어로 만든 것이라고 해야겠다.

그들은 동시에 뱀장어 한 점을 집어 들었다. 크기도 같고. 5, 5는 25, 3, 5는……, 에라! 신경 쓰지 말자. 두 사람은 동시에 입속으로 집어넣었다……'

그는 뒤를 돌아보고 싶어서 견딜 수가 없었다. 왜냐하면 등 뒤가 매우 요란하게 느껴졌기 때문이다. 누군가 몇 번이나 왔다 갔다 하는 것 같았다. 하지만 그는 꾹 참고 이것저것 마구 생각해보았다.

'이건 좀 낯간지러운 느낌이 드는군. 세상에 어디 이런 가정이 있담? 에잇, 내 생각이 왜 이다지도 혼란스럽지? 이렇게 좋은 제목을 가지고도 작품 한 편을 잘 완성하지 못할 것만 같은데…….

어쩌면 반드시 유학생이라고 설정할 필요는 없을지도 몰라. 그저 국내에서 고등교육을 받은 사람이라고 해도 좋을 것 같은데. 그들은 모두 대학을 졸업했고, 고상하고 아름다운 데다, 고상이라……. 남

자는 문학가요 여자도 문학가, 혹은 문학을 숭배하는 자. 아니 여자
는 시인이고, 남자는 시인을 숭배하며 여성을 존중하는 자. 혹
은……'

그는 끝내 참을 수가 없어서 머리를 돌리고 말았다. 등 뒤에 있는
서가 옆에 이미 배추 한 무더기가 드러나 있었다. 아래 칸에 세 포
기, 가운데 칸에 두 포기, 그리고 맨 위 칸에 한 포기가 마치 거대한
A자처럼 쌓여 있었다.

"어이쿠!"

그는 깜짝 놀라 탄식을 했다. 그와 동시에 얼굴이 갑자기 화끈 달
아오르는 느낌이 들면서 등줄기에서는 수많은 바늘이 콕콕 찔러대
는 것 같았다.

"휴……!"

하고 크게 한숨을 내쉰 다음, 먼저 등줄기의 바늘부터 빼내고는
계속 생각에 잠겼다.

'행복한 가정이라면 집이 넓어야겠지. 짐을 쌓아두는 방이 한 칸
정도는 있어서 배추 같은 것들은 모두 그곳으로 보내고 말이야…….
또 남편의 서재도 별도로 한 칸 두어야겠지. 벽에는 책이 가득 꽂혀
있는 서가를 세우는데, 물론 그 옆에는 배추 무더기 따위는 결코 있
어서는 안 되겠고. 서가에는 중국 책과 외국 서적이 가득하고, 물론
《이상적인 남편》도 꽂혀 있고. 모두 두 권이…… 침실도 한 칸, 여
기에는 황동(黃銅)으로 만든 침대가 있고, 아니 좀 검소한 것으로
하자면 제일감옥(第一監獄)의 공장에서 만든 느릅나무 침대로도 족
하지. 침대 밑은 매우 깨끗하고……'

그는 즉시 자신의 침대 밑을 힐끗 쳐다보았다. 장작은 이미 다 때

서 없고, 볏짚으로 꼰 새끼줄 한 가닥만 죽은 뱀처럼 마지못해 누워 있었다.

"스물세 근 반⋯⋯."

장작개비가 마치 '끊임없이 흘러내리는 강물'처럼 침대 밑으로 마구 쏟아져 들어오면서 그의 머릿속은 또다시 땔감으로 들어차는 것 같았다.

그래서 그는 황급히 일어나 문 쪽으로 가서는 문을 닫으려고 했다. 하지만 두 손이 막 문에 닿는 순간, 도리어 너무 성급했다는 생각이 들었다. 그래서 잠시 손을 놓고 있다가 먼지가 잔뜩 쌓인 문 가리개만 내려놓을 뿐이었다.

그러면서 한편으로 생각했다. 문을 걸어 잠그고 지켜야 할 무슨 절박한 사정이 있는 것도 아니고, 그렇다고 활짝 열어젖힌다고 해서 어떤 불안감이 드는 것도 아닌데, 이것이야말로 '중용(中庸)의 도'[10]에 매우 부합하는 것이라고⋯⋯.

'⋯⋯ 그래서 남편의 서재 방문은 영원히 닫혀 있는 것이야.'

그는 다시 돌아와 의자에 앉고는 생각했다.

'상의할 일이라도 있다면 먼저 문을 노크하여 허락을 받고 나서 들어올 수 있는 것 아닌가. 이 방법이야말로 맞지. 지금 만약 남편이 자신의 서재에 앉아 있고 아내가 들어와서 문예를 이야기한다면 먼저 노크부터 할 것이다. 그러면 안심이지. 그녀가 꼭 배추를 들고 있지 않아도 되고.

"Come in, please, my dear." (들어와요, 여보.)

하지만 남편이 문예를 이야기할 시간이 없을 때는 어떻게 하지? 그렇다면 그녀에게 신경을 쓰지 않으면 되지. 그냥 계속 문밖에서 쾅쾅 노크하도록 놔둔다? 아마도 그러면 안 될 것 같다. 그런 것쯤이라면《이상적인 남편》에 모두 쓰여 있을지도 몰라. 그것은 확실히 좋은 소설일 테니까. 내가 만약 고료를 받는다면 꼭 한 권을 사서 읽어볼 생각이다……'

"찰싹!"

그는 허리뼈를 곧추세웠다. 경험에 의해 이 '찰싹!' 하는 소리가 아내의 손바닥이 그들의 세 살짜리 딸애의 머리를 때릴 때 나는 소리라는 것쯤은 알고 있었기 때문이다.

'행복한 가정은……'

그는 딸애가 우는 소리를 듣고도 여전히 허리를 곧추세운 채 생각에 잠겼다.

'아이를 늦게 낳으려면 아예 늦게 낳든가, 그렇지 않으면 차라리 아이가 없어서 부부 두 사람이 홀가분하게 사는 게 더 낫겠지. 그것도 아니라면 아예 여관방에 살면서 모든 잡일을 맡겨버리고 혼자서 홀가분하게 사는 것이 더 나을지도 모르고……'

아이의 울음소리가 커지자 그도 자리에서 일어나 문 가리개를 걷으면서 생각했다.

'마르크스는 딸아이의 울음소리가 들리는 가운데서도《자본론(資本論)》을 썼으니 위대한 사람이야……'

그는 밖으로 나가 바람막이 덧문을 열어젖혔다. 석유 냄새가 코를 찔렀다. 아이는 문 오른쪽에 넘어져 있다가 얼굴을 돌려 그를 보더니 그만 '앙' 하고 울음을 터뜨렸다.

"아가야, 괜찮아, 괜찮다고. 울지 마라, 울지 마. 귀여운 내 딸아."

그는 허리를 굽혀 딸을 껴안았다. 그가 딸을 품에 안고 몸을 돌리자 문 왼쪽에 아내가 서 있는 모습이 보였다. 그녀 역시 허리뼈를 곧추세우고 있었다. 하지만 두 손을 허리에 푹 찌른 채 노기등등한 모습이 마치 체조 연습이나 하려는 듯한 자세였다.

"너마저 나를 못살게 구는 거니? 도와주기는커녕 말썽이나 피우고 있으니……. 등잔까지 뒤엎어놓았으니 밤에 불은 어떻게 켠담?"

"아, 아! 괜찮아, 괜찮다고. 울지 마라, 울지 마, 아가."

그는 아내의 떨리는 목소리를 머리 뒤로 한 채 아이를 안고 방으로 들어갔다. 그러고는 아이의 머리를 어루만지면서 말했다.

"착한 우리 아기!"

그리고 다시 아이를 내려놓고 의자를 끌어당겨 펼친 다음 앉았다. 이번에는 두 무릎 사이에다 아이를 세워놓고는 손으로 떠받치면서 말했다.

"울지 마라, 착한 아기야. 아빠가 '고양이 세수하는' 모습을 보여줄게."

그와 동시에 그는 목을 길게 죽 빼고 혀를 내민 다음 손바닥을 멀찌감치 벌리고는 두 번이나 핥았다. 그러고는 손바닥으로 자기 얼굴을 향해 둥그런 원을 그렸다.

"호 호 호, 야옹."

그러자 아이가 웃기 시작했다.

"그래, 그래. 야옹."

그는 다시 얼굴에 몇 번이나 원을 그린 다음 비로소 손을 내렸다. 아이는 여전히 빙그레 웃으면서 눈물을 글썽인 채 그를 쳐다보았다.

그는 불현듯 아이의 귀엽고도 천진난만한 얼굴 모습이 5년 전 제 엄마와 꼭 닮았다는 생각이 들었다. 새빨간 입술이 특히 닮았는데 윤곽만 작을 뿐이었다.

그때도 맑은 겨울날이었다. 그가 어떠한 난관을 무릅쓰고라도 그녀를 위해 모든 것을 바치겠노라고 말했을 때도 그녀는 이처럼 빙그레 웃으면서 눈물을 글썽인 채 그를 쳐다보았던 것이다.

그는 망연히 의자에 걸터앉았다. 그 모습이 흡사 술에 약간 취한 듯 보이기도 했다.

'아, 아! 귀여운 입술……'

하고 그는 생각했다.

갑자기 문 가리개가 걷히더니 장작이 들어왔다. 그는 워낙 졸지에 당한 일이라 깜짝 놀라 정신을 차렸다. 눈을 똑똑히 뜨고 바라보았다. 아이는 그때까지도 눈물을 글썽이면서 새빨간 입술을 벌린 채 그를 쳐다보고 있었다.

"입술이……."

힐끗 옆을 보니 장작이 막 들어오고 있었다.

'…… 아마 장래에도 5, 5는 25, 9, 9는 81이겠지! …… 또한 두 눈이 침침해져 있을 테고…….'

이렇게 생각하고는 즉시 제목 한 줄만 달랑 써둔 채 잔뜩 계산을 했던, 초록색 격자가 그려진 그 원고지를 거칠게 움켜쥐었다. 그러고는 몇 번이고 구깃거린 다음 다시 펴서 아이의 눈물과 콧물을 닦아주었다.

"내 착한 아이, 이제 가서 놀려무나."

아이를 떠밀면서 말하고는 그길로 종이 뭉치를 힘껏 휴지통에다 던져버렸다.

하지만 그 순간 아이에 대해 좀 안됐다는 생각이 들어 다시금 고개를 돌려 혼자 쓸쓸히 나가는 아이를 눈빛으로나마 보내주었다. 귓속에서는 나뭇조각 소리가 들려왔다.

그는 정신을 가다듬어보려고 애를 썼다. 그래서 다시 고개를 돌려 눈을 감고는 잡념을 떨쳐버리고 차분한 마음으로 자리에 앉았다.

눈앞에 등황색(橙黃色) 꽃술을 단 타원형의 까만 꽃 한 송이가 나타나 왼쪽 눈의 왼쪽 모퉁이에서 오른쪽으로 날아가더니 사라졌다. 곧이어 이번에는 흑록색(黑綠色)의 꽃술을 달고 있는 밝은 초록색 꽃 한 송이가 나타났다.

그리고 이어서 여섯 포기가 쌓인 배추 더미가 마치 거대한 A자처럼 자신을 향해 우뚝 서 있었다.

1924년 2월 18일

|주|

1 〈행복한 가정(幸福的家庭)〉:이 작품은 1924년 3월 1일 상하이의 《부녀잡지(婦女雜志)》 월간 10권 3호에 처음 실렸다. 본문 발표 편말에 붙어 있던 작자의 〈부기(附記)〉에는 다음과 같이 기록되어 있다.

"나는 작년에 《신보부간(晨報副刊)》에서 쉬친원(許欽文) 군이 쓴 〈이상적인 반려자〉라는 글을 읽었을 때 불현듯 이 글의 주제를 떠올리면서 만일 그의 필치로 쓴다면 도리어 격에 매우 잘 어울릴 것이라는 생각이 들었다. 그렇지만 단지 그렇게만 생각했다.

그러다 어제 갑자기 다시 생각이 났다. 마침 별다른 일도 없던 터라 그냥 이렇게 써보았다. 단지 끝 부분에 가서는 점차 궤도를 벗어나고 말았는데 그것은 분위기가 너무 침울했기 때문이다. 내가 보기에 그가 쓴 작품의 결말은 이렇게 침울하지는 않았다. 하지만 대체적으로 여전히 '모방'이 아니라고는 말할 수 없을 것 같다.

2월 18일 등잔불 아래, 베이징에서 씀."

* 참고 : 쉬친원은 저장성(浙江省) 사오싱(紹興) 사람으로 당시의 청년 작가. 단편소설집 《고향(故鄕)》 등이 있다. 그의 《이상적인 반려자》는 1923년 8월 《부녀잡지》 9권 8호에 실렸던 '나의 이상적인 배우자' 공모에 응해 쓴 풍자소설로 같은 해 9월 9일 베이징의 《신보부간》에 실렸다.

2 당시 일부 신문에서는 연애나 결혼, 그리고 가정 문제를 가지고 토론을 벌이곤 했다. 가령 1923년 5, 6월경 《신보부간》에서 '애정 측정' 토론이 있었고, 《부녀잡지》에서는 '이상적인 배우자'에 관하여 원고를 공모하기도 했으며, 나아가 《배우자 선택호(配偶選擇號)》(9권 11호)를 출판했던 것 등이 그러하다.

3 여기서 말하는 장쑤, 저장, 푸젠, 쓰촨, 광둥 등지의 전쟁이란 당시 그 지방에서 할거하던 군벌(軍閥)들 간의 전쟁을 뜻한다.

4 옛날 마적단 등이 사람을 납치한 다음 돈을 요구하곤 했는데, 당시 산둥이나 허난 등지에서 유사한 사건이 자주 발생했다.

5 1923년 6월에서 9월에 이르는 동안 《신보부간》에서는 로마자 사용에 관하여 논쟁이 있었다. 같은 해 8월 26일 이 신문에 실린 정자오쑹(鄭兆松)의 〈로마자 문제의 조그마한 결말(羅馬字母問題的小小結束)〉이라는 문장에서는 "소설 속에서 로마자를 섞어 사용하게 되면 그것을 모르는 대다수의 민중으로서는 일종의 혐오감이 생겨 소설의 보편성을 손상시킬 수 있다"라고 지적했다.

6 차하얼(察哈爾) : 당시의 차하얼특별구를 가리킨다. 1928년 성(省)으로 되었다가 1952년 폐지되고 허베이(河北)나 산시(山西), 네이멍구자치구(內蒙古自治區)로 편입되었다.

7 바이런(G. Byron, 1788~1824)과 키츠(J. Keats, 1795~1821) 모두 저명한 영국 시인이다.

8 《이상적인 남편》: 원문에는 《이상지양인(理想之良人)》으로 되어 있다.

영국의 작가 오스카 와일드(O. Wilde, 1854~1900)가 쓴 희극 《이상의 남편(An Ideal Husband)》으로서 5·4운동을 전후하여 중국에서도 번역되어 《신청년(新靑年)》 1권 2, 3, 4, 6호와 2권 2호에 실렸다.

9 작자는 일찍이 《화개집속편(華盖集續編)·마상즈(馬上支) 일기》에서 이렇게 말했다.

　"근년에 와서 우리나라 사람이나 외국인들이 중국 요리를 칭찬하는 말을 듣곤 했다. 입에 맞는다느니 위생적이라느니, 그리고 세계 제일, 심지어 우주에서도 제일이라고 했다.

　그러나 사실 나는 어떤 것이 중국 요리인지 잘 모른다. 어디에서는 파나 마늘에 밀가루 전병을 함께 씹어 먹는가 하면 다른 데서는 식초나 고추, 절인 채소로 밥을 먹기도 한다. 그리고 아직도 많은 사람들이 검은 소금을 맛보고 있으며, 그나마 많은 사람들은 그것조차 먹어보지 못하고 있다.

　중국인이든 외국인이든 '맛이 있고 위생적이며 세계 제일'이라고 말하는 것은 물론 이런 것들은 아닐 것이며, 당연히 부호들이나 상류층의 사람들이 먹는 요리일 것이다."

10 중용(中庸)의 도 : 유가 학설. 송 주자(朱子)의 《중용장구집주(中庸章句集注)》에 "中이란 어느 한쪽에 치우치지 않으며 너무 지나치지도 않고 그렇다고 부족하지도 않은 상태를 말하는 것이다. 庸이란 평상을 말한다(中者, 不偏不倚, 無過不及之名 ; 庸, 平常也)"라고 했다.

비누肥皂[1]

쓰밍(四銘) 부인은 석양빛 아래에서 북창을 등진 채 여덟 살 난
딸 슈얼(秀兒)과 함께 지전(紙錢)[2]에 풀을 붙이고 있었다. 그때 갑자
기 헝겊신 바닥이 끌리는 소리가 무거우면서도 느릿느릿하게 들려
왔다. 쓰밍이 들어온다는 것을 눈치챘다. 그렇지만 그녀는 나가 보
지도 않고 그저 지전을 붙이기만 했다.

하지만 그 헝겊신 바닥이 내는 소리가 점차 커지며 가까이 다가
오더니 이윽고 자기 바로 옆에 와서 멈추는 것 같았다. 그래서 하는
수 없이 눈길을 돌려 쳐다보았다. 쓰밍이 바로 앞에 와 있었다. 어깨
를 올린 채 구부정한 허리를 하고서 마고자 안에 입은 저고리 앞섶
안쪽에 붙어 있는 호주머니에서 무언가 열심히 뒤지고 있는 모습이
눈에 들어왔다.

남편은 가까스로 손을 훔쳐 꺼냈는데 손안에는 작고도 길쭉한,
그러면서도 해바라기 잎 같은 초록색 포장이 하나 쥐어 있었다.

그는 즉시 그것을 아내에게 건넸다. 아내가 받아 든 순간 마치 올
리브 같기도 하고 아닌 것 같기도 한, 하여튼 알 수 없는 묘한 냄새
가 확 풍겨왔다. 게다가 그 초록색 종이 포장 위에는 황금빛도 찬란
한 상표와 가늘고 빽빽한 무늬가 무수히 찍혀 있었다.

별안간 슈얼이 홀쩍 뛰어와 냅다 빼앗으려고 하자 쓰밍 부인이 황급히 밀쳐냈다.

"거리에 나갔었나요……?"

그녀가 힐끔 쳐다보면서 물었다.

"음, 음."

그는 그녀의 손에 들려 있는 종이 포장을 보면서 말했다.

결국 그 초록색 종이 포장이 열리게 되었다. 그 안에는 아주 얇은 종이 한 층이 더 있었는데 그것 역시 초록색이었다.

종이를 들추자 드디어 물건의 정체가 드러났다. 광택이 흐르면서도 매끄럽고 딱딱했는데 그것도 초록색이었다. 그 위에도 여전히 가늘고 빽빽한 무늬가 무수히 찍혀 있었는데 알고 보니 그 얇은 종이의 색깔은 본디 미색(米色)이었다. 이번에도 마치 올리브 같기도 하고 아닌 것 같기도 한, 여하튼 알 수 없는 묘한 냄새가 확 풍겨왔는데 아까보다도 더 진했다.

"아! 이제 보니 좋은 비누였군요."

그녀는 마치 어린애처럼 그 초록색 물건을 받쳐 들더니 코밑에다 갖다 대고는 냄새를 맡으면서 말했다.

"음, 음. 당신, 앞으로는 이걸 써요……."

그녀는 그가 입으로는 이렇게 말하면서도 눈길은 자신의 목덜미를 뚫어지게 쳐다보고 있다는 것을 알았다. 순간 왠지 모르게 광대뼈 밑의 뺨이 후끈 달아오르는 느낌이 들었다.

그녀는 가끔 우연히 목덜미를 만져보곤 했는데, 특히 귀밑을 만져볼 때는 손끝에 감지되는 촉감이 왠지 좀 거칠었다. 오랜 세월 쌓여온 묵은 때려니 하고 여기고는 여태껏 신경을 쓰지 않았다. 그런데 지금 남편이 주시하고 있는 데다 이 초록색의 독특한 향기를 내

뽑는 서양 비누를 대하고 있자니 얼굴이 화끈 달아오르는 것을 참을 수 없었다. 더군다나 그 열기가 자꾸만 퍼져 나가더니 순식간에 귀뿌리까지 화끈거리지 않는가. 그래서 그녀는 저녁을 먹고 나면 이놈의 비누로 죽을힘을 다해 씻어내겠노라고 작정했다.

"쥐엄나무 씨앗만으로는 깨끗이 씻기지 않는 데가 있거든."

그녀는 혼잣말로 중얼거렸다.

"엄마, 그거 나 줘!"

슈얼이 손을 내밀어 초록색 종이를 낚아채려고 했다. 밖에서 놀던 막내딸 자오얼(招兒)도 달려왔다. 쓰밍 부인은 황급히 두 딸을 떠밀고는 얇은 종이로 잘 싼 다음 다시 원래 모습처럼 초록색 종이로 포장해두었다. 그러고는 세면장으로 가 맨 위칸의 격자 안에 넣어놓고는 힐끔 한번 쳐다본 뒤에 이내 몸을 돌려 아까처럼 지전을 붙였다.

"쉐청(學程)……!"

무슨 일이라도 생각이 난 듯 쓰밍이 갑자기 목청을 길게 뽑은 소리로 부르더니 아내 맞은편에 있던 등받이가 높은 의자에 털썩 주저앉았다.

"쉐청아……!"

그녀도 남편을 거들어 자기 아들을 불렀다.

그녀는 지전 붙이던 손을 멈추고 귀를 기울여보았지만 아무런 소리도 들리지 않았다. 게다가 머리를 쳐들고 초조하게 기다리는 남편의 모습을 보고는 무척 안쓰럽다는 생각이 들어 이번에는 목청을 한껏 돋우어 찢어지는 소리로 불렀다.

"췐얼(絟兒)!"

이번에는 확실히 효험이 있었다. 뚜벅뚜벅 걷는 가죽구두 소리가 가까이 들려오더니 곧 췐얼이 그녀 앞에 우뚝 섰다. 짧은 적삼만 걸친 채 살찌고 동그란 얼굴에서는 영롱한 구슬땀이 뚝뚝 떨어지고 있었다.

"너 뭐 하고 있었니? 어떻게 아빠가 부르시는데도 듣지 못하고?"

그녀는 나무라듯 말했다.

"팔괘권(八卦拳)³을 하고 있었어요……."

그러고는 즉시 쓰밍을 향해 몸을 돌려 연필처럼 몸을 곧추세운 채 서서 쳐다보았다. 무슨 일이냐고 묻는 뜻이었다.

"쉐청, 하나 물어보겠다. '어뚜푸(惡毒婦)'가 무슨 뜻이냐?"

"어뚜푸라고요? …… 그야……. '아주 표독스런 여자'를 말하겠지요 뭐……?"

"말도 안 되는 소리! 함부로 지껄이고 있구나!"

갑자기 쓰밍이 불같이 화를 냈다.

"그럼 내가 '여자'란 말이냐!?"

쉐청은 화들짝 놀라 두 발짝 뒤로 물러나서는 더욱 곧추섰다. 비록 가끔 아버지가 길을 걷는 모습이 무대 위에 선 늙은 서생(書生)과 몹시도 닮았다는 생각을 해보기는 했지만, 그렇다고 아버지를 '여인'으로 여긴 적은 없었던 것이다.

그는 자신의 대답이 크게 잘못되었다는 것을 깨달았다.

"어뚜푸가 아주 표독스런 여자라는 것을 몰라서 내가 너에게 묻는 줄 아니? …… 이건 중국어가 아니라 양놈들의 말이야. 분명히 묻는데 너, 무슨 뜻인지 알고나 있니?"

"저…… 저는 모르겠는데요."

쉐칭은 더욱 위축되고 말았다.

"흥, 네놈을 학교에 보냈는데 헛돈만 쓰고 말았군. 이런 것도 모르다니. 네놈의 학교에서는 '말하는 것과 듣는 것을 모두 중시한다'고 떠들어대더니, 이제 보니 아무것도 가르쳐준 것이 없구나. 이런 양놈들의 말을 지껄였던 녀석은 고작 열 네댓 살짜리로 너보다도 더 어리더라. 그 녀석들은 벌써 재잘재잘 잘도 지껄이던데 네놈은 무슨 뜻인지조차도 모른단 말이냐. 그래 놓고 무슨 낯짝으로 '모르겠는데요!'라고 하는 거냐? 냉큼 나가서 무슨 뜻인지 알아 가지고 와!"

"예."

쉐칭은 기어 들어가는 목소리로 말하고는 공손하게 물러 나왔다.

"이런 걸 가지고 꼴불견이라고 하는 거야!"

얼마 지나 쓰밍은 또다시 화가 나서 말했다.

"요즘 학생이라는 것들은……. 사실 광서(光緒) 시대에 나는 누구보다도 학교를 열자고 주장했던 사람이야.[4] 하지만 학교의 폐단이 이렇게 클 줄은 꿈에도 생각하지 못했단 말이야. 무슨 해방이니, 자유니 하고 떠벌리기만 했지 실질적인 학문은 하지 않고 소란만 피우고 있다고.

그동안 쉐칭이란 놈을 위해 쓴 돈이 얼만데, 헛돈을 썼다니까. 녀석을 어렵사리 중국과 서양 학문을 절충한 학교에 보냈어. 또 영어에서는 오로지 말하는 것과 듣는 것을 모두 중시한다고 떠들어대더니만…….

그래, 당신은 그만하면 괜찮다고 여길지도 모르겠지. 흥, 하지만 1년이나 배웠다는 놈이 어뚜푸조차 뭔지 모르고 있으니, 여전히 죽은 글만 읽고 있었구먼. 젠장! 학교는 무슨 놈의 얼어죽을 학교, 도대체 무슨 인재를 양성했단 말인가? 솔직히 말해 죄다 문을 닫아버렸으면 좋겠다니까!"

"맞아요, 나도 모조리 문을 닫아버렸으면 좋겠어요."

쓰밍 부인이 지전을 붙이다 말고 동감한다는 듯 말했다.

"슈얼 같은 애들도 학교에 보낼 필요가 없어. 전에 쥬(九) 영감이 '계집애들에게 무슨 놈의 공부를 시켜?' 하면서 여자아이를 학교에 보내는 것을 반대했을 때만 해도 나는 그분을 공격했었지. 그런데 지금 보면 그 늙은이의 말씀이 옳단 말이야.

당신, 어디 한번 생각해봐요. 여자들이 떼로 길거리를 걸어다니는 것도 눈꼴사나울 판인데 머리까지 자르려고 드니. 내가 제일 고깝게 생각하는 것이 바로 그런 머리 자른 여학생들이라고. 솔직히 말해 군인이나 비적(匪賊)들은 그래도 용서할 구석이 있어요. 지금 천하를 어지럽히고 있는 건 바로 여자들이야. 마땅히 아주 엄하게 다스려야 해……."

"맞아요, 사내들이 중머리같이 되는 것도 모자라 이제는 여자들마저 비구니를 닮으려고 하잖아요."

"쉐청!"

순간 쉐청이 금테를 두른 작고도 두툼한 책을 한 권 들고 종종걸음으로 뛰어들어 왔다. 이어 아버지에게 건네고는 한 곳을 가리키면서 말했다.

"이 부분이 좀 비슷해요. 이게……."

쓰밍이 책을 받아 들고 보니 사전이었다. 그런데 글자가 너무 작은 데다 가로로 쓰여 있었다. 그는 미간을 찌푸리면서 창가로 들고 가서는 실눈을 뜬 채 쉐청이 가리켰던 한 줄을 읽어 내려갔다.

"18세기에 세워진 공제조합(共濟組合)[5]의 명칭이라? 음, 틀렸어. 이건 어떻게 발음하나?"

그는 앞에 있는 '양놈의 글자'를 가리키면서 물었다.

"오드 펠로우즈(Odd fellows)."

"틀렸다, 틀렸어. 그게 아니야."

쓰밍은 또다시 화가 치밀어 올랐다.

"잘 들어라. 그건 나쁜 말이야, 남을 욕할 때나 하는 말이라고. 나 같은 사람을 욕하는 말이라고. 알겠나? 다시 한 번 찾아봐라!"

쉐청은 아버지를 힐끔힐끔 몇 번이나 쳐다보고는 꿈쩍도 하지 않았다.

"그건 대체 무슨 뚱딴지같은 소리예요, 밑도 끝도 없이? 먼저 잘 말해준 다음 애보고 가서 열심히 찾아보라고 해야지요."

그녀는 쉐청이 난처하게 서 있는 모습을 보고는 마음이 쓰여 수습에 나서면서 볼멘소리로 말했다.

"바로 내가 큰길에 있는 광룬샹(廣潤祥)에서 비누를 살 때였소."

쓰밍은 숨을 한 번 내쉬고 고개를 돌려 그녀를 쳐다보면서 말했다.

"마침 학생 셋이 가게 안에서 물건을 사고 있었지. 녀석들이 보기에는 내가 좀 수다스러웠던 모양이야. 단숨에 대여섯 가지를 둘러보았는데 모두 40전 이상을 달라기에 사지 않았거든. 한 개에 10전짜리를 보니 너무 조잡했어, 향기도 나지 않았고. 그래서 생각했지. 아무래도 중간 정도가 좋을 것 같더군.

그래서 녹색으로 한 개를 골랐는데 24전이라는 거야. 본래 점원이란 놈들, 잇속 차리는 데는 귀신이잖아. 눈초리를 치킨 채 입은 벌써 개 주둥이를 하고 있더군. 그 망할 놈의 어린 학생 녀석들은 저희들끼리 눈길을 주고받으면서 서양 놈의 말을 지껄이고는 웃어대지 않겠어. 나는 점원에게 한번 뜯어보고 나서 돈을 지불하겠다고 했지. 양놈의 종이로 싸여 있어서 물건이 좋은지 어떤지 알 수가 있어야지.

80

그런데 그놈의 잇속 귀신 점원이란 녀석은 순순히 응하기는커녕 되지도 않는 말만 늘어놓으면서 생떼를 쓰는 게 아니겠어. 여기에 망할 놈의 그 어린 녀석들까지 한패가 되어 키득거리면서 웃어대고.

아까 그 말 말이야, 그중 제일 작은 놈이 한 말이라고. 게다가 눈을 똑바로 뜨고 나를 쳐다보면서 지껄여대니 다들 폭소를 터뜨리더군. 그러니 나쁜 말임에 틀림없다 이 말이야."

그리고 고개를 쉐청에게 돌리면서 말했다.

"'욕설'이라는 부분만 한번 찾아봐라!"

쉐청은 기어 들어가는 목소리로 말했다.

"예, 알겠습니다."

그러고는 공손하게 물러났다.

"그놈들은 또 무슨 '신문화(新文化), 신문화' 하고 목청을 돋우어 떠들어대더군. 그래, 이 모양 이 꼴로 '화(化)'해놓고도 모자라서……?"

그는 두 눈의 시선을 대들보에 고정시킨 채 혼자서 맘껏 푸념을 늘어놓았다.

"학생 놈들에게도 도덕이 없지만 이 사회에도 도덕이 없어요. 그러니 지금이라도 방법을 찾아 되돌려놓지 않는다면 중국은 틀림없이 망하고 말 거야. 어디, 당신 한번 생각해봐요. 얼마나 통탄할 노릇인지……."

"무슨 말이에요?"

그녀는 그저 내키는 대로 물었을 뿐 전혀 놀라는 기색은 없었다.

"효녀(孝女) 말이오."

그는 그녀에게로 눈길을 돌리면서 정중하게 말했다.

"큰 길거리에 거지 둘이 있었소. 하나는 처녀였는데 열 여덟아홉 살쯤 되어 보였소. 사실 그 나이에는 영 어울리지 않는 일이지만 그래도 그녀는 걸식을 하고 있더군. 그런데 60, 70쯤 되어 보이는 노파와 함께 있었지. 백발에다 앞을 못 보는 이였는데 한 포목점 처마 밑에 앉아서 구걸을 하고 있었어. 다들 그 처녀를 효녀라고 했고 늙은이는 그녀의 할머니라고 하더군.

그녀는 조금이라도 구걸하면 그걸 몽땅 할머니께 잡수라고 드리고 자신은 배를 쫄쫄 굶기를 마다하지 않았소. 그렇지만 이런 효녀에게 누가 기꺼이 적선할 사람이 있을 것 같아?"

그는 아내의 생각을 시험이라도 하는 듯 눈길을 그녀에게 꽂은 채 주시했다.

하지만 그녀는 되레 그의 설명을 기다리기나 하듯 아무 대답도 하지 않고 그저 쓰밍만 뚫어지게 쳐다보았다.

"흥, 없더라고."

마침내 그가 자문자답하면서 말했다.

"나는 한참을 지켜보았는데 딱 한 사람만 1전짜리 동전 한 닢을 주었을 뿐 나머지는 커다랗게 빙 둘러싸고는 오히려 놀려대고 있더군. 심지어 건달 두 놈은 아무 거리낌도 없이 이렇게 말하는 거야. '아파(阿發), 너, 저 물건 더럽다고 여기면 안 돼. 비누 두 장만 사서 몸뚱어리를 온통 싹싹 문질러봐라, 그러면 확 좋아질 테니까!' 라고 말이야. 그러니 여보, 도대체 이게 말이나 되는 거요?"

"흥."

그녀는 고개를 숙이고는 한참이 지나 다시 마지못해 물었다.

"그럼 당신은 돈을 주었나요?"

"나 말이오? 아니. 한두 푼 준다는 게 썩 내키지 않더군. 그녀는 보통 거지가 아니었거든. 어쨌든……"

"응."

그녀는 남편의 말이 채 끝나기도 전에 천천히 일어나더니 부엌으로 내려갔다. 황혼은 더욱 짙어져 벌써 저녁 먹을 시간이 되어 있었다.

쓰밍도 일어서더니 뜰로 나갔다. 하늘빛이 집 안보다도 더 밝게 보였다. 쉐청은 담 모퉁이에서 팔괘권을 하고 있었다. 낮과 밤이 교차하는 시간일지라도 경제적으로 잘 활용하라는 뜻이 담긴 가훈(家訓)[6]에 따른 것이었다. 쉐청은 그것을 근 반년이 넘도록 실천해오고 있었다.

그는 쉐청이 대견스럽다는 듯 가볍게 머리를 끄덕이고는 뒷짐을 진 채 텅 빈 뜰을 왔다 갔다 하며 걸었다.

얼마 지나지 않아 달랑 하나 남았던 화분인 만년청(萬年靑)의 널따란 잎사귀도 또다시 이미 어둠 속으로 사라져버렸고, 솜 부스러기 같은 흰 구름 사이로 별들이 반짝거리기 시작했다. 이제부터 어두운 밤이 시작되는 것이다.

이때 쓰밍은 자기도 모르게 홍분이 일었다. 마치 큰일이라도 벌이려는 듯 주위의 나쁜 학생이나 악독한 사회를 향해 선전포고를 했다. 그는 전의(戰意)가 점점 더 불타올라 발걸음도 더욱더 커져갔다. 헝겊신 바닥이 내는 소리도 갈수록 더 크게 울려 진작부터 닭장 속에서 자고 있던 어미 닭과 병아리들이 그만 그 소리에 놀라 '꼬꼬댁, 삐악삐악' 하기 시작했다.

마루 앞 등불이 켜졌다. 저녁 식사를 알리는 봉화였다. 온 가족이 가운데 놓인 탁자 주위로 빙 둘러앉았다. 등은 아래쪽에 가로로 놓여 있고 맨 위 상석에는 쓰밍 혼자 앉았다. 그 역시 쉐청처럼 통통하고 둥근 얼굴인데 다만 가는 팔자수염 두 줄기가 더 있을 뿐이다. 나물국의 열기가 풍기는 가운데 탁자 한쪽에 홀로 앉아 있는 모습은 영락없는 사당의 재신(財神)이었다.

왼쪽 줄에는 쓰밍 부인이 자오얼을 데리고 앉아 있고, 오른쪽에는 쉐청과 슈얼이 한 줄을 차지하고 있다. 그릇과 젓가락 부딪치는 소리가 빗소리처럼 들려왔다. 다들 아무 말도 없었지만 그래도 왁자지껄한 저녁 자리였다.

자오얼이 그만 밥그릇을 뒤집어엎고 말았다. 야채 국물이 식탁 절반이나 번졌다. 쓰밍이 뱁새눈을 한껏 치뜨고 쏘아보았다. 자오얼이 울먹거리자 그제야 눈빛을 거두면서 젓가락을 죽 내밀었다. 진작부터 눈독을 들이고 있던 배춧속을 한 잎 집으려는데 그새 사라지고 보이지 않았다. 그는 좌우를 힐끔 둘러보았다. 쉐청이 막 집어서 그 큰 입속으로 집어넣으려는 것을 보고는 하는 수 없이 멋쩍게 누런 이파리 하나를 집어 들었다.

"쉐청!"

그는 아들의 얼굴을 보면서 말했다.

"그 말 한마디 찾아보았나?"

"아, 그 말 말씀인가요? 음, 아직 못 찾았습니다."

"흥, 이놈 봐라? 학식도 없는 데다 도리도 모르고 그저 처먹는 것만 아는군! 그 효녀 좀 배워라. 거지 노릇을 하면서도 할머니께 얼마나 효도를 하는지, 자기는 굶으면서까지 말이야. 그런데 네놈 학생들은 이런 것을 알 턱이나 있나. 제멋대로 굴러먹다가는 장차 그놈의 건달 꼴이……."

"하나를 이리저리 생각해보긴 했습니다만, 맞는지는 모르겠어요. 제가 보기에는 그들이 말한 것이 아마도 '올드 풀'[7]이 아닐까 싶은데요……."

"하하, 맞다! 바로 그거야! 그 녀석들이 말한 게 바로 그 발음이었거든. 어뚜푸라……. 그게 무슨 뜻이지? 네놈도 그놈들과 한패일 테니까 알겠지?"

"뜻은…… 뜻은 저도 잘 모르겠는데요."

"닥쳐! 이놈이 나를 속이는구먼. 네놈들은 죄다 인간말짜들이라고!"

"하늘도 밥 먹는 사람은 건드리지 않는다고 했어요. 당신 오늘따라 왜 그렇게 성질을 부리고 난리예요? 밥 먹을 때까지 함부로 야단을 치게. 그 어린애들이 뭘 알겠어요."

갑자기 쓰밍 부인이 말했다.

"뭐라고?"

쓰밍이 벌컥 화를 내려다 말고 잠시 고개를 돌려 아내를 쳐다보았다. 본디 푹 꺼져 있던 두 볼이 잔뜩 부풀어 있는 것이 아닌가. 게다가 얼굴색까지 확 변했고, 세모꼴로 치켜뜬 눈에서는 무서운 빛이 쏟아져 나왔다. 쓰밍은 얼른 말을 바꾸었다.

"내가 무슨 성질을 부린다고 그래? 그저 쉐청에게 사리 좀 알게 해주려고 그랬을 뿐인데."

"그 애가 당신 속마음을 어떻게 알아요?"

아내는 더욱더 화가 치솟았다.

"그 애가 철이 들었다면 진작 초롱불을 켜 들고 가서 그 효녀도 찾아왔을 거예요. 마침 당신이 그 효녀에게 주려고 비누까지 한 장 사다가 여기 갖다 놓았잖아요? 다시 한 장만 더 사 오면……."

"닥쳐요! 그건 그놈의 건달꾼이 한 소리야."

"누가 알아요. 다시 한 장 더 사다가 그년의 온몸을 싹싹 씻어줘

봐요. 그래 가지고 잘 모시면 천하가 태평스러워질 테니."

"당신 지금 무슨 말을 하는 거요? 그거하고 무슨 상관이 있다고 그래? 나는 다만 당신에게 비누가 없다는 생각이 들어서……."

"왜 상관이 없나요? 특별히 그 효녀에게 주려고 산 게 아닌가요. 당신이 가서 싹싹 잘 밀어나 줘요. 나야 뭐 자격도 없고, 또 비누도 원치 않을뿐더러 그 효녀의 덕도 보고 싶지 않아요."

"정말 당신 무슨 말을 하는 거요? 당신네 여자들이란……."

쓰밍은 대강 얼버무리고 말았다. 얼굴에는 쉐청이 팔괘권을 하고 난 뒤 흘렸던 것처럼 진땀이 흘러내렸다. 하지만 대부분 그것은 너무 뜨거운 밥을 먹었기 때문이었다.

"우리 여자들이 어떻다는 거예요? 우리 여자들이야말로 당신네 남정네들보다 훨씬 나아요. 남정네들이야 열 여덟아홉 살짜리 여학생을 욕하지 않으면 밥이나 구걸하는 그 또래의 여자애를 칭찬이나 할 줄 알지. 그게 어디 좋은 심보인가요? 싹싹이라니? 정말 낯짝이라고는 털끝만큼도 없어요!"

"내가 이미 말했잖소? 그건 건달들이……."

"쓰밍 영감!"

그때 갑자기 캄캄한 밖에서 크게 부르는 소리가 들려왔다.

"다오(道) 영감 아니오? 곧 나가리다!"

쓰밍은 그가 화통 삶아 먹은 큰 목소리로 유명한 허다오퉁(何道統)이라는 것을 알아차렸다. 그래서 무슨 대사면령이나 받은 듯 기뻐서 큰 소리로 말했다.

"쉐청, 허 영감께서 서재로 오실 수 있도록 빨리 촛불을 밝혀라!"

쉐청이 초에 불을 붙여 허다오퉁을 서쪽 사랑채로 모시고 들어갔고, 그 뒤를 푸웨이위안(卜薇園)이 따라 들어갔다.

"미처 맞이하지 못해 미안하네."

쓰밍은 그때까지도 입속의 밥을 씹으면서 양팔을 모아 들어 올리며 말했다.

"집이 누추하지만 여기서 식사라도 하는 게 어떠신지……?"

"이미 했소이다."

웨이위안이 얼른 맞아 나오면서 역시 양팔을 모아 들어 올리며 말했다.

"우리가 이렇게 밤중에 찾아온 것은 이풍문사(移風文社, 移風이란 풍조를 바꾼다는 뜻)가 주최하는 18회 응모작의 제목 때문이오. 내일이 바로 7자가 든 날 아니오?"

"아! 그럼 오늘이 16일이란 말인가요?"

쓰밍이 갑자기 깨달은 듯 말했다.

"보시오, 얼마나 어벙한 양반인지!"

하고 다오퉁이 그 큰 목소리로 말했다.

"그럼 오늘 밤에라도 신문사에 보내야겠군. 내일 틀림없이 실을 수 있도록 말이오."

"제목은 내가 미리 생각해두었소. 쓸 만한지 어떤지 한번 보시지 않겠소?"

하고 다오퉁이 말하면서 손수건에 싸두었던 종이 쪽지 하나를 꺼내 건네주었다.

쓰밍은 촛대 앞으로 가서 그 쪽지를 펼치고는 한 자 한 자 읽어 내려갔다.

"삼가 전국 인민들의 뜻을 모아, 오직 성인의 경전(經典)을 중시하고 맹모(孟母)[8]를 추앙하여 제사를 받듦으로써 퇴폐풍조를 바로잡고 국수(國粹)를 보존할 수 있도록 대총통(大總統)께서 특별 명령을 반포해주실 것을 청원하는 글.

……. 좋아, 좋아, 아주 좋구먼. 그런데 글자 수가 너무 많지 않아?"

"그야 뭐 어떻겠소!"

다오퉁이 큰 소리로 말했다.

"내가 계산해보았는데 광고비는 더 내지 않아도 될 것 같소. 하지만 시 제목은 어떻게 하지요?"

"시 제목?"

갑자기 쓰밍이 공손한 태도를 보이며 말했다.

"여기 내가 생각해둔 것이 하나 있소. '효녀행(孝女行)'이라고. 사실을 다룬 거요. 그 여자는 표창을 받아야 돼요, 표창을. 오늘 큰 길거리에서 내가……."

"어, 어, 그건 안 돼요."

웨이위안이 황급히 손을 내저으면서 그의 말을 끊어버렸다.

"나도 보았는데 그 여자는 아마도 '외지인' 같더구먼. 나도 그녀의 말을 못 알아듣겠고, 그녀 역시 내 말을 못 알아듣더라고. 도대체어디 사람인지 알 수가 있어야지. 다들 그녀를 두고 효녀라고 하기에 내가 시를 지을 줄 아느냐고 물었더니 머리를 흔들더군. 그녀가시를 지을 줄 안다면 정말 좋겠는데……."

"그렇지만 충효(忠孝)가 얼마나 큰 인류 범절인가. 시를 못 지어도 얼마든지……."

"그건 그렇지 않소, 누구도 그렇지 않다는 것을 다 알아요!"

웨이위안이 손바닥까지 펴 들고 쓰밍을 향해 내젓더니 힘주어 말했다.

"시를 지을 줄 알아야 운치가 있는 법이오."

"우리는……."

쓰밍이 그를 제치면서 말했다.

"바로 이 제목으로 합시다. 여기에 설명을 덧붙여서 신문에 실읍시다. 첫째는 그녀를 표창할 수 있어 좋고, 둘째는 이 사실을 빌려 따끔하게 이 사회를 질타할 수도 있소. 지금 이 사회는 꼴이 아니외다. 내가 옆에서 한나절이나 지켜보았지만 아무도 동전 한 닢 주지 않았소. 그러니 이 어찌 무심하다 하지 않을 수 있겠는가 말이오……."

"어이쿠, 쓰밍 영감!"

웨이위안이 다시 앞으로 나서면서 말했다.

"당신 이거야말로 중 앞에서 대머리 욕하는 꼴이군. 그때 마침 수중에 돈이 없어서 나도 주지는 못했소."

"뭐 달리는 생각 마시오, 웨이 영감."

쓰밍은 다시 그를 제치고 말했다.

"당신을 두고 하는 말이 아니라 나는 지금 다른 사람을 말하고 있소. 그러니 내가 하는 말이나 잘 들어보시오. 사람들 한 무리가 그 여자들을 둘러싸고 있었소. 동정심을 표하기는커녕 놀림거리로만 생각하고 있더란 말이오. 또 건달 두 놈이 있었는데 아무 거리낌 없이 더더욱 제멋대로였소. 글쎄 그중 한 놈은 심지어 이렇게 말하지 않겠소. '아파, 비누 두 장만 사서 몸뚱어리를 온통 싹싹 문질러줘봐라, 그러면 확 좋아질 테니까!' 그러니 도대체 이게 말이나 되는 거요? 당신 어디 생각해보시오, 글쎄 이게……."

"하하하! 비누 두 장이라!"

다오퉁의 우렁차고 맑은 웃음소리가 갑자기 발작을 일으키자 옆 사람의 귀가 쩌렁쩌렁하게 울렸다.

"당신이 사시오. 하하, 하하!"

"다오 영감, 다오 영감. 너무 시끄럽게 굴지 마시오."

쓰밍이 깜짝 놀라 황급하게 말했다.

"싹싹 문지른다, 하하!"

"다오 영감!"

쓰밍의 표정이 어두워졌다.

"우리는 지금 점잖은 일을 논하고 있는 중이오. 그런데 당신 왜 이렇게 떠들고 야단이오? 그것도 머리가 땡할 정도로……. 잘 들어 보시오. 우리는 이 두 가지 제목을 지금 즉시 신문사에 보내 내일 착오 없이 실리도록 해야 합니다. 다만 이 일은 두 양반께서 수고를 좀 해주셔야겠소."

"아무렴, 할 수 있지, 그러고말고."

웨이위안은 즉석에서 승낙하면서 말했다.

"하하하, 씻는다, 싹싹……. 히히히히……."

"다오퉁 영감!!!"

쓰밍이 화가 치밀어서 외쳤다.

이 한마디에 다오퉁은 그만 웃음을 거두었다.

그들은 설명문을 만들었고 웨이위안이 편지지에다 옮겨 적은 다음 다오퉁과 함께 신문사로 찾아가기로 했다.

쓰밍이 촛대를 들고 대문까지 배웅했다. 대청 바깥까지 되돌아오자 왠지 좀 불안했다. 그렇지만 잠시 주저하고는 결국 문지방을 성큼 넘어섰다.

문을 들어서자마자 눈앞에 보이는 것이 있었다. 중앙의 사각형 탁자 가운데 놓인 비누를 싸고 있는 초록색의 작은 직사각형 포장이 었다. 포장 중앙에는 황금색 상표가 등불 아래에서 번쩍번쩍 빛을 발했으며, 그 주위로 여전히 가늘고 빽빽한 무늬가 무수히 찍혀 있었다.

슈얼과 자오얼은 탁자 밑에 무릎을 꿇은 채 놀고 있었고, 쉐청은 가로로 오른쪽에 앉아 사전을 뒤적거리고 있었다.

마지막으로 그는 등불에서 가장 멀리 떨어진 곳에 있는 아내를 발견했다. 컴컴한 그림자 속에 놓여 있는, 등받이가 높다란 의자에 앉아 있었다. 등불이 비추는 곳에서는 그녀의 우거지상이 보였다. 무슨 기쁨이나 분노의 기색도 드러나 있지 않은, 활기 없고 무표정한 얼굴에다 두 눈동자 또한 아무것도 응시하지 않고 있는 것 같았다.

"싹! 싹! 낯짝이라고는 털끝만큼도 없어, 털끝만큼도……."

쓰밍은 자기 등 뒤에서 슈얼이 이렇게 말하는 것을 어렴풋하게나마 들었다. 그러나 그가 고개를 돌려보았을 때는 까딱도 하지 않고 있었고, 단지 자오얼만이 두 손의 작은 손가락으로 자기의 얼굴만 긁고 있었다.

그는 몸 둘 곳이 마땅치 않자 촛불을 끄고는 마당으로 나왔다. 이리저리 걷다가 잘못해서 그만 암탉과 병아리들이 꼬꼬댁, 삐악거리기 시작했다. 그는 즉시 발걸음을 가볍게 한 채 좀 더 멀리 떨어져서 걸었다.

한참이 지났을까, 대청에 있던 등불이 침실로 옮겨졌다. 그는 대지 가득 쏟아지는 달빛을 보았다. 그것은 마치 땀 뜨지 않은 하얀 비단을 가득 깔아놓은 것 같았고, 옥쟁반같이 밝은 달이 흰 구름 사이에서 모습을 드러내고 있었다. 조금도 일그러지지 않은 모습으로.

그는 매우 서글퍼졌다. 그 효녀처럼 '하소연할 곳 없는 백성(無告之民)'[9]이라도 된 듯 외롭기 그지없었다. 그는 이날 밤 아주 늦게야 잠자리에 들었다.

하지만 이튿날 아침, 그 비누는 벌써 포장이 뜯겨 쓰이고 있었다. 그는 이날따라 평소보다 늦게 일어났는데, 아내는 이미 세면대에 머리를 숙인 채 목덜미를 씻고 있었다. 비누 거품이 마치 커다란 게 입에서 뿜어져 나오는 물방울처럼 그녀의 두 귓불 위에 높다랗게 솟아 있었다. 전에 쥐엄나무 비누를 쓸 때 단지 한 층으로, 그것도 아주 얇게 일었던 흰 거품과 비교하면 그 높이가 천양지차였다.

이때부터 아내의 몸에서는 올리브 향 같기도 하고 아닌 것 같기도 한, 어쨌든 알 수 없는 묘한 냄새가 풍겼다.

거의 반년쯤 지났을까. 갑자기 냄새가 바뀌었는데, 그 냄새를 맡아본 사람들은 누구나 그것이 단향목(檀香木) 냄새와 흡사하다고들 했다.

1924년 3월 22일

|주|

1 〈비누(肥皂)〉: 이 작품은 1924년 3월 27, 28일 베이징의 《신보부간》에 처음 연재되었다.

2 지전(紙錢): 종이돈. 은박지나 누런 종이를 돈 모양으로 오려 장례식 등에서 돈 대신 태우던 풍속이 있었다.

3 팔괘권(八卦拳): 권술(拳術)의 하나. 장법(掌法)을 많이 사용하며 팔괘의

형식 및 운행에 따라 움직인다. 청나라 말기 일부 대신들과 5·4운동 전후의 봉건주의 복고파들이 '국수(國粹)'라고 하면서 많이 제창했다.

4 광서(光緖, 1875~1908)는 청(淸) 덕종(德宗, 1871~1908)의 연호. 무술정변(戊戌政變, 1898)을 전후해 유신파들이 근대적인 교육기관 설립을 추진하면서 많은 학당들이 세워졌다. 당시 이들 학당에서는 서양의 근대 과학이나 문화, 사회학 학설을 보급했다.

5 공제조합(共濟組合) : 원문에서는 '공제강사(共濟講社)'라고 했다. 영문 Oddfellows를 의역한 것으로 '공제사(共濟社)'라고도 했다. 18세기 영국에서 비롯된, 일종의 상부상조를 목적으로 한 비밀결사였다.

6 가훈(家訓) : 원문은 '정훈(庭訓)'이다. 《논어(論語)》〈계씨편(季氏篇)〉에 따르면, 공자의 아들 공리(孔鯉)가 뜰(庭)을 지나가다 아버지에게 시(詩)와 예(禮)를 익힐 것을 훈계(訓戒) 받았다고 한다. 이때부터 '정훈'은 '아버지의 가르침'을 뜻하게 되었다.

7 올드 풀 : '늙은 멍청이(old fool)'란 뜻.

8 맹모(孟母) : 맹자의 어머니는 맹자를 잘 가르친 현모(賢母)의 전형이었다.

9 하소연할 곳 없는 백성(無告之民) :《예기(禮記)》〈왕제편(王制篇)〉에 나오는 말이다. 고아(孤)·독신자(獨)·홀아비(鰥)·과부(寡), 이 넷을 두고 '천자(天子)의 가난한 백성들로 어디 하소연할 곳도 없는 자들'이라고 했다.

장명등長明燈[1]

을씨년스런 어느 봄날의 오후였다. 지광(旨光)촌에서 하나밖에
없는 찻집에는 긴장감이 조금씩 감돌았다. 사람들의 귓가에는 아직
까지 미세하면서도 가라앉은 음성이 남아 있었다.

"그 불 꺼버려!"

물론 마을 사람들이 모두 다 그랬던 것은 아니다. 이 마을 주민들
은 그다지 잘 나돌아다니지를 않는다. 한 번 움직이려면 반드시 황
력(黃曆)[2]을 들춰봐서 그 위에 '출타에 적절치 못함'이라는 말이 쓰
여 있는지부터 살핀다. 설령 그렇게 쓰여 있지 않다손 치더라도 외
출할 때 반드시 먼저 길(吉)한 신령이 있는 방향부터 돎으로써 길상
(吉祥)스런 기운을 맞이하려 하곤 했다.

그런데 그런 금기 따위야 아랑곳하지 않고 찻집에 자리 잡고 앉
은 몇몇 사람들이 있었다. 제 딴에는 한가락씩 한다고 자처하는 청
년들이다. 그러나 방 안에만 틀어박혀 있는 사람들의 마음속에는 그
들이야말로 하나같이 집안을 망치는 놈들로 보였다.

지금 확실히 찻집에는 약간의 긴장감이 감돌고 있었다.

"아직도 그 모양이야?"

세모꼴 얼굴을 한 자가 찻잔을 들면서 물었다.

"내가 듣기로는 아직도 그 모양이래."

네모 머리를 한 자가 말했다.

"지금도 '꺼버려, 꺼버리라고!'라고만 말하고 있대. 눈빛도 갈수록 더 빛을 내고 있다나? 미친놈! 이자는 우리 마을의 우환덩어리야. 과소평가할 일이 아니라고. 우리가 어떻게든 방법을 찾아 그놈을 없애버려야 한다니까!"

"그놈을 없애버리는 게 뭐 대수라고 그래. 녀석은 고작……. 제깟 놈이 뭐야! 사당을 지을 때 제 놈의 조상이 돈까지 기부했는데 지금 와서 장명등(長明燈)[3]을 끄려고 해? 이거야말로 불효막심한 후손 아니야? 우리 군청에 가서 그놈을 불효막심한 놈이라고 잡아넣자고!"

쿼팅(闊亭)이 주먹을 불끈 쥐더니 탁자를 내리치며 격분해서 말했다. 비스듬히 덮여 있던 찻잔 뚜껑이 그만 땡그랑 소리를 내면서 나뒹굴었다.

"안 돼. 불효막심한 놈으로 잡아넣으려면 그놈의 부모나 외삼촌들이 나서야 하는데……."

네모 머리가 말했다.

"아쉽게도 그놈에게는 큰아버지 한 분만 계시니……."

쿼팅은 금세 풀이 죽었다.

"쿼팅!"

갑자기 네모 머리가 소리를 질렀다.

"너 어제 그 놀음판에서 마작 패가 좋았지?"

쿼팅은 잠시 그를 쏘아보았을 뿐 아무런 대답이 없었다. 그러자 얼굴이 피둥피둥한 주앙치광(莊七光)이 목청을 돋워 떠들어대기 시작했다.

"장명등을 꺼버리면 우리 지광촌이 어떻게 '지광(吉光, 상서로운 빛)' 마을이 될 수 있나? 그렇게 되면 모든 게 끝장 아니야? 노인네들이 한결같이 말씀하셨잖아. 이 등은 양(梁)나라 무제(武帝)[4]가 밝힌 이래 지금까지 전해 내려오면서 한 번도 꺼진 적이 없었다고 말이야. 그놈의 장발적(長髮賊)[5]이 반란을 일으켰을 때도 꺼지지 않았다는데……. 보라고, 젠장, 저 파란 불빛이 얼마나 아름답나? 외부 사람들이 이곳을 지나가면서 보고는 다들 칭찬이 자자하다고……. 쳇! 얼마나 아름다워……. 지금 그놈이 이렇게 소란을 피우는 속셈이 도대체 뭐야……?"

"미친놈이라니까. 자네 아직 그것도 모르고 있었나?"

네모 머리가 약간 멸시하는 투로 말했다.

"흥, 자네는 똑똑하구나!"

주앙치광의 얼굴색이 금세 바뀌었다.

"내 생각에는 옛날 방식대로 그놈을 한번 속여보는 게 좋을 것 같아."

이 가게의 주인 겸 종업원인 훼이우(灰五) 아주머니였다. 처음에는 옆에서 잠자코 듣고만 있었다. 그런데 분위기가 자신의 관심 주제를 약간 벗어나자 즉시 논쟁에 끼어들어 말린 다음 이야기를 본론으로 되돌려놓았다.

"옛날 방식이라니요?"

주앙치광이 의아스럽다는 듯이 물었다.

"그놈은 전에도 미친 적이 있었거든. 지금과 똑같이 말이야. 그때는 놈의 아버지가 살아 있었지. 그래서 한번 속였더니만 금세 낫더라고."

"어떻게 속였는데요? 왜 나는 그것을 모르고 있었지요?"

주앙치광은 더더욱 의아스럽다는 듯이 물었다.

"자네가 어떻게 알겠나? 그때만 해도 자네들은 아직 코흘리개였으니까. 그저 젖이나 빨고 똥이나 쌀 줄 알았지. 나도 그때는 지금 같지 않았고. 그때 내 두 손이 어땠는지 알고나 있나? 그땐 정말 보들보들하면서도 야들야들했다고……."

"아주머니는 지금도 보들보들한데요 뭘……."

네모 머리가 말했다.

"아부 좀 그만 떨지그래!"

훼이우 아주머니가 눈을 흘기면서 웃었다.

"허튼소리 그만하라고. 지금 우리는 진지한 대화를 하고 있잖아. 당시에는 그도 아직 어렸었지. 그런데 그의 아버지도 약간 미친 기가 있었어. 들리는 말로는, 어느 날 그의 할아버지가 그를 데리고 사당(祠堂)[6]에 가서는 토지신(土地神)과 돌림병장군, 그리고 왕령관(王靈官)[7] 나리에게 참배를 하도록 시켰대. 그런데 그만 겁을 집어먹고는 막무가내로 참배도 하지 않고 그길로 뛰쳐나와버렸다나. 그때부터 이상한 기가 있었다는 거야. 그 후로는 지금처럼 사람만 보면 함께 사당 본전(本殿) 위에 걸려 있는 장명등을 꺼트릴 궁리만 한다는군.

그자는 장명등만 끄면 더 이상 메뚜기 피해나 질병의 고통이 없을 거라면서 등불을 끄는 것이 마치 천하대사라도 되는 양 말했다는 거야. 그때는 아마도 몸에 무슨 악귀가 붙어서 당당한 신도(神道)를 만날까 두려웠기 때문일지도 몰라. 우리 같으면 어디 토지신을 보고 무섭다고 하나?

아 참! 자네들 차 식지 않았나? 뜨거운 물 좀 붓지그래. 좋아. 나중에는 그가 마구 사당으로 뛰어 들어가 불을 끄려고 했다는 거야.

그런데 그의 아버지는 아들을 너무도 귀여워한 나머지 집에 가두려고도 하지 않았대. 아, 그 뒤에는 온 마을이 분노로 들끓었지. 그의 아버지와 한바탕 난리도 쳤지 않았겠나?

그렇지만 별수가 없었지. 다행히 그때만 해도 우리 집 '귀신'[8]이 아직 살아 있을 때라 그가 방법을 하나 생각해냈지. 곧 장명등을 두툼한 솜이불로 푹 둘러싸서는 칠흑같이 깜깜하게 만들어놓은 다음, 그를 데리고 가 보여주면서 불을 벌써 꺼버렸다고 말한 거야."

"야! 그것 참 좋은 생각이었네요."

세모꼴 얼굴이 숨을 내쉬면서 감탄을 금치 못하겠다는 듯이 말했다.

"그런 놈 때문에 뭘 그렇게 손발을 수고롭게 했대?"

쿼팅이 씩씩거리면서 말했다.

"그따위 놈은 때려죽이면 그만인데. 흥!"

"어떻게 그럴 수가 있나?"

아주머니가 깜짝 놀란 모습으로 그를 쳐다보면서 황급히 손사래까지 치며 말했다.

"그럴 수야 있나. 그래도 그의 할아버지는 도장(圖章)[9]이라도 한번 잡아본 적이 있던 사람 아니었나?"

이 말에 쿼팅 일당은 즉시 서로 얼굴만 쳐다보았다. 그 '귀신'이 생각해냈다는 방법 말고는 달리 뾰족한 방법이 없겠다는 생각이 들었다.

"나중에는 이내 좋아졌지!"

그녀는 입가에 핀 흰 거품을 손등으로 훔치면서 더욱 빠른 말투로 말했다.

"나중에는 완전히 다 나았다고! 그 뒤로 더는 사당으로 쳐들어가

98

지 않았을 뿐만 아니라 여러 해 동안 아무런 말도 꺼내지 않았어. 그런데 어떻게 된 영문인지 이번에 민속놀이를 구경한 지 며칠도 되지 않아 또다시 미친 기가 재발하기 시작하더군. 아휴, 전과 똑같아졌어. 오후에 여기를 지나갔는데, 틀림없이 이번에도 아마 사당으로 갔을 거야. 그러니 자네들이 넷째 나리와 잘 상의를 해서 한 번 더 속여보는 게 좋겠어.

그 등은 양나라 무제가 밝힌 등이 아닌가? 일단 그 등이 꺼지기라도 하면 이곳은 온통 바다로 변해버리고, 그렇게 되면 우리도 모두 미꾸라지로 변해버릴 것이라고 하지 않았나? 그러니 자네들 어서 가서 그 넷째 나리와 상의를 해보라고. 안 그랬다가는……."

"그래도 먼저 사당부터 가봐야지요."

네모 머리가 이렇게 말하면서 의기양양하게 문을 나섰다. 쿼팅과 주앙치광도 따라나섰다. 세모꼴 얼굴은 맨 뒤에 따라 나가다가 대문쯤 가더니 뒤를 돌아보면서 말했다.

"이번에는 제가 계산하는 것으로 달아두세요! 쟤네들 것까지 몽땅……."

훼이우 아주머니는 그렇게 하겠노라고 승낙을 하면서 동쪽 울타리로 가더니 숯덩이 하나를 집어 들었다. 그러고는 담벼락에 이미 그려져 있던 조그만 삼각형 하나와 짤막하고 가는 줄 밑에다 두 개의 줄을 더 그려 넣었다.

그들이 멀리서 사당을 바라보니 과연 몇 사람이 모여 있었다. 그 중 하나는 바로 '그놈'이었고, 두 사람은 구경꾼이었으며, 셋은 어린아이들이었다.

하지만 사당 문은 굳게 닫혀 있었다.

"됐어! 사당 문이 아직 잠겨 있으니."

쿼팅이 신이 나서 말했다.

그들이 가까이 다가가자 아이 녀석들은 대담하게도 주위로 몰려들었다. 본디 사당 문을 바라보고 서 있던 그놈도 고개를 돌려 그들을 쳐다보았다.

그놈은 평상시와 같은 형상이었다. 누렇고 네모진 얼굴에다 다 떨어진 남색의 커다란 무명 장삼을 걸치고 있었다. 다만 짙은 눈썹 아래 큼직하고도 기다랗게 찢어진 두 눈에는 이상한 눈빛이 서려 있었다. 사람을 보면서도 한참 동안이나 눈도 깜박거리지 않았을뿐더러 비분과 두려움이 뒤섞인 표정이었다.

짧게 깎은 머리 위에는 지푸라기 두 가닥이 달라붙어 있었는데 틀림없이 아이 녀석들이 등 뒤에서 몰래 갖다 얹은 것 같았다. 왜냐하면 그의 머리를 힐끗 쳐다본 녀석들이 그만 자라목을 해 가지고 재빨리 혀를 날름 내밀며 웃었기 때문이다.

그들은 우뚝 서서 서로의 얼굴을 쳐다보았다.

"너 뭐 하는 짓이야?"

마침내 세모꼴 얼굴이 한 걸음 더 다가가더니 꾸짖듯이 물었다.

"내가 검둥이 서방에게 문을 열라고 했지."

그가 낮은 목소리로 부드럽게 말했다.

"반드시 그 등불을 불어서 꺼야 하기 때문이야. 보라고. 대가리는 세 개에다 팔이 여섯 개나 달린 푸르스름한 낯짝하며, 눈이 세 개에 기다란 모자를 쓰고 대가리는 반쪽이고, 소 대가리에다 돼지 이빨을 하고 앉았으니, 반드시 불어서 깡그리 꺼버려야 한다고…….. 꺼버려! 암, 꺼버려야 해. 그러면 메뚜기 떼도 없어지고 돌림병도 일어나지 않을 테니까 말이야……."

"히히, 바보 같은 소릴 하고 있군!"

쿼팅이 경멸하듯 웃음을 터뜨렸다.

"네가 등을 끄면 메뚜기 떼는 더 많이 설쳐댈 테고 너도 돌림병에 걸릴 수가 있다고!"

"히히!"

주앙치광도 덩달아 웃었다.

윗도리를 벗은 한 아이 녀석이 가지고 놀던 갈대 한 가닥을 집어 들더니 그놈을 겨눈 채 앵두같이 조그만 입을 삐죽이면서 말했다.

"피양!"

"돌아가라고! 안 그랬다가는 네놈의 큰아버지가 뼈다귀를 부러 뜨려놓고 말 테니까! 대신 장명등은 내가 꺼줄게. 며칠 있다 와보면 알게 될 거야."

쿼팅이 큰 소리로 말했다. 그놈의 두 눈이 더욱 빛을 발하면서 쿼팅의 눈을 뚫어져라 쳐다보자 쿼팅은 얼른 눈길을 피했다.

"네가 끄겠다고?"

그는 조소하듯 웃음을 지었지만 곧이어 단호하게 말했다.

"안 돼! 너희들은 필요 없어. 내가 끌 거야, 지금 당장!"

순간 쿼팅은 술에서 갓 깨어난 것처럼 무기력해졌다. 그러자 네모 머리가 앞으로 나서면서 천천히 말했다.

"너는 늘 똑똑했지만 이번만은 너무 멍청하구나. 내가 일깨워주지. 그러면 너도 아마 잘 알게 될걸. 등을 꺼도 그 물건들은 여전히 존재하지 않나? 그러니 그따위 멍청한 짓은 그만하고 돌아가는 게 좋겠다! 가서 잠이나 자라고!"

"알고 있어, 등불을 꺼도 물건들은 여전히 남아 있다는 것을."

그는 갑자기 음험하게 웃는 모습을 보이더니, 이내 표정을 거두고는 침착한 목소리로 말했다.

"그렇지만 나는 이렇게 할 수밖에 없다고. 내가 먼저 이렇게 해 두는 것이 쉽거든. 나는 등불을 꺼버리겠어, 내 손으로 말이야!"

그는 말하면서 몸을 휙 돌리더니 힘껏 사당 문을 밀었다.

"이봐!"

쿼팅은 화가 났다.

"너도 여기 사람이잖아? 너 꼭 우리를 미꾸라지로 만들어버리고 말겠다는 것이냐? 돌아가! 너는 열 수 없어. 너는 문을 열 수 없다고! 불도 끌 수 없어! 그러니 어서 돌아가는 게 좋을 것 같다!"

"난 돌아가지 않아! 나는 그 불을 꺼버리고 말 테야!"

"안 돼! 너는 문을 열 수 없다니까!"

"……"

"넌 열 수 없어!"

"그럼 다른 방법을 쓰지 뭐."

그는 고개를 돌려 그들을 힐끗 쳐다보더니 침착하게 말했다.

"흥, 그래? 너한테 무슨 다른 방법이 있나 어디 한번 볼까?"

"……"

"무슨 뾰족한 방법이라도 있는지 보자니까!"

"불을 지르지 뭐."

"뭐라고?"

쿼팅은 자기가 잘못 들은 게 아닌가 의심했다.

"불을 지르고야 말겠다고!"

침묵이 맑은 풍경 소리처럼 길게 여운을 남겼다. 주위에 살아 있는 모든 것이 그 속에 응결(凝結)된 듯했다.

그러나 얼마 안 있어 몇 사람이 머리를 맞대고 귀엣말을 속삭이

102

더니 이내 모두 물러났다. 두세 사람은 먼발치에 가 서 있었다. 사당 뒷문 담 밖에서는 주앙치광이 외치는 소리가 들려왔다.

"이봐! 검둥이 서방, 큰일 났소! 사당 문 좀 꼭 잠그시오! 검둥이 서방, 내 말 잘 들었소? 꼭 잠그라고! 우리는 가서 무슨 방법 좀 생각해본 다음 바로 돌아올게!"

하지만 그는 다른 일에는 전혀 관심 없다는 듯 광기로 이글거리는 눈초리를 땅 위와 공중, 그리고 사람의 몸뚱어리에 쏘아대면서 마치 불씨를 찾아내고야 말겠다는 듯 신속하게 더듬고 있었다.

네모 머리와 쿼팅이 몇 집 대문을 베틀 북처럼 들락거리고 나자 지광촌에서는 삽시간에 한바탕 소동이 일어났다. 수많은 사람들의 귀나 마음속에는 무서운 한마디가 담겼다.

"불을 질러라!"

그렇지만 더 깊숙한 곳에 칩거하는 많은 사람들의 귀나 마음속에는 그런 말이 들릴 리 만무했다.

그래도 온 마을에는 긴장감이 감돌기 시작했다. 긴장감을 느끼는 모든 사람들은 불안에 떨었다. 이제 자신이 미꾸라지로 변하고, 세상은 곧 멸망할 것이라는 생각이었다. 물론 은연중에 그들은 이번에 멸망하는 것은 지광촌뿐임을 알고 있을 테지만 그 지광촌을 바로 천하라고 여기고 있었다.

얼마 뒤 이번 사건의 핵심 인물들은 모두 넷째 나리의 대청에 모여들었다. 가장 상석에는 나이 지긋하고 덕망도 높은 궈라오와(郭老娃)가 앉았다. 얼굴에는 말라비틀어진 감귤처럼 주름이 잡혀 있고, 손으로는 턱의 하얀 수염을 뽑아버릴 듯이 쓰다듬고 있었다.

"오늘 아침나절에⋯⋯."

그는 수염 쓰다듬던 손을 떼더니 천천히 말했다.

"마을 서쪽에 사는 푸(富) 영감네 아들이 말하기를, 자기 아버지가 중풍이 든 까닭은 토지신의 노여움을 샀기 때문이라고 했소. 이러다가 혹 무슨 변고라도 나는 날에는 다들 이 집으로 몰려올 텐데……. 아무렴, 그렇고말고, 다들 몰려와서는 난리를 피울 거요."

"그래요?"

넷째 나리는 윗입술에 난 하얀 메기수염을 매만지며 그런 일 따위는 전혀 개의치 않는다는 듯 여유를 부리면서 말했다.

"일이 이렇게 된 것도 다 그 애 아버지의 업보 때문이지요. 그는 생전에도 부처님을 믿지 않았잖소? 그때도 나는 그와 뜻이 맞지 않았지만 정말 나로서는 어쩔 수가 없었소. 그런데 지금 와서 나에게 무슨 방법이 있겠소?"

"내 생각으로는 오직 한 가지 방법이 있소. 맞아, 하나가 있지. 내일 그 녀석을 꽁꽁 묶어 성안으로 가서, 그 뭐지? 그…… 성황당에다 하룻밤만 놔두자고. 맞아, 하룻밤만 놔둬서 그놈 몸에 썬 악귀를 쫓아버리는 거지."

퀴팅과 네모 머리는 온 마을을 지켜냈다는 공로로 평소 쳐다보기도 쉽지 않던 대청에 난생처음 들어올 수 있었다. 뿐만 아니라 귀라오와의 아랫자리에, 넷째 나리의 윗자리에 앉아 차까지 마실 수 있었다. 그들은 귀라오와의 뒤를 따라 대청에 들어와 보고를 마친 뒤 단지 차만 마셨으며, 차를 다 마시고는 아무도 입을 열지 않았다.

그런데 그때 돌연 퀴팅이 자신의 생각을 말하기 시작했다.

"그런 방법으로는 너무 늦습니다! 지금 두 사람이 그놈을 지키고 있습니다. 제일 중요한 것은 지금 당장 어떻게 하느냐 하는 겁니다. 정말 불을 지르기라도 하는 날에는……."

귀라오와는 깜짝 놀란 나머지 펄쩍 뛰었다. 아래턱이 부르르 떨렸다.

"정말 불을 지르기라도 한다면……."

그러자 네모 머리가 끼어들면서 말했다.

"그렇다면……."

쿼팅이 큰 소리로 외쳤다.

"그럼 큰일이지요!"

노란 머리의 여자아이가 또 와서는 차를 따라주었다. 쿼팅은 더 말하지 않고 차만 마셨다. 온몸을 부르르 떨고는 찻잔을 내려놓더니 혀를 쭉 내밀어 윗입술을 핥고는 찻잔 뚜껑을 연 다음 '후후' 하고 불었다.

"정말 고약한 놈이야!"

넷째 나리는 손으로 탁자를 가볍게 두드렸다.

"이런 인간말짜 같은 놈은 정말 죽어 마땅하다니까! 에잇!"

"맞아요, 그런 놈은 죽어야 해요."

쿼팅이 고개를 들었다.

"작년에 롄거(連呇)촌에서 이런 놈을 하나 때려죽였어요. 여럿이 굳게 약속을 한 뒤 한꺼번에 손을 댔기 때문에 누가 제일 먼저 손을 썼는지도 알 수 없게 만들었지요. 그러니 그 뒤로 아무 일도 없더라고요."

"그건 그때 일이고."

네모 머리가 말했다.

"이번에는 그들이 지키고 있단 말이야. 그러니 우리는 빨리 방법을 찾아야 한다고. 내가 보기에는……."

귀라오와와 넷째 나리는 모두 숙연한 표정으로 그의 얼굴을 쳐다보았다.

"제가 보기에 그놈을 잠시 가두어두는 게 좋겠습니다."

"그게 오히려 좋은 방법일 것 같군."

하고 넷째 나리가 가볍게 머리를 끄덕였다.

"그럴듯한 방법입니다!"

쿼팅이 말했다.

"아닌 게 아니라 그것도 확실히 그럴듯한 방법이겠군."

궈라오와도 말했다.

"그러면 저희들이 지금 당장 그 녀석을 이곳 댁으로 끌고 오겠습니다. 나리 댁에서는 빨리 방 한 칸만 마련해주십시오. 그리고 자물쇠도 좀 준비해주시고."

"방이라?"

넷째 나리가 얼굴을 들고 잠시 생각에 잠기더니 말했다.

"우리 집에는 빈방이 없네. 그리고 그 녀석이 언제 나을 줄도 모르는 상황에서……."

"그럼 녀석의 방을 쓰지 뭐……."

궈라오와가 말했다.

"우리 집 류순(六順)이란 놈은……."

하고 넷째 나리가 엄숙하고도 슬픔에 잠긴 듯이 말했다. 목소리도 약간 떨리고 있었다.

"가을에는 장가를 보내야 하는데……. 보시오, 녀석은 그 나이가 되도록 미쳐 나돌아다닐 줄만 알았지 도무지 가정을 이루어 집안을 일으킬 생각은 하지 않고 있소. 내 동생은 이미 저세상 사람이 되었잖소. 녀석이 비록 생전의 행실이 그리 좋지는 않았지만 그래도 대가 끊어지게 할 수야 없지 않겠소……."

"그야 물론이지요!"

세 사람이 이구동성으로 말했다.

"류순이 아들을 낳으면 둘째 놈을 그 애에게 양자로 보내 대를 잇게 할 생각이오. 하지만 남의 아들을 거저 달라고야 할 수 있겠소?"

"그야 물론 안 되지요!"

세 사람이 이번에도 이구동성으로 말했다.

"나는 그 낡아빠진 집과는 아무런 관계도 없소. 류순도 그런 것은 생각도 안 하고 있소. 그렇지만 자기 몸으로 낳은 아이를 그냥 남에게 보낸다는 게 엄마로서 마음이 가볍지는 않을 것이오."

"그야 물론이지요!"

세 사람이 이구동성으로 말했다.

넷째 나리는 침묵에 잠겼다. 세 사람은 서로 얼굴을 쳐다보았다.

"나는 하루도 빠지지 않고 그 애가 나아지기를 바랐소."

하고는 잠시 침묵이 흐른 뒤 넷째 나리가 비로소 천천히 말을 이었다.

"그렇지만 좋아지지 않았소. 아니, 좋아지지 않은 게 아니라 자신이 그렇게 되는 걸 원치도 않았소. 이제는 방법이 없게 되고 말았소. 이 양반이 말한 것처럼 가두는 수밖에. 그래야 남에게 피해를 주지 않을뿐더러 제 아비 망신도 덜 시키고 오히려 잘됐지요 뭘. 제놈도 제 아비에게 떳떳할 테고……."

"그야 물론이지요."

쿼팅이 감동해서 말했다.

"그렇지만 방이……."

"사당에는 빈방이 없을까……?"

하고 넷째 나리가 천천히 물었다.

"있어요!"

퀴팅이 얼른 말했다.

"있습니다! 문을 들어서면 서쪽 방 한 칸이 비어 있어요. 조그만 네모진 창이 하나 나 있고, 통나무 창살을 해 박아 절대로 빠져나올 수 없을 겁니다. 그러니 아주 잘됐지 뭡니까!"

순간 귀라오와와 네모 머리의 얼굴에도 희색이 돌았다.

퀴팅은 안도의 숨을 한 번 내쉰 뒤 예의 그 뾰족한 입술로 차를 마셨다.

황혼 녘도 채 되기 전에 세상은 이미 평정을 되찾았다. 어쩌면 모든 것을 깡그리 잊어버렸는지도 모른다. 사람들의 얼굴에는 긴장감이 사라졌을 뿐만 아니라 조금 전까지만 해도 있던 기쁨의 흔적까지도 몽땅 사라졌다.

물론 사당 앞을 오가는 사람들의 발걸음도 평소보다 많아졌지만 그것도 얼마 지나지 않아 아주 드물어졌다. 며칠이나 문을 꽉 닫아걸었기 때문에 아이들도 안으로 들어가 놀 수가 없었다.

그래서였을까. 오늘따라 뜰에서 노는 것이 더없이 즐거워 보였다. 저녁을 먹고 나서도 몇몇은 사당으로 달려가 놀이도 하고 수수께끼를 풀기도 했다.

"너 맞혀봐라."

그중 키가 제일 큰 녀석이 말했다.

"다시 한 번 말해줄게.

하얀 뜸 배(천으로 덮개를 만들어 씌운 배),

붉은 노를 저어,

맞은편 강 언덕까지 저어가서는 쉬고 있네.

잠깐 요기를 하고는,

창 한 곡조를 부른다네."

"그게 뭐지, '붉은 노를 젓는다'가?"

한 여자아이가 말했다.

"내가 맞혀볼게. 그건 말이야……."

"잠깐만!"

머리에 버짐이 핀 아이가 말했다.

"내가 맞혀보지. 그야 연락선이겠지 뭐."

"연락선."

웃통을 벗은 아이도 말했다.

"하하하, 연락선이라고?"

키가 제일 큰 아이가 말했다.

"연락선이 노를 젓고 곡조까지 읊조릴 줄 안단 말이냐? 너희들 모두 틀렸어. 내가 말해줄게……."

"잠깐만."

아까 그 버짐 핀 아이가 다시 말했다.

"흥, 너도 못 맞힐걸. 내가 한번 말해볼까. 그건 거위라고."

"거위!"

여자아이가 웃으면서 말했다.

"붉은 노를 젓는다."

"그런데 하얀 뜸 배는 또 뭐야?"

웃통을 벗은 애가 물었다.

"난 불을 지를 거야!"

아이들은 하나같이 깜짝 놀랐다. 그 순간 다들 그놈을 생각해내고는 일제히 서쪽 빈방을 주시했다. 한 손으로 통나무 창살을 꽉 붙잡고, 또 한 손으로는 나무껍질을 쥐어뜯고 있는 그의 모습이 보였다. 그 사이로 보이는 두 눈에서는 번쩍번쩍 빛이 쏟아져 나오고 있었다.

한순간 침묵이 흘렀다. 버짐 핀 아이가 갑자기 고함을 치더니 달아났다. 그러자 나머지 아이들도 웃고 소리 지르면서 달려 나갔다. 웃통을 벗은 아이는 갈대를 뒤로 향한 채 무엇인가 가리켰다. 그러면서 숨을 헐떡이고는 앵두같이 조그만 입을 열어 맑고 경쾌한 목소리로 말했다.

"피양!"

이때부터 모든 것이 정적에 휩싸였다. 어둠이 나래를 펴고 내려앉자 푸르스름하고 반짝이는 장명등은 신전(神殿)과 감실(龕室)을 더욱더 훤하게 비추었고, 그 빛은 뜰과 통나무 살 안의 암흑까지 밝혔다.

아이들은 사당 밖으로 달려 나와 멈추어 섰다. 그러고는 손에 손을 잡고 천천히 자기네 집으로 걸었다. 모두가 웃음을 머금은 채 입에서 나오는 대로 노래를 엮어 부르기 시작했다.

"하얀 뜸 배,
맞은편 강 언덕까지 저어가서 쉬고 있네.
당장 불을 꺼라,
내가 끄겠다.
창 한 곡조를 부른다네.

나는 불을 지를 테다!

하하하!

불 불 불,

잠깐 요기를 하고는,

창 한 곡조를 부른다네

…….

…….”

1925년 3월 1일

|주|

1 〈장명등(長明燈)〉: 이 작품은 1925년 3월 5일부터 8일까지 베이징의 《민국일보부간(民國日報副刊)》에 처음 연재되었다.

2 황력(黃曆): 본디 황제(黃帝)가 만들었다고 전해진다. 후에 조정에서 누런 종이에 찍어 반포했던 달력을 뜻하기도 한다. 농사 절기 말고도 제사, 외출, 기타 금기일, 길상의 신이 있는 방향 등이 적혀 있었다.

3 장명등(長明燈): 불상이나 신상(神像) 또는 왕릉(王陵) 앞에 주야로 항상 켜두었던 등불. 일명 속명등(續明燈) 또는 무진등(無盡燈)이라고도 한다. 일단 한 번 불을 붙이고 나면 절대로 불어서 끌 수 없고 다 타들어가기만을 기다려야 했다. 예로부터 집집마다 섣달그믐밤에 밝히던 풍습이 있었다.

4 무제(武帝): 양(梁)나라를 세운 소연(蕭衍, 464~549)으로 불교를 매우 중시했다.

5 장발적(長髮賊): 1851년 홍수전(洪秀全, 1814~1864)과 양수청(楊秀淸, 1821~1856)이 일으켰던 이른바 '태평천국(太平天國)의 난' 당시의 반란

군인. 조정의 체발령(剃髮令)에 반발하여 머리를 길게 길렀다 하여 붙여진 이름이다.

6 사당(祠堂) : 토지신을 모신 사당. 토지묘(土地廟)라고도 한다.

7 토지신(土地神), 돌림병장군, 왕령관(王靈官) : 민속신의 이름. 토지신은 토지를, 돌림병장군은 질병을, 왕령관은 규찰(糾察)을 각각 주관하는 하늘의 장군이다.

8 귀신 : 일부 소양이 부족한 아내가 죽은 남편을 지칭하던 말.

9 도장(圖章) : 권력을 뜻한다.

조리돌리기示衆[1]

수선(首善)지구[2] 서쪽에 있는 성(城)의 큰길에는 이맘때쯤 아무런 소동도 일어나지 않았다. 아직은 이글거리는 태양이 직접 비추지는 않았지만 길거리의 흙과 모래가 번쩍번쩍 빛을 발하는 것 같았다. 엄청난 열기가 공기 가운데 가득 퍼져 있어서 어디를 가나 한여름의 위력이 발휘되었다. 개들도 모두 혀를 쭉 내밀었고, 나무 위에 앉은 까마귀조차도 주둥이를 벌린 채 헐떡이고 있었다.

하지만 물론 예외도 있었다. 멀리서 구리 잔[3] 두 개를 마주치는 소리가 은은하게 들려왔다. 듣는 이로 하여금 쏸메이탕(酸梅湯)[4]을 연상시켜 은연중에 시원한 느낌을 안겨준다. 그러나 간간이 느릿느릿하면서도 단조롭게 들려오는 그 금속성은 오히려 적막감을 더욱 깊게 해주었다.

발걸음 소리만이 들려왔다. 인력거꾼이 묵묵히 앞만 보고 달린다. 마치 머리 위에 쏟아지는 뜨거운 태양에서 도망쳐 빠져나가기라도 하듯 말이다.

"따끈따끈한 만두가 있어요! 지금 막 쪄낸……."

길가 가게 앞에서 여남은 살쯤 되어 보이는 뚱뚱한 녀석이 실눈을 뜨고는 입을 삐죽거리면서 외쳐대고 있었다. 목소리가 벌써 쉰 데다 조금은 졸음에 겨운 듯하여 가뜩이나 기나긴 여름날의 낮잠을 재촉했다.

그의 옆에 있는 낡아빠진 탁자 위에는 만두 20, 30개가 온기라고는 하나도 없이 그저 싸늘하게 놓여 있었다.

"자, 자! 만두요, 만두. 따끈따끈한……."

담을 향해 힘껏 던진 가죽 공이 튕겨 나오기라도 하듯, 갑자기 그 아이가 큰길 저쪽으로 날 듯이 뛰어나갔다. 전봇대 옆 그의 맞은편에서는 큰길 쪽을 향해 어느새 두 사람이 우뚝 서 있었다. 한 사람은 옅은 황색 제복에다 칼을 차고 있었는데 누런 얼굴에 깡마른 순경이었다. 손에는 오랏줄을 쥐었는데, 줄의 한쪽은 하늘색 장삼에 흰 조끼를 입은 또 다른 남자의 팔에 묶여 있었다.

이 남자는 새 밀짚모자를 쓰고 있었는데 모자의 창이 사방으로 내려져 있어서 눈 주위를 가리고 있었다.

그러나 뚱뚱한 아이는 키가 작았으므로 고개를 들어 쳐다보았을 때 도리어 이 사람의 눈과 정면으로 마주치게 되었다. 그 남자의 눈도 마치 자신의 머리를 보고 있는 듯했다. 아이는 얼른 눈을 내리깔고는 흰 조끼를 쳐다보았다. 그 조끼에는 한 줄 한 줄 크고 작은 글씨로 무엇인가 쓰여 있었다.

눈 깜짝할 새 구경꾼들이 커다란 반원을 그리면서 그의 주위를 에워쌌다. 대머리 영감이 끼어 들어왔을 때는 이미 빈자리도 별로 많지 않았다.

곧이어 웃통을 벗어젖힌 채 딸기코를 한 뚱보 사내가 오자 그나마 남아 있던 빈자리마저 다 채워졌다. 뚱보의 몸집이 얼마나 큰지 두 사람 몫의 자리를 차지할 정도였다. 이 때문에 뒤에 온 사람들은 하는 수 없이 두 번째 줄에 서서 앞줄에 있는 두 사람의 목 사이로 머리를 쭉 내밀어야 했다.

대머리 영감은 흰 조끼를 입은 사람과 거의 정면에 서 있었다. 허리를 굽히고는 조끼 위에 쓰인 글자를 살펴보더니, 드디어 소리 내어 읽기 시작했다.

"웡(嗡), 더우(都), 헝(哼), 바(八), 얼(而)……."

뚱뚱한 아이는 그 흰 조끼의 사내가 번쩍번쩍 빛나는 대머리를 자세히 살피는 것을 보고는 자신도 따라서 살펴보았다. 하지만 온통 기름칠을 한 듯 번드르르한 대머리에다 왼쪽 귀 언저리에 회백색 머리카락이 남아 있을 뿐 신기할 것이라고는 없어 보였다.

그때 뒤에서 아이를 안고 있던 웬 늙은 할멈이 빈틈을 비집고 들어오려고 하자 대머리는 자리를 빼앗길까봐 얼른 허리를 곧추세웠다. 이 바람에 그는 글자를 미처 다 읽지 못했지만 어쩔 수 없었다. 그저 흰 조끼를 입은 자의 얼굴만 바라보는 수밖에. 밀짚모자의 창 밑으로 반쯤 드러난 코며 입, 그리고 뾰족한 아래턱만 보일 뿐이었다.

이번에도 담을 향해 힘껏 던진 가죽 공이 튕겨 나오듯 한 초등학교 학생이 날 듯이 뛰어왔다. 머리에는 흰 천으로 만든 작은 모자를 쓰고 있었는데, 한 손으로 모자를 누른 채 사람들 틈을 마구 비집고 들어왔다.

하지만 그가 셋째 줄 — 아마 넷째 줄인지도 모른다 — 까지 비집고 들어갔을 때, 움직일 수 없는 '위대한' 물건과 맞닥뜨리고 말았다. 고개를 들어보니 남색 바지의 허리 위에 널찍하고도 벌거벗은 등이 보였다. 등에서는 아직도 땀이 줄줄 흘러내리고 있었다.

그는 어떻게 손을 쓸 수가 없다는 것을 알았다. 그래서 하는 수 없이 남색 바지의 허리춤 오른쪽으로 가보았다. 다행히도 끝나는 지점에 공터 한 자락이 남아 있었는데, 햇빛이 뚫고 들어와 훤히 밝았다.

막 고개를 숙이고 뚫고 들어가려고 할 때였다. 어떤 소리가 들려왔다.

"뭐야!"

그 남색 바지 허리 아래쪽의 엉덩이가 오른쪽으로 한 번 비틀리는 듯싶더니 그만 빈 곳을 채워버리는 것이 아닌가. 그와 동시에 빛도 사라지고 보이지 않았다.

그렇지만 얼마 지나지 않아 그 초등학생은 순경이 차고 있던 칼 옆으로 비집고 나올 수가 있었다.

그는 이상하다는 듯한 눈빛으로 주위를 둘러보았다. 바깥에는 구경꾼들로 한 줄이 둘러쳐져 있었다. 맨 위쪽에는 흰 조끼를 입은 사람이 서 있고, 그 맞은편에 웃통을 벗어젖힌 뚱뚱한 아이, 그리고 그 아이 뒤에는 역시 웃통을 벗은 딸기코 뚱보 사내가 서 있었다.

그제야 비로소 그는 앞서 그 '위대한' 장애물의 정체에 대해 어렴풋하게나마 알 수 있었다. 그리고 놀랍고 신기하며 경탄하는 듯한 눈초리로 딸기코를 물끄러미 쳐다보았다.

뚱뚱한 아이도 줄곧 초등학생의 얼굴을 주시하고 있었으므로 자신도 모르는 사이 그의 시선을 따라 고개를 돌려 보았다. 거기에는 굉장히 부풀어 오른 젖가슴이 있었으며, 젖꼭지 사방에는 매우 기다란 털 몇 개가 나 있었다.

"저 사람, 무슨 죄를 지었나요……?"

사람들이 다들 놀란 기색으로 쳐다보니, 막노동자 같아 보이는 초라한 행색을 한 사람이 대머리 영감에게 나지막하고도 차분한 목소리로 여쭙는 것이었다.

대머리는 아무런 말도 하지 않고 그저 부릅뜬 눈으로 그를 뚫어져라 쳐다볼 뿐이었다. 그 바람에 그는 그만 시선을 아래로 떨어뜨리고 말았다. 잠시 지나 다시 보았지만 그때까지도 대머리 영감은 여전히 그를 뚫어지게 쳐다보고 있었고, 다른 사람들도 다들 그렇게 보고 있는 듯했다.

그러자 그는 마치 자신이 무슨 큰 죄나 저지른 것처럼 잔뜩 주눅이 들어 안절부절못하다가 마침내 슬그머니 물러나 미끄러지듯 빠져나갔다. 그가 서 있던 자리는 겨드랑이에 양산을 끼워 든 키다리 하나가 와서 메워졌고, 대머리 영감은 얼굴을 돌려 다시금 그 흰 조끼를 쳐다보았다.

키다리는 허리를 굽히더니 늘어뜨린 모자 챙 밑으로 드러난 흰 조끼의 얼굴을 살피는 듯했다. 그러더니 무슨 영문인지 갑자기 곧추섰다. 이 바람에 그의 뒤에 서 있던 사람들이 목을 잔뜩 길게 빼야 했다. 그중 깡마른 자는 입까지 하마처럼 벌린 채 서 있었는데 그 모습이 꼭 죽은 농어 같았다.

이때 갑자기 순경이 한쪽 다리를 들어 올리자 다들 깜짝 놀라 그의 다리를 쳐다보았다. 하지만 그가 다리를 내려놓자 사람들의 시선은 다시 흰 조끼로 향했다. 키다리가 또다시 별안간 허리를 굽히더니 늘어뜨린 밀짚모자 챙 아래를 살피고는 이내 곧추섰다. 그러고는 한 손으로 머리를 빡빡 긁어댔다.

대머리는 기분이 좋지 않았다. 왜냐하면 아까부터 등 뒤가 별로 조용하지 않은 데다 귓가에서 쩝쩝거리는 소리가 났기 때문이다. 그가 양미간을 찌푸리면서 돌아보니, 바로 오른쪽에 바짝 붙어 거무튀튀한 손으로 커다란 만두 반쪽을 쥐고는 고양이 얼굴을 한 자신의 입 속에다 막 밀어 넣는 녀석이 내는 소리였다. 하지만 그는 아무 말도 하지 않고 고개를 돌려 흰 조끼의 새 밀짚모자에만 시선을 두었다.

갑자기 무서운 벼락이 내리치듯 일격이 가해졌다. 등이 널찍한 뚱뚱보 거한조차 몸이 앞으로 기우뚱거렸다. 이와 함께 그의 어깨 너머로 그의 팔뚝과 같은 굵기의 팔이 하나 쭉 뻗어 나오는가 싶더니 다섯 손가락을 부채같이 활짝 편 채 그만 '철썩!' 하면서 뚱뚱한 아이의 뺨을 때렸다.

그 순간 뚱보 거한 뒤에 있던, 꼭 미륵불(彌勒佛)[5] 같은데 그보다 더 둥글고 뚱뚱한 얼굴을 한 사람이 이렇게 말했다.

"그 잘하는 짓이다! 못된 놈 같으니라고……."

이 바람에 뚱뚱한 아이도 네댓 발자국이나 비틀거리기는 했지만 넘어지지는 않았다. 한 손으로 뺨을 문지르면서 몸을 휙 돌려 뚱뚱보 거한의 다리 옆으로 난 틈바구니를 비집고 나가려고 했다.

그러자 뚱뚱보 거한이 급히 곧추서면서 엉덩이를 한 번 비틀어 그 틈새를 막아버리고는 못마땅하다는 듯이 물었다.

"뭐 하는 짓이야?"

뚱뚱한 아이는 그만 덫에 걸린 쥐새끼처럼 잠시 당황한 모습을 보이더니, 이내 초등학생이 있는 쪽으로 냅다 달려가서 그 애를 밀치고는 쏜살같이 빠져나갔다. 그러자 초등학생도 몸을 돌려 따라 나갔다.

"허, 이놈의 자식들이……."

대여섯 명이나 되는 사람들이 말했다.

다시금 평정이 찾아들었다. 뚱뚱보 거한이 다시 흰 조끼의 얼굴을 쳐다보았다. 때마침 흰 조끼도 고개를 든 채 거한의 가슴을 쳐다보고 있었다. 그러자 거한은 황급히 고개를 숙이고는 자신의 가슴을 내려다보았다. 양 가슴 아래 움푹 팬 곳에 땀이 나 있었다. 그래서 그는 손바닥으로 그 땀을 닦아냈다.

그렇지만 분위기는 그다지 태평스러워 보이지 않았다. 아이를 안고 있던 늙은 할멈이 그 소란스런 와중에 사방을 두리번거리다가 잘못하는 바람에 까치 꼬리같이 빗어두었던 '쑤저우(蘇州)식 머리'[6]가 그만 옆에 있던 인력거꾼의 콧잔등이를 건드렸다. 인력거꾼이 늙은 할멈을 밀친다는 것이 그만 그 아이를 밀어 넘어뜨리고 말았다. 아이가 몸을 비틀더니 구경꾼 바깥쪽으로 얼굴을 돌린 채 집에 돌아가자고 칭얼댔다.

늙은 할멈은 조금 비틀거리다가 이내 몸을 가누었다. 그러고는 아이를 휙 돌려 흰 조끼 쪽으로 향하게 안고는 손가락으로 가리키면서 말했다.

"아가, 아가. 저것 좀 봐라. 얼마나 재미있니……!"

그때 갑자기 구경꾼들 틈새로 딱딱한 밀짚모자를 쓴 학생 머리 하나가 불쑥 들어오더니, 수박씨 같은 것을 입에 털어 넣고 아래턱을 위로 움직여 꽉 한 번 깨물고는 그냥 나가버렸다. 그 빈자리는 얼굴이 온통 기름땀과 먼지로 범벅이 된 타원형 얼굴로 메워졌다.

양산을 겨드랑이에 낀 키다리도 이미 화가 나 있었다. 그는 한쪽 어깨를 기울이더니 인상을 찌푸리면서 어깨 너머의 죽은 농어 같은 얼굴을 노려보았다. 그 많고도 큰 입에서 내뿜는 열기도 참기 어려울 판인데 더더구나 한여름이다 보니 더욱 참기가 어려웠을 것이다.

대머리는 고개를 쳐들더니 전봇대에 못으로 박아놓은 붉은 패찰 위에 쓰인 흰색의 네 글자를 매우 재미있다는 듯이 쳐다보았다. 뚱뚱보 거한과 순경은 눈을 내리깔고서 늙은 할멈이 신고 있는 갈고리같이 생긴 뾰족한 구두코를 곁눈질하면서 보고 있었다.

"좋다!"

어디선가 갑자기 몇 사람이 이구동성으로 크게 외치는 소리가 들려왔다. 다들 무슨 일이 벌어졌음을 알고 있었다는 듯 머리가 일제히 그쪽으로 쏠렸다. 순경과 그가 끌고 왔던 범인조차 움찔하고 움직였다.

"방금 쪄낸 만두요! 자, 따끈따끈합니다⋯⋯."

길 맞은편에서 뚱뚱한 아이가 고개를 갸우뚱한 채 조는 듯한 모습으로 목청을 길게 뽑아 외쳐대고 있었다. 길 위에는 인력거꾼이 머리 위에서 작열하는 태양에서 도망쳐 빠져나가기라도 하듯 묵묵히 앞만 보고 달렸다.

모두가 실망했다. 하지만 다행히도 사방으로 눈길을 두리번거려 찾은 결과 마침내 여남은 집 건너 저쪽 길 위에 인력거 한 대가 멈춰 서 있고 인력거꾼 하나가 막 기어서 일어나는 모습이 보였다.

둥그렇게 모여 있던 인파가 갑자기 흩어지더니 제각기 발걸음을 재촉했다. 뚱뚱보 거한은 반도 못 가 길가 홰나무 밑에서 쉬었고, 키다리는 대머리 영감이나 타원형 얼굴보다 재빨리 걸은 탓에 가까이 다가갈 수 있었다.

인력거에 탔던 손님은 그대로 앉아 있고 인력거꾼은 이제 완전히 일어났지만 그때까지도 자기 무릎을 주무르고 있었다. 대여섯 사람들이 주위에서 킥킥거리면서 그들을 지켜보고 있었다.

"괜찮은가?"

인력거꾼이 인력거를 끌려고 하자 손님이 물었다.

그는 고개를 약간 끄덕이더니 인력거를 끌고 가버렸고, 모두가 망연자실한 눈길로 그를 전송했다. 그래도 처음에는 넘어진 그 인력거가 어느 인력거라는 것을 분간할 수 있었지만, 좀 지나 다른 인력거와 뒤섞이면서부터는 그나마 잘 분간할 수도 없게 되고 말았다.

길거리는 이내 매우 한산해졌다. 개 몇 마리만 혀를 내밀고 할딱거렸으며, 뚱뚱보 거한은 홰나무 그늘 밑에서 잽싸게 오르락내리락하는 개들의 뱃가죽을 바라보고 있었다.

늙은 할멈은 아이를 안고 처마 그늘 밑으로 천천히 지나갔다. 뚱뚱한 아이는 고개를 삐딱하게 기울인 채 눈을 가늘게 뜬다. 그러고는 목청을 길게 뽑아 졸음에 겨운 목소리로 외친다.

"따끈한 만두가 있어요! 자……! 방금 쪄낸……."

1925년 3월 18일

|주|

1 〈조리돌리기(示衆)〉: 이 작품은 1925년 4월 13일 베이징의 《어사주간(語絲週刊)》 22기에 처음으로 발표되었다.

2 수선(首善)지구 : '수도'를 지칭하는 말인데, 여기서는 북양군벌(北洋軍閥) 시대의 수도였던 베이징을 일컫는다.

3 구리 잔 : 술잔 모양을 한 조그만 동기(銅器). 옛날 베이징에서 쏸메이탕을 팔던 사람들이 잔 두 개를 서로 부딪쳐 박자에 맞추어 소리를 내면서 손님을 불러모았다.

4 쏸메이탕(酸梅湯) : 매실과 설탕을 섞어 우려낸 음료수. 베이징 지방의 전통 음료로 더위를 쫓기 위해 마신다.

5 미륵불(彌勒佛) : 불교 보살의 하나. 불경에 따르면 부처의 뒤를 이어 성불했다고 한다. 보통 보는 그의 모습은 통통하고 둥근 얼굴에 웃음을 띠고

있으며, 가슴과 배를 드러내고 있어 중국 사람들은 '배불뚝이 미륵불'이
라고 불렀다.

6 쑤저우(蘇州)식 머리 : 옛날 중국 부녀자들이 즐겨 했던 머리 형식. 처음
쑤저우에서 유행했다 하여 붙여진 이름.

까오 선생高老夫子[1]

이날 아침부터 오후까지, 그는 모든 시간을 거울을 들여다보고 《중국역사교과서(中國歷史敎科書)》를 보거나 《원료범강감(袁了凡綱鑒)》[2]을 찾는 데 쏟아부었다.

정말 '사람은 글자를 아는 순간부터 근심이 시작된다(人生識字憂患始)'[3]더니 불현듯 세상사가 무척 불만스럽다는 생각이 들었다. 그런데 이런 불만스런 마음은 그가 여태껏 경험해보지 못한 것이었다.

무엇보다 먼저 그는 옛날 부모들이 자녀들을 그다지 마음속에 두지 않았다는 생각이 들었다.

그가 아직 어렸을 때 제일 좋아했던 것은 뽕나무에 올라가 오디를 따먹는 일이었다. 그렇지만 부모님은 전혀 관심도 갖지 않았다.

한번은 나무에서 떨어지는 바람에 머리가 깨지기도 했지만 별다른 치료도 해주지 않았다. 그래서 그에게는 지금까지도 왼쪽 눈썹 위에 영원히 지워지지 않는 쐐기 모양의 흉터가 남아 있다. 지금은 머리를 유달리 길게 길러 좌우 양쪽으로 가르고는 비스듬히 빗어 내린 덕분에 그런대로 가릴 수는 있게 되었다.

하지만 아직까지도 그 쐐기 모양의 뾰족한 부분은 눈에 뜨이므로 하나의 결점이라고 여긴다. 만일 여학생들에게 발각되기라도 한다면 자신을 거들떠보지 않을지도 모른다. 그는 거울을 내려놓고 원망스러운 듯 한숨을 내쉬었다.

다음은 《중국역사교과서》의 편찬자가 선생들의 입장을 전혀 고려해주지 않고 있다는 점이다. 그 책이 비록 《요범강감》과 비슷한 부분도 있기는 하지만 전체적으로 보면 크게 달랐다. 부합되는 것 같기도 하고 또 아닌 것 같기도 하여 수업할 때 도무지 어떻게 절충해야 할지 통 알 수가 없었던 것이다.

더구나 그 교과서 갈피에 끼어 있는 쪽지 한 장을 보고 나서는 도리어 중도에 사직한 역사 선생이 원망스럽기까지 했다. 그 쪽지에 이렇게 쓰여 있었기 때문이다.

'제8장 〈동진의 흥망(東晉之興亡)〉부터 시작할 것.'

만약 그 역사 선생이 삼국시대 사건에 대해 다 말하지만 않았어도 강의를 준비하는 데 이렇게까지 힘들지는 않았을 것이다.

그가 가장 잘 아는 분야가 바로 삼국시대였다. 이를테면 도원(桃園)에서 세 사람이 의형제를 맺는다거나, 제갈량(諸葛亮)이 계략을 써서 화살을 모은다거나, 또 제갈량이 세 번이나 주유(周瑜)를 격분시키고 황충(黃忠)이 딩쥔산(定軍山)에서 하후연(夏侯淵)의 목을 베는 대목, 그 밖에도 아는 것이 얼마든지 많았으므로 아마 한 학기로는 다 강의하지 못했을지도 모른다.

다시 당(唐)나라 왕조에 이르면 진경(秦瓊)이 말을 파는 것과 같은 대목도 꽤 자신 있는 분야이련만 하필이면 동진(東晉)부터 시작해야 할 줄 누가 알았단 말인가.[4]

그는 다시금 원망 섞인 한숨을 내쉬고는 또다시 《요범강감》을 집어 들었다.

"허허, 자네는 밖에서 보는 것으로도 부족해서 집안에 틀어박혀

서까지 책을 보고 있는가?"

말소리와 함께 손 하나가 등 뒤에서 구부정하게 쑥 뻗쳐 나오더니 그의 아래턱을 척 건드렸다.

하지만 그는 미동도 하지 않았다. 목소리나 거동으로 보아 그가 몰래 살그머니 들어온 마작 친구 황싼(黃三)이라는 것쯤은 알고 있었기 때문이다. 오래된 친구로서 일주일 전까지만 해도 함께 마작을 하고, 연극을 보고, 술도 마시고, 여자들의 꽁무니도 같이 따라다녔다.

그런데 그가 《대중일보(大中日報)》에다 '중화의 국민은 누구나 국사를 정리할 의무가 있음을 논함(論中華國民皆有整理國史之義務)'이라는 명문장을 발표하여 인구에 회자되고 있는 데다, 곧이어 셴량(賢良) 여학교에서 교사 초빙서를 받은 뒤로는 어쩐지 이 황싼이라는 자가 아무 쓸모도 없는 하등 인간으로만 여겨졌다.

그래서 뒤도 돌아보지 않고 판에 박은 듯한 표정으로 딱딱하게 대답했다.

"쓸데없는 소리 그만하시지! 난 지금 수업 준비를 하는 중이니까……"

"자네 입으로 직접 뽀(鉢) 군에게 말하지 않았나, 교사가 되고자 했던 것은 여학생들의 얼굴을 보기 위해서라고 말이야?"

"뽀 군의 넋두리를 곧이듣지 말게나!"

황싼은 그의 탁자 옆에 앉았다. 탁자 위를 힐끔 쳐다보더니 이내 거울과 어지럽게 널린 책 더미 사이에 펼쳐진 채 놓여 있는 커다란 붉은 쪽지를 발견해냈다.

그는 얼른 손에 쥐어 들더니 눈을 동그랗게 뜬 채 한 자 한 자 읽어 내려갔다.

얼추(爾礎) 까오(高) 선생을 삼가 본교 역사 교원으로 초빙합니다.

매주 4시간 수업에 사례금은 시간당 은화 30전으로 하며,

수업 시간에 따라 사례금을 계산하도록 약정함.

셴량 여학교 교장 허완수전(何萬淑貞) 삼가 계약함.

중화민국 13년 음력 9월 초하루

"얼추 까오 선생이라? 그가 누구지? 자네야? 아니, 자네 이름을 바꿨나?"

황싼이 다 보고 나서는 성미도 급하게 물었다. 하지만 까오 선생은 그저 오만하게 웃을 뿐이었다.

그가 이름을 바꾼 것은 사실이다. 그러나 황싼으로 말할 것 같으면 마작만 할 줄 알지 여태까지 신학문이니 신예술 따위에는 전혀 관심이 없었다. 러시아의 대문호 고리키[5]도 모르는 사람에게 어떻게 이름을 바꾼 심오한 뜻을 설명할 수가 있겠는가?

그래서 거만하게 웃어넘기고는 아무런 대답도 하지 않았던 것이다.

"여보게, 깐(幹) 군, 그따위 쓸데없는 짓은 그만하게!"

황싼이 초빙서를 내려놓으면서 말을 이었다.

"우리가 있는 이곳에 남자 학당이 있지 않은가. 그것만으로도 풍기가 어지간히도 문란해졌어. 그런데도 무슨 여자 학당까지 세우려드니. 그러니 앞으로 어떤 꼴이 될지 알 수가 없는 노릇이야. 자네 뭐가 부족해서 거기에 장단을 맞추려고 하나. 자네까지 그럴 수는 없네……."

"꼭 그렇지만은 않아. 게다가 허(何) 부인이 꼭 나를 초빙해야겠다고 하니 나도 거절할 수가 없어서……."

황싼이 학교를 헐뜯었다. 손목시계를 보니 벌써 2시 반이라 30분

후면 수업에 들어가야 했기에 그는 약간 노기와 함께 초조한 기색을 보이면서 말했다.

"좋아! 그 문제는 잠시 덮어두기로 하세."

황싼은 눈치가 빠른 사람이라 금세 화제를 돌리면서 말했다.

"본론으로 들어가자고. 우리 오늘 밤에 한판 벌이세. 마오(毛) 씨 촌에 사는 마오쯔푸(毛資甫)의 큰아들이 지금 여기 와 있다네. 풍수쟁이한테 묏자리를 보아달라고 부탁했다나. 그래서 수중에 현찰 2백 원을 가지고 있다는 거야. 이미 약속을 해두었네. 오늘 밤 한판 벌이기로 말이지. 나와 뽀 군, 그리고 자네야. 꼭 와야 하네, 절대로 일을 그르치면 안 돼. 우리 셋이서 그자의 주머니를 몽땅 털어내자고!"

깐 군, 즉 까오 선생은 깊은 생각에 잠겨 입을 열지 않았다.

"자네 꼭 와야 돼, 반드시! 나는 뽀 군과 상의하러 가겠네. 장소는 언제나처럼 우리 집이야. 그 멍청이는 '풋내기'라 틀림없이 녀석의 주머니를 몽땅 털어낼 수 있다고! 자네, 그 대나무 무늬가 좀 뚜렷한 놈으로 한 벌 내주게!"

까오 선생은 천천히 일어나더니 침대 머리로 가서는 마작 한 통을 가져와 건네주었다. 손목시계를 보니 2시 40분이었다.

그는 생각에 잠겼다. 황싼은 비록 재주가 많은 사람이기는 하지만, 내가 교사가 되었다는 사실을 뻔히 알면서도 내 면전에서 학교를 헐뜯고 남의 수업 준비까지 방해하는 것은 결코 할 짓이 아니지 않은가?

그래서 그는 쌀쌀맞게 말했다.

"저녁에 다시 상의하세. 나는 수업에 들어가야 하니까."

그렇게 말하면서 원망 섞인 눈초리로《요범강감》을 힐끗 쳐다본 다음 교과서를 집어 들어 새로 산 가죽 가방에 넣었다. 그러고는 조심스럽게 역시 새로 산 모자를 쓰고는 황싼과 함께 문을 나섰다.

그는 문을 나서자마자 성큼성큼 발걸음을 떼기 시작했다. 마치 목수가 송곳을 돌리듯이 어깨를 들썩들썩하면서 곧장 걸었다. 얼마 지나지 않아 황싼은 그림자도 보이지 않게 되었다.

까오 선생은 그길로 셴량 여학교에 도착했다. 새로 찍은 명함을 수위인 꼽추 영감에게 건넸다. 그러자 금세 '어서 들어오십시오'라는 소리가 들려왔다.

그래서 그는 곱사등이를 따라 두 번 모퉁이를 돈 다음 교사 휴게실로 들어갔다. 그곳은 응접실이라고 해야 좋을 것 같았다.

허 교장은 학교에 있지 않았고 대신 그를 맞이한 사람은 수염이 희끗희끗한 교무주임이었다. 그가 바로 명성이 자자한 완야오푸(萬瑤圃)로, 별호가 '옥황향안리(玉皇香案吏)'[6]라는 사람이었다. 최근 자신과 선녀(仙女)가 주고받은 시를 엮은 《선단수창집(仙壇酬唱集)》을 줄곧 《대중일보》에 발표하고 있었다.

"어이쿠! 얼추 선생님! 성함은 오래전부터 듣고 있었습니다……!"

완야오푸는 연신 두 손을 모으면서 무릎과 다리 관절이 붙도록 대여섯 번이나 허리를 굽실거렸다. 꼭 꿇어앉기라도 하려는 듯 말이다.

"아, 예, 완 선생님. 저 역시 존함을 들은 지 오래입니다……!"

까오 선생도 가죽 가방을 허리에 낀 채 똑같이 허리를 굽히면서 말했다.

두 사람은 자리에 앉았다. 꼭 산송장처럼 생긴 사환이 뜨거운 물 두 잔을 가져왔다. 까오 선생은 맞은편에 걸린 괘종시계를 쳐다보았다. 아직도 2시 40분으로, 자신의 손목시계보다 30분이나 느렸다.

"아, 아! 선생님의 대작은…… 맞아요, 그거……. 맞습니다, 그……. '중국국수의무론(中國國粹義務論)'있잖습니까. 정말 간략하면서도 핵심을 찌르고 있어서 골백번을 읽어도 지루하지가 않더군요! 이거야말로 청소년들의 좌우명(座右銘)이지요. 좌우명, 정말로 좌우명이란 말입니다! 저도 문학을 꽤나 좋아하지요. 하지만 그저 장난하는 수준이지 어떻게 선생님과 비교할 수 있겠습니까?"

그는 다시금 두 손을 모으면서 낮은 목소리로 말을 이었다.

"저희들 성덕계단(盛德乩壇)[7]에서는 매일 선인(仙人)들을 초청하고 있습니다. 저도 늘 가서 시문 화답(和答)에 참여한답니다. 그러니 까오 선생님께서도 한번 왕림해주셨으면 합니다.

계선(乩仙)은 예주선자(蕊珠仙子)[8]님이십니다. 그분이 말씀하시는 것을 들어보면 마치 하늘에서 속세로 내려온 화신(花神, 꽃의 신)과도 같습니다. 그분은 무엇보다도 유명 인사들과 화답하기를 좋아하시며, 더구나 신당(新黨)에 대해서도 매우 찬성하고 계십니다. 그러니 선생님 같은 학자 분이시라면 그분도 틀림없이 흡족해하실 것입니다. 하하하하!"

그러나 까오 선생으로서는 지금 그 문제를 가지고 무슨 고담준론을 나눌 계제가 아니었다. 왜냐하면 강의 준비, 즉 '동진의 흥망'도 불충분한 데다 지금 그 불충분한 부분이 어떤 것인지조차 몇몇은 벌써 잊어버렸기 때문이다.

그는 초조하면서도 괴로웠다. 난마처럼 얽힌 복잡다단한 마음속에서도 수많은 단상(斷想)들이 용솟음쳐 나왔다.

'수업에 임해서는 자세에 위엄이 따라야 하고, 이마에 나 있는 흉터는 반드시 가릴 것. 그리고 교과서는 천천히 읽어 내려가야 하고 학생들을 쳐다볼 때는 대범해야 한다.'

그는 그런 생각을 하면서도 희미하게나마 완야오푸가 하는 말을 들었다.

"…… 시 한 수를 주셨는데…… '술에 취한 채 푸른 난새를 타고 창공에 오른다(醉倚靑鸞上碧霄).' 이 얼마나 초탈(超脫)한 시구입니까……. 덩샤오(鄧孝) 선생도 무려 다섯 번이나 청한 끝에 겨우 오언절구 한 수를 받았는데…… '붉은 소매 은하수를 휘저으니(紅袖拂天河), 말하지 말라(莫道)…….' 예주선자 님의 말씀은…….

까오 선생께서는 여기에 처음 오셨지요? …… 여기가 바로 저희 학교의 식물원이랍니다!"

"오……!"

까오 선생은 그가 손을 들어 가리키는 곳을 보고서야 비로소 복잡한 생각에서 놀라 깨어났다. 손가락으로 가리키는 곳을 보니 창밖에 조그만 공터가 있었다. 그 위에는 네댓 그루의 나무가 있었으며, 바로 맞은편에는 방 세 칸짜리 조그만 단층집이 있었다.

"저기가 바로 교실이지요."

야오푸는 손가락도 옮기지 않은 채 이어서 말했다.

"아!"

"학생들은 무척 온순하고 선량해요. 수업 외에는 오로지 재봉(裁縫)에만 전념하고 있지요……."

"아……!"

까오 선생은 정말 다급해졌다. 그는 야오푸가 더는 말을 하지 않았으면 했다. 정신을 집중해 급히 '동진의 흥망'에 대해서 좀 생각해 보고 싶었던 것이다.

"몇몇 학생이 시를 짓는 법에 대해 배우고 싶어 하지만 아쉽게도 그렇게는 할 수가 없지요. 물론 유신(維新)에 대해서라면 가능하겠지만, 시를 짓는 것은 양가 규수들에게는 적합하지 않지요.

예주선자께서도 여성 교육에 대해서는 그다지 찬성하지 않습니다. 그건 남녀유별을 혼란에 빠뜨리는 것이고 하늘도 달가워하지 않으신다고 여기시니까요. 저도 그분과 몇 차례나 토론을 했습니다만……."

갑자기 까오 선생이 일어났다. 종소리를 들었던 것이다.

"아, 아닙니다, 아니에요. 그냥 앉으십시오! 수업이 끝나는 것을 알리는 종소리입니다."

"완 선생님, 공무로 무척이나 바쁘실 테니 너무 염려 마시고……."

"아, 아닙니다! 바쁘기는요 뭘! 저는 바쁘지 않습니다! 제 생각에 여학생 교육을 진흥하는 것은 세계 조류에도 순응하는 것이라고 봅니다. 그렇지만 자칫 잘못했다가는 극단으로 흐르기 십상입니다. '하늘도 달가워하지 않는'고 하신 것도 아마 사전에 미리 예방하자는 뜻이 아닐까 합니다.

다만 여학교를 운영하는 사람이 어느 한쪽에 치우치지 않고 그저 중용(中庸)의 도리에 합치되면서 오로지 국수(國粹)만을 귀착점으로 삼는다면 결코 폐단으로 흐르지는 않을 겁니다.

까오 선생님, 어디 한번 생각해보십시오. 제 말이 맞지 않습니까? 여기에 대해서는 예주선자 님께서도 '채택해도 무방하다'고 말씀하셨습니다그려. 하하하하……!"

사환이 또 뜨거운 물 두 잔을 가지고 왔다. 그러나 종소리가 또다시 울렸다. 야오푸는 까오 선생에게 물을 두어 모금 마시라고 권했다. 그리고 천천히 자리에서 일어나 그를 데리고 식물원을 통과하여 교실로 들어갔다.

그는 심장이 마구 뛰었다. 교탁 옆에 꼿꼿이 서 있는 그의 눈에는 교실 절반 정도가 온통 봉두난발을 한 머리카락으로 가득 차 보였다. 야오푸가 장삼 안주머니에서 편지지 한 장을 꺼내 펴 들고 보면서 학생들에게 말했다.

"이분이 바로 까오 선생님이시다. 까오얼추, 까오 선생님. 유명한 학자 분이시지. 여러분도 다 알다시피 저 유명한 〈중화의 국민은 누구나 국사를 정리할 의무가 있음을 논함〉이라는 글을 쓰신 분이야. 《대중일보》에 따르면, 까오 선생님은 러시아의 문호 고리키의 인품을 흠모한 나머지 성함까지 '얼추'로 고침으로써 추앙의 뜻을 표하셨다는 거야. 그러니 '이런 분이 나타나셨다는 것은 우리 중화의 문단에 커다란 행운이다!'라고 소개했지. 이번에 허 교장선생님께서 몇 차례나 간청한 끝에 흔쾌히 응락해주셨다. 우리 학교에서 역사를 가르치시게 되었으니⋯⋯."

불현듯 까오 선생은 분위기가 매우 적막하다고 느꼈다. 야오푸 선생은 이미 사라지고 자신만이 교단 옆에 서 있었던 것이다. 하는 수 없이 그는 교단에 올라 학생들에게 인사를 하고 정신을 가다듬었다. 그리고 태도에 위엄이 있어야 한다는 생각을 떠올렸다.

곧이어 천천히 책을 펼친 다음 '동진의 흥망'에 대해 말하기 시작했다.

"히히히!"

누가 몰래 히히거리는 것 같았다. 순간 까오 선생의 얼굴이 확 달아올랐다. 그는 얼른 책을 들여다보았다. 과연 자신이 한 말과 다름이 없었다. 그곳에는 확실히 '동진의 치우친 안정(東晉之偏安)'이라고 인쇄되어 있었던 것이다.

책 너머 저편도 교실 절반이 온통 봉두난발의 머리카락으로 가득 차 있는 듯했지만 별다른 움직임은 보이지 않았다. 그것은 자신이 의심했기 때문이며 사실은 아무도 웃지 않았을 것이라고 여겼다. 그래서 또다시 정신을 가다듬은 뒤 책을 들여다보면서 천천히 말을 이어 나갔다.

처음 얼마 동안은 자신이 무슨 소리를 하고 있는지 자기 귀로 들을 수가 있었지만 갈수록 점차 멍해지더니 끝내는 무슨 말을 하고 있는지조차 모를 지경이 되었다. 그러다가 '석륵(石勒)⁹의 웅대한 포부'라는 대목을 말할 때는 숨죽인 채 히히거리는 소리만이 들려올 뿐이었다.

그는 얼떨결에 교탁 아래를 쳐다보았다. 상황은 이미 처음과는 전혀 다르게 변해 있었다. 이번에는 교실 절반이 온통 눈동자로 가득 차 있었다. 여기에다 깜찍한 이등변삼각형들이 수없이 있었는데 그 가운데에는 한결같이 콧구멍 두 개가 나 있었다. 그것들은 하나로 연결되어 마치 움직이는 심해(深海)처럼 번쩍거리면서도 힘차게 그의 시선을 향해 밀어닥치고 있었다.

그러나 그가 다시 보자 이번에는 갑자기 번쩍하는가 싶더니 교실 절반은 또다시 봉두난발을 한 머리카락으로 변했다.

그는 황급히 시선을 거두었지만 다시는 교과서에서 눈을 뗄 엄두가 나지 않았다. 어쩔 수 없을 때는 그저 고개를 들어 천장만 쳐다볼 뿐이었다.

천장은 흰 시멘트가 누렇게 변색되어 있었고, 가운데에는 둥그런 능선 같은 것이 돌출되어 있었다. 그러나 그 둥근 것이 문득 커졌다 작아졌다를 반복하면서 그의 눈을 어지럽게 만들었다.

만약 눈길을 아래로 옮겼다가는 또다시 그 무시무시한 눈과 콧구멍이 한데 어우러진 무서운 바다와 맞딱뜨리게 될지도 모른다는 예감이 들었다. 그래서 그는 다시 시선을 책으로 돌릴 수밖에 없었다.

이때 강의는 이미 '페이수이의 싸움(淝水之戰)'[10]으로 들어가, 부견(苻堅)이 '초목들이 모두 군사로다(草木皆兵)'라고 하면서 놀라는 대목을 말하고 있었다.

그는 많은 학생들이 몰래 비웃고 있을지도 모른다는 의심이 들었지만, 그래도 억지로 참고 수업을 계속 진행했다. 분명코 꽤 오랫동안 강의를 했지만 종소리는 아직도 울리지 않았다. 그렇다고 손목시계를 보자니 학생들이 몰래 훔쳐볼까 두려웠다.

하지만 잠시 더 강의를 진행하다 보니 '탁발씨(拓跋氏)[11]의 등장'이라는 대목까지 이르게 되었다. 그다음은 바로 '육국흥망표(六國興亡表)'다. 하지만 원래 오늘 거기까지는 진도가 나갈 것 같지 않았으므로 미처 준비를 하지 못했다.

그는 문득 자신의 강의가 멈추었다는 것을 알았다.

"오늘은 첫날이라 여기서 마치겠습니다……."

그는 잠시 당황해서 머뭇거리다가 끊어질 듯 이어질 듯 말하고는 고개를 꾸벅 한 번 끄덕이며 인사를 했다. 그러고는 교단을 내려와 교실 문을 나섰다.

"히히히히!"

등 뒤에서 수많은 학생들이 자신을 보고 웃는 소리가 들리는 것 같았다. 그 웃음소리가 콧구멍 깊은 곳에 있는 바다에서 나오는 것이 보이는 듯했다. 순간 그는 힘이 쭉 빠졌다. 식물원을 지나 맞은편에 있는 교사 휴게실을 향해 뚜벅뚜벅 걸어갔다.

그는 깜짝 놀라 그만 손에 쥐고 있던《중국역사교과서》까지 떨어뜨렸다. 갑자기 무엇인가 머리에 '탕!' 하고 부딪혔던 것이다.

그는 두 걸음 뒤로 물러나 자세히 살펴보았다. 비스듬히 늘어진 나뭇가지 하나가 앞을 가로막고 있었다. 머리에 부딪히는 바람에 나머지 나뭇잎들이 가볍게 떨리고 있었다.

그는 급히 허리를 굽혀 책을 집어 들었다. 책 옆에는 나무 팻말 하나가 서 있었는데 그 위에는 이렇게 쓰여 있었다.

뽕나무
뽕나뭇과

등 뒤에서 수많은 학생들의 웃음소리가 들려오는 듯했다. 이번에도 그 소리가 콧구멍 깊은 곳에 있는 바다에서 나오는 것이 보이는 듯했다. 그래서 벌써부터 머리가 아파왔지만 만지기도 뭣해 그냥 교사 휴게실로 뛰어 들어갔다.

그곳에는 따뜻한 물이 담긴 잔 두 개가 그대로 놓여 있을 뿐 산송장 같던 사환이나 완 선생도 이미 종적을 감추고 없었다. 모든 것이 어슴푸레한 가운데 오직 새로 장만한 가죽 가방과 모자만이 어둠 속에서 빛을 발하고 있었다.

벽에 걸려 있는 괘종시계를 보니 고작 3시 40분밖에 되지 않았다.

까오 선생이 자기 집에 돌아온 지도 한참이 지났다. 그런데도 이따금 온몸에서 갑자기 열이 나고 까닭 없이 분노가 치솟곤 했다. 확실히 학교라는 곳은 풍기를 해친다는 생각이 들었다. 폐쇄시키는 것이 좋을 것 같았다. 여자 학교는 특히 더 그렇다. 도대체 무슨 의미가 있단 말인가? 허영에 들떠 있기나 한데!

"히히!"

아직도 웃는 소리가 희미하게 들려왔다. 그것은 그를 더욱 분노하게 했으며, 사직하겠다는 결심을 더욱 확고하게 만들었다.

'밤에 허 교장에게 발병이 났다고 편지를 써야지. 그런데 혹 만류라도 하면 어쩐담……? 그래도 가지 말아야지 뭐. 정말이지 여자학교가 무슨 꼴이 될지도 모르는 판에, 내가 무엇 때문에 그 여학생들과 한패가 되어야 하나? 그럴 수는 없지.'

이렇게 생각을 한 그는 결연하게 《요범강감》을 치우고 거울을 한 쪽으로 밀어놓은 다음 교사 초빙서도 접어버렸다.

막 의자에 앉으려는데, 이번에는 그 교사 초빙서가 붉은 것이 거슬렸다. 그래서 얼른 가져다가 《중국역사교과서》와 함께 서랍에 쑤셔 넣어버렸다.

모든 것을 대강 정리하고 나니 이제 탁자 위에는 거울 하나만 댕그라니 남아 있어 보기에도 한결 시원해졌다.

하지만 그래도 어쩐지 마음이 개운치가 않았다. 그는 반쯤 넋이 나간 것 같았다. 그러나 문득 생각나는 것이 있어 빨간 매듭이 달린 가을 모자를 쓰고는 황싼의 집으로 내달았다.

"왔는가, 얼추 까오 선생!"

뽀 군이 큰 소리로 말했다.

"개수작하지 말아!"

그는 눈썹을 찡그리면서 뽀 군의 머리를 한 대 툭 쳤다.

"가르쳐봤나? 그래, 어떻던가? 쓸 만한 애가 몇이나 있던가?"

하고 황싼이 열심히 물어왔다.

"나는 더 가르칠 생각이 없네. 정말 여학교가 어떤 꼴로 변할지 알 수 없단 말이야. 정말이지 우리처럼 점잖은 사람은 함께할 수가 없는 곳이더라고……."

마오 가의 큰아들이 들어왔다. 팥죽 속 새알같이 살이 쪄 있었다.

"어이쿠! 진작부터 존함을 듣고 있었습니다……!"

방 안에 있는 사람들이 죄다 두 손을 모으기 시작했다. 무릎과 다리 관절이 달라붙도록 연거푸 두세 번씩 허리를 굽실거렸다. 꼭 꿇어앉기라도 하려는 듯 말이다.

"이분이 바로 아까 말씀드린 까오깐팅(高幹亭) 형이시오."

뽀 군이 까오 선생을 가리키면서 마오 가의 큰아들에게 말했다.

"예, 예! 진작부터 존함을 듣고 있었지요⋯⋯!"

마오 가의 큰아들은 특별히 그를 향해 연신 두 손을 모으면서 머리까지 굽실거렸다. 방 왼쪽에는 벌써 네모난 탁자가 비스듬히 놓여 있었다. 황쌴이 손님과 응대를 하면서 심부름하는 여자애와 함께 의자와 산(算)가지를 차려놓았다.

얼마 안 있어 탁자 네 모퉁이에 가느다란 촛대가 밝혀지고 이어 네 사람이 자리를 잡았다. 쥐 죽은 듯이 고요했다. 다만 내던져지는 마작 패가 자단나무 탁자 위에 부딪히는 소리만이 초저녁의 정적 속에서 청량하게 울릴 뿐이었다.

까오 선생의 마작 패는 그다지 나쁘지 않았다. 그런데도 그는 무엇인가 불만이 있었다. 그는 본디 무엇이든 쉬이 잊어버리는 사람이었지만 이번만은 세상 풍조가 꽤 걱정스럽게 느껴졌다. 앞에 산가지가 자꾸만 늘어나는데도 마음이 영 개운치 않고 기쁘지도 않았다.

그렇지만 시간이 흐르고 나면 풍속도 바뀌는 법, 어쨌든 세상 풍기도 결국에는 좋아질 거라는 생각이 들었다.

하지만 시간은 매우 늦었고 벌써 두 번째 판이 끝났다. 그의 패가 '청일색(淸一色)'[12] 으로 막 맞추어지는 순간이었다.

1925년 5월 1일

|주|

1 〈까오 선생(高老夫子)〉: 이 작품은 1925년 5월 11일 베이징의 《어사주간》 26기에 처음으로 발표되었다.

2 《원료범강감(袁了凡綱鑑)》: 곧 《요범강감(了凡綱鑑)》. 명나라 원황(袁黃, 1533~1606, 了凡은 그의 호)이 주자의 《통감강목(通鑑綱目)》을 가려 뽑아 엮은 책. 총 40권.

3 사람은 글자를 아는 순간부터 근심이 시작된다(人生識字憂患始): 송(宋) 소동파(蘇東坡)의 시 〈석창서취묵당(石蒼舒醉墨堂)〉에 보인다.

4 도원결의(桃園結義) 등은 《삼국지연의(三國志演義)》에 나오는 대목이며, 진경(秦瓊)이 말을 파는 대목은 소설 《설당(說唐)》에 나오는 이야기다. 여기서 작자는 역사 이야기나 좀 알고 있을 뿐 진정한 역사에 대해서는 잘 모르는 까오 선생의 천박함을 묘사하고 있다.

5 고리키(Maxim Gorky, 1868~1936): 러시아의 대문호. 사회주의 리얼리즘을 창시했다. 주요 작품으로 《어머니》와 《밑바닥에서》, 《유년시대》, 《나의 대학》 등이 있다.

　　고리키의 중국식 표현은 까오얼지(高爾基)다. 작자는 여기서 극단적으로 퇴폐적인 사상을 가지고 있는 인물을 등장시키는데, 그는 고리키의 이름조차 제대로 몰라 성이 高, 이름이 爾基라고 알고 있다. 그 사람에게 까오얼추(高爾礎)라는 이름을 붙여준다. 두 이름의 마지막 글자인 基와 礎를 따 '기초(基礎, 바탕)'를 암시했다. 작자의 절묘한 문자 수완을 엿볼 수 있다. 작자는 이를 통해 당시 중국 사회에 만연해 있던 추태를 신랄하게 풍자하는 동시에 외국인의 이름을 중국식으로 번역했던 풍조를 비판하고 있다.

6 옥황향안리(玉皇香案吏): 옛날 문인들은 흔히 옛 시인의 시구를 따서 별호(別號)를 짓곤 했다. '옥황향안리(玉皇香案吏)'는 당나라 원진(元稹)의

시 〈이주택과우락천(以州宅夭于樂天)〉에 보인다.

7 성덕계단(盛德乩壇) : 중국에서는 부계(扶乩)라는 미신 활동이 성행했다. 도교에서 유래한 것으로 천인교통(天人交通)을 꾀하기 위해 점을 치는 행위다. 신명(神明)을 대신하는 사람이 써 보여주는 글씨를 통해 하늘의 계시를 이해했다. 일명 부기(扶箕), 부란(扶鸞)이라고도 했다. 계단(乩壇) 은 부계를 행했던 신단(神壇)이다.

8 예주선자(蕊珠仙子) : 도교 전설에 나오는 선녀.

9 석륵(石勒, 274~333) : 말갈족으로 서진(西晉) 말 산둥(山東)에서 거병하여 점차 세력을 넓혀 전조(前趙)를 멸망시키고 후조(後趙)를 세웠다.

10 페이수이의 싸움(淝水之戰) : 383년 동진(東晉) 군대가 안후이(安徽)성 페이수이(淝水)에서 8만의 군사로 전진(前秦) 부견(苻堅)의 100만 군대를 대파한 전쟁. 부견이 성에 올라 바라보니 바궁산(八公山)의 초목이 온통 진나라의 군사로 변한 것 같았다고 한다.

11 탁발씨(拓跋氏) : 고대 선비족(鮮卑族)의 일파. 386년 탁발규(拓跋圭)가 스스로 위왕(魏王)에 올라 황허(黃河) 이북의 각지를 차지했다. 398년 핑청(平城, 현 산시성 大同)에 도읍을 정하니 이를 북위(北魏)라 한다.

12 청일색(淸一色) : 패가 모조리 한 가지 꽃으로 짜이는 것을 일컫는 마작 용어.

고독한 사람 孤獨者[1]

1

내가 웨이롄수(魏連殳)와 사귄 것을 생각하면 정말 유별스럽다
고 할 수 있다. 장례식에서 시작되어 장례식에서 끝났으니 말이다.

당시 나는 S시에서 살았는데 사람들이 그의 이름을 들먹이는 것
을 자주 들었다. 다들 그를 괴팍스럽다고 했다. 동물학을 전공했으
면서도 중학교 역사 교사를 한다느니, 잘 어울리지도 않으면서 쓸데
없이 남의 일에 참견하기를 좋아한다느니, 가정 따위는 파괴해버려
야 한다고 입버릇처럼 말하면서도 월급만 받으면 즉시 할머니에게
부쳐드리는데 하루도 늦은 적이 없다느니 하는 말이었다.

이 밖에도 그에 관한 잡다한 얘기는 아주 많았다. 요컨대 그는 S
시에서 입방아에 오르내리는 인물 가운데 하나였던 것이다.

어느 해 가을, 나는 한스산(寒石山)에 있는 한 친척 집에서 한가
롭게 지내고 있었다. 웨이(魏) 성을 가졌고 롄수와는 한집안이었다.
그런데도 그들은 롄수에 대해서는 잘 모르고 있었다. 그래서 그를
외국인처럼 여기면서 '우리하곤 완전 딴판이라서……'라고 말하곤
했다.

그것은 이상한 일도 아니었다. 중국에서 신식 학교를 일으킨 지

20년이나 되었지만 한스산에는 소학교조차도 없었다. 게다가 산골 마을을 통틀어 외지에 유학을 다녀온 사람은 롄수 하나뿐이었다.

따라서 마을 사람들이 볼 때 그는 확실히 다른 사람일 수밖에 없었다. 그러면서도 그가 돈을 많이 벌었다고 질투와 부러움을 동시에 보였다.

가을 끝자락이 되자 이 산골 마을에 이질이 돌았다. 나도 겁이 나서 시내로 돌아갈까 생각하고 있었는데 그때 롄수의 할머니가 이질에 걸렸다는 말을 듣게 되었다. 노인이라서 매우 위독하다고 했다. 하지만 산골 마을이라 의사 하나 없었다.

함께 사는 가족이라고 해야 고작 할머니 한 분과 일하는 여자 하나, 이렇게 단둘이 단출하게 살아왔던 것이다.

롄수는 어려서 부모를 여의고 어른이 될 때까지 할머니 손에서 자랐다. 듣기로는 할머니도 옛날에는 무척 고생을 했지만 지금은 편하게 지냈다고 한다.

그렇기는 해도 롄수에게 아직 처자가 없었으므로 집안은 몹시 쓸쓸했다. 아마 이것도 사람들이 그가 '우리와는 딴판'이라고 보는 이유 가운데 하나이리라.

한스산은 시내에서 육로로 백 리, 물길로는 70리나 떨어져 있었다. 그래서 혹 사람을 롄수에게 보내 불러오려면 왕복하는 데 족히 나흘은 걸려야 했다. 산골 마을이 워낙 벽지다 보니 이런 일들도 사람들의 관심을 끄는 커다란 뉴스거리가 되었던 것이다.

이튿날 돌연 할머니 병세가 위독해 롄수를 부를 사람을 보냈단 소문이 쫙 돌았다. 하지만 할머니는 새벽 2시쯤 숨을 거두고 말았다.

"왜 롄수 좀 보게 해주지 않나……?"

이것이 할머니가 남긴 마지막 말이었다.

가문의 웃어른을 비롯하여 가까운 친척들, 그리고 할머니의 친정집 사람들과 마을의 할 일 없는 사람들이 다들 한방에 가득 모였다. 그들은 렌수가 돌아오기를 이제나저제나 하고 기다렸다. 입관할 때가 이미 지났기 때문이었다.

이미 관도 짜놓고 수의도 다 만들어두었으니 달리 더 필요한 것은 없었다. 다만 그들에게 제일 큰 문제는 어떻게 이 '맏손자'[2]를 대해야 할 것인가 하는 점이었다. 왜냐하면 그가 오면 모든 장례 절차를 반드시 신식으로 바꿔서 해야 한다고 고집할 것이라고 예단했기 때문이었다.

머리를 맞대고 상의한 결과, 대체로 세 가지 조건을 결정하여 그가 오면 반드시 지키도록 했다.

첫째, 흰옷(상복)을 입을 것.

둘째, 무릎 꿇고 절을 할 것.

셋째, 스님이나 도사를 불러 법사(法事)[3]를 행할 것 등이었다.

요컨대 옛 방식 그대로 하라는 것이었다.

상의를 마치자 그들은 렌수가 집에 오는 날 함께 대청 앞에 모여 진을 친 다음 서로 꾀를 내고 호응하며, 힘을 합쳐 준엄한 담판을 한바탕 벌이기로 했다.

마을 사람들은 누구나 침을 삼키면서 신기해하는 가운데 소식을 기다렸다. 그들은 렌수가 '서양식 교육을 받은' 이른바 '신당(新黨)'파라 전부터 도무지 도리에 맞지 않았던 것을 잘 알고 있었다.

그러니 쌍방 간에 대결은 불가피할 것이고, 그렇게 되면 아마도 깜짝 놀랄 뜻밖의 기이한 광경이 펼쳐질지도 모른다고 여기고 있었다.

들리는 말에 따르면, 렌수가 집에 도착한 것은 오후였다. 그는 대문을 들어서자 곧바로 할머니의 영전 앞에 서서 허리만 약간 굽힐 뿐이었다. 가문의 어른들은 즉시 미리 마련해둔 계획에 따라 행동에 나섰다.

먼저 렌수를 대청으로 불러 올려 한바탕 연설을 늘어놓은 다음 이어 본론으로 들어갔다. 여기에다 다들 여기저기서 맞장구를 치면서 한마디씩 거들자 그야말로 중구난방이 되어 렌수에게는 반박할 기회조차 주어지지 않았다.

이윽고 말을 마치자 대청 가득 침묵이 흘렀다. 사람들은 하나같이 겁먹은 표정으로 그의 입을 뚫어져라 쳐다보았다. 하지만 그는 얼굴빛 하나 바꾸지 않고 간략하게 대답했다.

"다 괜찮습니다."

이 또한 전혀 뜻밖이었다. 다들 마음속의 짐을 덜기는 했지만 어찌 보면 오히려 더 가중되는 것 같기도 했다. 너무 '딴판'이라 더 걱정될 것만 같았던 것이다.

소문을 들은 마을 사람들도 매우 실망하기는 마찬가지였다. 그래서 다들 이렇게 말했다.

"이상한데! 그가 '다 괜찮다'고 했다면서? 어디, 구경 한번 가봅시다!"

'다 괜찮다'고 하는 것은 옛 방식대로 따른다는 의미이므로 본디 별 구경거리도 못 될 테지만, 그래도 그들은 보고 싶어 했다.

황혼이 깃들자 신이 나는 듯 다들 렌수의 대청 앞으로 모여들었다. 나도 가본 사람들 가운데 하나였다. 나는 미리 향과 초를 보낸 터였다.

내가 그의 집으로 갔을 때 렌수는 벌써 고인에게 수의를 입히고 있었다. 그는 키가 작달막하고 깡마른 사람이었다. 여기에다 직사각형의 모난 얼굴이며, 덥수룩한 머리에 짙은 눈썹과 수염이 얼굴의 절반이나 차지하고 있었다. 어두컴컴한 느낌 가운데 그의 두 눈만이 반짝반짝 빛을 발하고 있었다.

그런데 수의를 입히는 솜씨가 정말로 대단하여 도무지 흠잡을 데가 없었다. 능수능란하게 척척 해치우는 모습이 꼭 장례 전문가 같았으므로 옆에서 지켜보던 사람들의 입에서는 자기도 모르게 탄성이 흘러나왔다.

한스산의 전통 관습으로는 이때쯤이면 어떻게 하든 외가 쪽 친척들이 이래라저래라 잔소리를 하기 마련이었다. 하지만 그는 묵묵히 일만 했으며 누가 무슨 잔소리라도 하면 얼른 따르거나 할 뿐 전혀 내색을 하지 않았다. 내 앞에 서 있던 머리가 희끗희끗한 할머니의 입에서는 부러움 섞인 탄성이 흘러나왔다.

이어 절을 하고 다음으로 곡을 했다. 이때 아낙네들은 다들 염불 같은 것을 중얼거렸다. 그런 다음 입관을 하고 다시 절을 하고 나서 이번에도 곡을 했는데, 곡은 관 뚜껑에 못을 박을 때까지 지속되었다.

잠시 침묵이 흐르더니 별안간 사람들이 웅성거리기 시작했다. 모두들 놀라움과 불만이 가득한 표정이었다. 나 역시 별안간 느껴지는 것이 있었다. 롄수는 거적[4] 위에 앉은 채, 시종일관 눈물 한 방울 흘리지 않고 어둠 속에서 두 눈만 빛을 발하고 있었다.

이처럼 놀라움과 불만이 뒤섞인 분위기 속에서 입관 절차가 끝이 났다. 모두들 잔뜩 화가 나서 자리를 뜨고 싶어 했지만 롄수만은 그대로 거적 위에 앉아 깊은 상념에 잠겨 있었다.

그러던 그가 갑자기 눈물을 흘리기 시작하더니 이내 울음을 터뜨렸고, 곧이어 긴 통곡으로 바뀌었다. 그것은 마치 상처 입은 이리 한

마리가 깊은 밤 광야에서 울부짖는 소리 같았다. 참담한 그 상처 속에는 분노와 비애가 함께 뒤섞여 있었다. 이런 광경은 지금까지의 관습에는 없던 것이어서 미리 손을 쓸 수도 없었다.

다들 어찌할 바를 모르고 그저 한동안 머뭇거리더니 몇 사람이 앞으로 나가 그를 말렸다. 갈수록 사람들이 많아지더니 마침내는 꼼짝달싹도 할 수 없을 정도로 몰려들어 커다란 사람의 무더기를 형성하고 말았다. 하지만 그는 철탑처럼 꼼짝도 하지 않고 거적에 앉아 통곡할 뿐이었다.

사람들은 멋쩍게 헤어지는 수밖에 없었다. 그는 울고 또 울었다.

거의 반시간쯤 지났을까. 갑자기 울음을 멈추더니 문상객들에게는 인사 한 마디 없이 곧장 방 안으로 들어가버렸다. 곧이어 앞으로 다가가 몰래 엿본 사람이 나와서 말했다. 할머니 방으로 들어간 그는 침대에 쓰러졌고, 이내 깊게 잠든 것 같다고.

이틀이 지났다. 그러니까 내가 시내로 돌아가려던 바로 그 전날이었다. 마을 사람들이 마귀라도 만난 것처럼 숙덕거리는 소리가 들렸다.

롄수가 가지고 있던 가재도구를 절반 넘게 태워 할머니 영전에 바치고, 그 나머지는 생전의 할머니를 모시고 돌아가시자 장례까지 치러준 일하던 여자에게 주고 집마저도 그 여자에게 무기한 살도록 빌려주었다는 것이다. 친척과 집안 어른들이 입이 닳도록 설득했지만 끝내 막을 수가 없었다는 것이다.

아마도 호기심 때문이었는지도 모른다. 돌아가는 도중 나는 그의 집 대문을 지나는 김에 위로차 들렀다. 그는 흰 상복을 입은 채로 나타났는데 얼굴색은 여전히 냉랭했다. 깍듯이 위로를 해주었지만 그는 그저 '예, 예' 하는 말 외에 딱 한 마디만 대답했다.

"호의에 감사드립니다."

2

우리가 세 번째 만난 것은 그해 초겨울 S시의 한 서점에서였다. 그때 우리는 약속이나 한 듯 동시에 고개를 끄덕였는데, 어쨌든 서로 기억은 하고 있었던 것이다.

그렇지만 우리가 가까워진 것은 그해 말 내가 실직을 한 뒤부터였다. 이때부터 나는 자주 렌수를 찾았는데, 물론 할 일이 없어 심심했기 때문이고, 또한 그가 평소 쌀쌀맞은 성격과는 달리 실의에 빠진 사람을 굉장히 친근하게 대해준다는 말을 들었기 때문이었다.

하지만 세상사란 부침이 무상한 것. 실의에 빠진 사람이라고 영원히 실의에만 빠져 있으란 법은 없다. 그러다 보니 그에게는 오랫동안 사귀는 친구가 아주 적었다.

과연 내가 들은 이야기는 틀리지 않았다. 내가 명함을 건네주자 그는 얼른 나를 만나주었다. 방 두 칸을 서로 터서 만든 응접실에는 가재도구랄 것도 없었고, 단지 탁자와 의자 말고는 서가만 몇 개 놓여 있었다. 다들 그를 두고 무서운 '신당 놈'이라고 했지만 정작 그의 서가에는 신식 서적이 별로 많지 않았다.

그는 내가 실직했다는 것을 이미 알고 있었다. 하지만 한두 마디판에 박은 인사말을 마치고 우리는 말없이 마주 앉아 있었다.

분위기가 차츰 가라앉기 시작했다. 나는 단지 그가 급히 담배 한 대를 다 피고는 타들어가던 꽁초가 손가락을 지지려고 하자 그제야 땅바닥에 휙 던지는 것을 바라보고 있을 뿐이었다.

"한 대 태우시죠."

그는 손을 내밀어 두 개비째 담배를 집으면서 문득 이렇게 말했다.

그래서 나도 담배 한 개비를 받아 피우면서 교편 생활이며 책에 관한 이야기를 하기는 했지만, 그래도 분위기가 침울하게 느껴졌다.

내가 막 자리를 뜨려고 할 무렵이었다. 대문 밖에서 왁자지껄한 소리와 함께 발걸음 소리가 들려왔다. 남자아이와 여자아이 네 명이 뛰어 들어왔다. 큰 녀석은 여덟아홉 살, 작은 녀석은 네다섯 살쯤 되어 보였는데 손이며 얼굴, 그리고 입은 옷이 무척 더러운 데다 생김새도 그다지 귀여워 보이지는 않았다.

하지만 렌수의 눈에는 갑자기 기쁜 빛이 역력했다. 그는 급히 일어나더니 응접실 옆방으로 가면서 말했다.

"다량(大良)이랑 얼량(二良) 모두 오너라! 어제 너희들이 갖고 싶었던 하모니카를 내가 벌써 사 왔단다."

아이들이 그를 따라 일제히 방으로 들어갔다. 순간 제각기 하모니카를 한 개씩 불면서 한꺼번에 쏟아져 나왔다. 그런데 어찌 된 영문인지 응접실 문을 나서자마자 싸우는 것이 아닌가.

그중 한 아이가 울었다.

"한 사람에 한 개씩, 다 똑같은 모양이야. 싸우면 못써!"

그는 아이들의 뒤를 따라가면서 타일렀다.

"이렇게 많은 아이들이 다 누구네 집 애들인가요?"

내가 물었다.

"집주인의 아이들이지요. 그 애들에게는 엄마가 없고 할머니 한 분만 계시지요."

"집주인이 혼자란 말인가요?"

"맞아요. 아내가 죽은 지 한 3, 4년 되었을까, 아직 재혼을 하지 않았지요. 그렇지 않았다면 이런 빈방을 나 같은 홀아비에게 빌려주겠습니까."

그는 냉랭하게 웃으면서 말했다.

나는 그가 왜 아직까지 혼자 살고 있는지 물어보고 싶었지만 그다지 친한 사이도 아니었기 때문에 끝내 입을 열 수가 없었다.

친해지고 보니 롄수는 말이 아주 잘 통하는 사람이었다. 그는 생각이 매우 많았으며 가끔 재치까지 뛰어났다.

그를 성가시게 하는 자들은 도리어 그를 찾아오는 몇몇 손님들이었다. 아마도 〈침륜(沈淪)〉[5]을 읽은 탓인지, 늘 '불행한 청년'이나 '쓸모없는 인간' 따위로 자처하는 사람들이었다. 그들은 게처럼 게으르면서도 오만한 자세로 큰 의자에 틀어 앉아 탄식을 한다거나 인상을 잔뜩 찌푸리면서 담배나 피워댔다.

여기에다 집주인의 아이들도 있다. 걸핏하면 서로 다투지를 않나, 음식 그릇을 뒤엎기도 하고 또 과자를 사달라고 조르는 통에 얼마나 소란스러운지 머리가 어지러울 지경이었다.

하지만 롄수는 그 애들만 보면 평소 쌀쌀맞은 태도와 다르게 자신의 생명보다도 더 고귀한 존재로 여기곤 했다.

들리는 바에 따르면, 한번은 싼량(三良)이 마마를 앓았는데 얼마나 걱정을 했는지 그의 그 검은 얼굴이 더 시커멓게 변했다는 것이다. 그런데 뜻밖에도 병이 별로 위중하지 않아 그 애 할머니에 의해 그만 웃음거리로 소문이 퍼지기도 했다고 한다.

"그래도 아이들이 좋아요. 아이들은 정말로 천진난만하거든요……."

그는 내가 아이들을 좀 성가시게 여긴다고 생각했는지, 어느 날 일부러 기회를 보아 이렇게 말했다.

"꼭 그런 것도 아니지요."

하고 나는 건성으로 대답했다.

"아닙니다. 어른들에게 보이는 나쁜 기질이 아이들한테는 없어요. 자라면서 나빠지는데, 당신이 평소 나쁘다고 야단치는 그런 좋지 못한 기질도 실은 환경이 그렇게 만든 것이지요. 원래는 결코 나쁘지 않았어요. 아이들은 천진스럽지요……. 나는 중국에 대해서 희망을 가질 수 있는 것도 이 점뿐이라고 봐요."

"아닙니다. 아이들에게 나쁜 뿌리나 싹이 없다면 어떻게 그 애들이 커서 나쁜 꽃이 피고 나쁜 열매를 맺겠습니까? 예를 들어봅시다. 한 알의 씨앗 속에는 나뭇가지나 잎사귀, 그리고 꽃과 열매를 맺을 수 있는 배아(胚芽)가 있지요. 그렇기 때문에 나중에 커서 그런 것들이 나오는 게 아니겠습니까. 어떻게 아무 까닭도 없이……."

당시 나는 마침 실직 상태라 할 일이 없었기 때문에 불경을 읽고 있었다. 마치 나리들이 일단 자리에서 물러나면 그 즉시 채식을 하고 참선을 논하듯 말이다.[6] 물론 나는 불경의 이치에 대해 잘 이해하지는 못했다. 하지만 그래도 제대로 정리해보지 않은 채 그저 되는 대로 그렇게 말했다.

그런데 이 말에 렌수는 화가 났는지 나를 한 번 힐끔 쳐다보고는 더는 입을 열지 않았다.

나는 그가 할 말이 없어서 그랬는지, 아니면 입씨름을 하고 싶지 않아서 그랬는지 도무지 짐작할 수가 없었다. 다만 그는 오랫동안 드러내지 않던 냉랭한 태도를 또다시 내보이면서 말없이 연거푸 두 개비의 담배를 피웠다. 그가 세 번째 담배를 꺼낼 때, 나는 도망치듯 자리를 뜰 수밖에 없었다.

이렇게 쌓인 앙금은 석 달이 지난 뒤에야 비로소 풀어졌다. 아마도 원인의 절반은 그가 그 사건을 잊어버렸기 때문일 테고, 나머지 절반은 그가 '천진한' 아이들에게 원수같이 보였기 때문일 것이다. 그래서 내가 아이들에게 했던 모욕적인 말에 대해 이해할 만하다고 느꼈던 것 같다.

그러나 이것은 내 추측일 뿐이다.

그때 그는 내 방에서 술을 마신 뒤였다. 그가 조금 슬픈 표정을 짓더니 머리를 반쯤 든 채 말했다.

"생각해보니 정말 이상한 것 같아요. 이곳에 올 때 길거리에서 아주 어린 아이 하나를 보았습니다. 그런데 그 아이가 갈댓잎으로 나를 겨누면서 '죽여버리겠다!'는 거예요. 아직 제대로 걷지도 못하는 녀석이……."

"나쁜 환경이 그렇게 만든 거겠지요."

그렇게 말하고 나서 이내 나는 크게 후회했다. 하지만 그는 그다지 개의치 않는 듯 그저 술만 마시면서 간혹 담배를 힘껏 빨아들였다.

"아 참! 깜빡 잊고 있었군요. 한 가지 물어보고 싶은 것이 있었는데."

나는 얼른 다른 말을 꺼내 얼버무리려고 했다. 그리고 곧이어서 말했다.

"당신은 그다지 사람을 잘 방문하지 않는 스타일인데 오늘은 무슨 바람이 불어서 이렇게 나를 찾아오셨소? 우리가 알고 지낸 지도 벌써 1년이 넘었지만 나를 찾아오신 게 처음 아닙니까?"

"그렇지 않아도 말씀드릴 참이었습니다. 며칠 동안은 절대로 내 집에 오지 마십시오. 지금 내 집에는 정말 성가신 어른 하나와 작은 놈 하나가 있습니다. 둘 다 인간 같지 않아서!"

"어른 하나와 아이 하나라니? 대체 누군데요?"

나는 조금 이상한 생각이 들었다.

"나의 사촌 형님과 그의 아들 녀석이지요. 하하하. 녀석이 꼭 제 아비를 닮았거든요."

"당신을 만나러 시내로 나오는 김에 구경이나 시키려고 함께 데려왔나 보지요?"

"아닙니다. 상의할 일이 있어서 나를 찾아왔다고 하더군요. 그 아이를 나에게 양자로 보내겠다나요."

"아니! 양자로 주겠다고요?"

나는 깜짝 놀라 큰 소리로 말했다.

"당신 아직 결혼도 하지 않은 독신 아닙니까?"

"그들은 내가 결혼하지 않으리라는 것을 알고 있습니다. 하지만 그런 것은 그들과 아무런 관계도 없어요. 사실 그들은 한스산에 있는 내 쓰러져가는 집 한 채를 넘겨받고 싶어서 그러는 겁니다. 당신도 아시다시피 나는 그 집 말고 아무것도 가진 것이 없습니다. 돈은 손에 들어오는 즉시 몽땅 써버렸으니. 지금은 그 낡은 집 한 채만 달랑 남았지요. 그들 부자의 평생 목적은 세 들어 살고 있는 그 늙은 하녀를 쫓아내는 겁니다."

그의 쌀쌀한 말투에 소름이 끼쳤지만, 그래도 나는 그를 위로해 주었다.

"내가 보기에 당신 친척이 그렇게까지는 하지 않았을 것 같소. 그들은 생각만 좀 낡았을 뿐이지. 이를테면 그해 할머니가 돌아가시고 당신이 대성통곡하고 있을 때 다들 당신을 둘러싸고는 열심히 달래주지 않았소……"

"아버지가 돌아가신 뒤의 일이지요. 내 집을 빼앗기 위해 집을 넘겨주는 증서에 도장을 찍으라고 강요했답니다. 나는 막 울었지요. 그때도 그들은 나를 둘러싸고는 열심히 달래주었소……."

그의 두 눈은 마치 허공 속에서 당시의 정경이라도 찾아내겠다는 듯 위쪽을 응시했다.

"어쨌든 관건은 당신한테 아이가 없다는 데 있소. 왜 그렇게 결혼을 하지 않으려는 거요?"

나는 얼른 화제를 바꿀 말을 찾아냈다. 오랫동안 한번 물어보고 싶던 말이었는데, 지금이 절호의 기회라고 여겨졌다.

그는 의아하다는 듯이 나를 쳐다보았다. 그리고 잠시 뒤에 시선을 자기 무릎으로 옮기고는 아무런 대답도 없이 그저 담배만 피웠다.

3

비록 이렇게 하는 일 없이 백수건달로 지내는 생활이었지만 롄수로서는 지내기가 그리 편치 않았다. 조그만 신문에 익명으로 그를 공격하는 자가 점차 생겨났고, 학계에도 그에 관한 유언비어가 자주 오르내렸다.

그러나 이번에는 종전처럼 단순한 이야깃거리가 아니라, 대체로 그의 인격을 손상시키는 내용들이었다.

나는 그것이 최근 들어 그가 즐겨 문장을 발표한 결과라는 것을 알았으므로 그다지 개의치 않았다.

S시 사람들이 제일 싫어하는 것이 거리낌 없이 의견을 발표하는 것이었다. 일단 그런 사람이 출현하기라도 하면 반드시 또 다른 자가 몰래 나타나 숙덕거리곤 했다. 이런 현상이 예전부터 있어왔다는 것을 롄수도 잘 알았다.

그런데 봄이 되자 갑자기 그가 교장에 의해 사직을 당하고 말았다는 이야기가 들렸다. 아무래도 이 점은 나도 좀 의외라는 생각이 들었다. 사실 이런 것도 전부터 그러기는 했지만 내가 아는 사람이라 그만은 예외이기를 바랐기 때문에 뜻밖이라 여겼을 뿐이다. 그렇다고 해서 S시 사람들이 이번에만 특별히 나빴다고는 할 수 없다.

당시 나는 호구지책을 세우느라 정신이 없었다. 또 그해 가을 산양(山陽)에 있는 학교에 교사로 부임하기 위해 일을 추진하고 있던 터라 끝내 그를 방문할 틈이 나지 않았다. 그러다 좀 한가해졌을 때는 그가 교사 직에서 물러난 지 이미 3개월쯤 지난 무렵이었다. 하지만 그때는 롄수를 방문하고 싶은 생각이 나지 않았다.

그러던 어느 날이었다. 길을 지나다가 우연히 헌책방 앞에서 걸음을 멈추게 되었는데 나도 모르게 깜짝 놀라고 말았다. 급고각(汲古閣) 초간본(初刊本) 《사기색은(史記索隱)》[7]이 진열되어 있는 것이 아닌가. 그것은 바로 롄수의 책이었다.

그가 책을 좋아하기는 했지만 그렇다고 장서가는 아니었다. 그러나 그 정도 책이라면 그에게는 귀중한 선본(善本)이었으므로, 무슨 피치 못할 사정이 있지 않고서는 그리 쉽게 팔아 넘길 리 없었다. 그가 직장을 잃은 지 고작 석 달 남짓인데 그새 그렇게 빈한(貧寒)해졌단 말인가? 아무리 그가 전부터 돈만 생기면 몽땅 써버려 땡전 한 푼 모아둔 게 없다고 해도 말이다.

그래서 나는 롄수를 찾아보기로 작정하고 가는 길에 거리에서 소주 한 병과 땅콩 두 봉지, 그리고 훈제 생선 두 마리를 샀다.

그의 방문은 잠겨 있었다. 두어 번 불러보았지만 아무런 반응이 없었다. 나는 그가 낮잠을 자는 줄 알고 더 크게 부르면서 손으로 방문을 탕탕 쳐보았다.

"나갔다니까!"

다량이네 할머니였다. 세모꼴 눈을 한 뚱뚱보가 맞은편 창문으로 희끗희끗한 머리를 불쑥 내밀더니 큰 소리로 말했다. 귀찮아 죽겠다는 듯이.

"어디 갔나요?"

내가 물었다.

"어디 갔냐고? 그걸 누가 알아요? 그가 가면 어딜 가겠수? 그러니 조금만 기다려봐요, 틀림없이 곧 돌아올 테니까."

그래서 나는 문을 열고 그의 응접실로 들어갔다. '하루를 못 보면 3년은 떨어져 있는 듯하다(一日不見 如隔三秋)'[8]라더니, 보이는 것 모두가 온통 처량하기만 했다. 텅 빈 응접실에는 가재도구도 몇 점 없었고 책도 S시에서는 아무도 보려고 하지 않는 양장본(洋裝本) 몇 권만 있을 뿐이었다.

그러나 방 한가운데 있던 원탁만은 그대로였다. 다만 전에는 비분강개하던 청년들이며, 재주는 있지만 때를 만나지 못한 자들, 그리고 지저분하고 요란하던 아이들이 늘 빙 둘러싸고 있던 그 탁자가, 지금은 얄따랗게 먼지만 뒤집어쓴 채 말없이 있을 뿐이었다.

나는 그 탁자 위에 가지고 온 술병과 종이 봉지를 내려놓았다. 그러고는 의자 하나를 끌어 와서는 탁자 옆에 기댄 채 방문을 마주 보고 앉았다.

과연 '조금' 지나서였다. 방문이 열리더니 한 사내가 그림자처럼 소리 없이 들어왔다. 바로 롄수였다. 아마 황혼 무렵이었기 때문이리라. 얼굴은 전보다 더 어두워 보였지만 그래도 기색만은 옛날 그대로였다.

"아니! 여기 와 계셨군요? 얼마 만에 오신 겁니까?"

그는 조금은 반가운 기색이었다.

"뭐 그리 얼마 되지 않았소이다."

내가 말했다.

"그런데 어디를 가셨더랬소?"

"어디를 간 것은 결코 아니고, 그냥 발길 닿는 대로 돌아다녔을 뿐입니다."

그도 의자를 끌어 와 탁자 옆에 앉았다. 우리는 그 즉시 소주를 마시기 시작했다. 그러면서 그의 실직을 두고 이야기도 나누어보았지만 그는 더 깊이 말하기를 원치 않았다. 그 일은 이미 예상했던 바로 자신이 늘상 겪어왔던 일이라 이상할 것도 없고, 더더욱 이야깃거리로 삼을 만한 것도 못 된다고 여기고 있었다. 그는 옛날처럼 술만 마셨으며 사회와 역사에 대해서는 여전히 자신의 의견을 말하곤 했다.

어찌 된 노릇인지 나는 이때 텅 빈 서가를 쳐다보다가 급고각 초간본 《사기색은》이 생각나 느닷없이 어렴풋한 고독감과 비애를 느꼈다.

"응접실이 퍽 쓸쓸하게 느껴지네요……. 요즘은 찾아오는 손님이 많지 않았나 보지요?"

"없어요. 내가 마음이 편치 않아서 와봐야 별 재미가 없다고 생각하나 봐요. 아닌 게 아니라 마음이 편치 못하면 좋은 분위기를 주기는 힘들거든요. 겨울날의 공원을 누가 찾나요……."

그는 술을 연거푸 두 잔이나 들이켜고는 묵묵히 생각에 잠기더니 갑자기 얼굴을 들고 나를 쳐다보면서 물었다.

"지금 당신이 알아보고 있는 취직자리는 전혀 가능성이 없나
요……?"

나는 그가 벌써 취기가 올랐다는 것을 잘 알고 있었다. 그렇지만
그 말에는 은근히 기분이 언짢아져 한마디 해주려던 참이었다.

그러나 그 순간 그가 귀를 기울이는 듯하더니 땅콩 한 움큼을 쥐
고는 그만 밖으로 나가버렸다. 문 밖에서는 다량 녀석들이 왁자지껄
웃는 소리가 들려왔다.

하지만 그가 나가자 아이들의 소리도 뚝 그쳤다. 모두 달아나버
린 모양이었다. 그는 아이들을 뒤쫓아가면서 무언가 말을 하는 것
같았지만 아이들의 대답 소리는 들리지 않았다.

그는 그림자처럼 소리 없이 되돌아와서는 움켜쥐었던 땅콩을 봉
지 속에 도로 넣었다.

"이젠 녀석들이 내가 주는 것도 안 먹으려고 한답니다."

그는 낮은 목소리로 비아냥거리듯 말했다.

"렌수 씨!"

나는 무척 서글퍼졌지만 그래도 억지로 웃으면서 말했다.

"내가 보기에 당신은 너무 고뇌를 사서 하는 것 같소. 당신은 사
람들을 너무 고약하게만 보고 있어서……."

그는 싸늘하게 웃었다.

"아직 내 이야기가 다 끝나지 않았소. 당신은 우리들에 대해, 어
쩌다 당신을 찾아오는 우리들이, 무슨 할 일이 없어서 그저 여기에
와 당신을 소일거리의 대상으로나 삼는다고 생각하시오?"

"절대 그렇지는 않습니다. 하지만 때로 그런 생각이 들기도 하지
요. 혹시 무슨 이야깃거리를 찾으러 오지나 않았나 하고 말이지요."

"그렇지 않습니다. 사람들은 결코 그렇지 않아요. 당신은 스스로

누에고치를 틀고 그 속에 틀어박혀 있는 겁니다. 세상을 좀 더 밝게 보실 필요가 있어요."

나는 한숨 섞인 목소리로 말했다.

"아마 그럴지도 모르지요. 하지만 당신 어디 한번 말해보시오. 그 누에 실은 어디서 오는 겁니까? 물론 세상에는 그런 사람이 얼마든지 있소. 예를 들어 우리 할머니 같은 분이 바로 그렇지요. 비록 할머니의 피를 받지는 않았지만 그분의 운명은 이어받았는지도 몰라요. 그러나 그것이 뭐 그리 중요하겠습니까. 나는 그때 미리 다 울어버렸는걸요 뭐……."

순간 나는 그의 할머니 장례식 때의 정경이 떠올랐다. 마치 내 눈앞에 펼쳐지듯 말이다.

"나는 그때 당신이 왜 그렇게 대성통곡을 하는지 통 이해가 되질 않았소……."

나는 당돌하게 물었다.

"할머니 입관 때 말씀인가요? 그래요, 아마 당신은 이해하지 못하실 겁니다."

그는 등잔에 불을 밝히면서 냉정하게 말했다.

"내가 당신과 사귀게 된 것도 아마 그때 그 울음 때문이라고 생각됩니다. 당신은 모르시겠지만 그 할머니는 내 아버지의 계모였답니다. 아버지의 생모는 아버지가 세 살 때 돌아가셨습니다."

그는 생각에 잠긴 채 묵묵히 술을 마시면서 훈제 생선 한 마리를 다 먹어버렸다.

"그런 옛날 일은 나도 처음에는 몰랐지요. 그저 어릴 적부터 좀 이상하다고는 생각했었습니다. 당시만 해도 아버지가 살아 계셨고,

집안 형편도 괜찮다 보니 정월이면 꼭 조상의 초상을 걸어놓고 성대하게 제사를 지내곤 했습니다. 그렇게 잘 장식된 많은 초상화는 어린 나에게는 다시없는 좋은 볼거리였답니다.

그때 나를 안고 있던 한 하녀가 초상화 한 폭을 가리키면서 말했습니다.

'이분이 도련님의 할머니예요. 어서 절을 해요. 하루빨리 훌륭한 사람이 되게 지켜달라고 빌면서.'

그때 나는 정말로 어리둥절했지요. 분명히 할머니 한 분이 계신데 또 무슨 '친할머니'가 계신가 하고 말이지요.

하지만 나는 그 '친할머니'가 좋아졌습니다. 집에 계시는 할머니보다 늙지도 않았을뿐더러 젊고 예뻤으며, 금박을 한 붉은 옷에다 머리에는 진주가 박힌 족두리를 쓰고 계셨습니다.

그 모습은 내 어머니의 초상화와 비슷했지요. 내가 할머니를 바라보면 할머니도 나를 뚫어져라 쳐다보셨습니다. 입가에 점점 더 빙그레 웃음을 띠면서 말이지요. 나는 그 초상화 속의 할머니께서 틀림없이 나를 굉장히 사랑하신다는 것을 알았습니다.

그렇지만 나는 하루 종일 창가에 앉아 천천히 바느질을 하시던 우리 집 할머니도 좋아했습니다. 그런데 내가 아무리 신 나게 놀면서 재롱을 떨고 불러도 좀처럼 그 할머니께서는 기뻐하시는 모습을 보이지 않으셨습니다. 그래서 나는 늘 냉랭한 느낌을 받았고 다른 할머니와는 좀 다르구나 하고 생각했지요.

그래도 나는 할머니를 좋아했습니다. 그러다가 나중에는 점차 멀어지기 시작했습니다. 그것은 내가 나이를 먹어 그 할머니가 아버지의 생모가 아니라는 것을 알아서가 결코 아니라, 1년 내내 온종일 기계처럼 바느질을 하시는 모습을 오랫동안 보다 보니 자연히 싫증

같은 것이 났기 때문이었지요.

　그래도 할머니는 옛날과 다름없이 여전히 바느질을 하시고, 나를 타이르고 또 나를 아껴주셨습니다. 잘 웃지도 않으셨지만 그렇다고 꾸지람을 하시지도 않았거든요. 이런 상황은 아버지가 돌아가셨을 때까지 지속되었습니다. 그 뒤 우리는 할머니의 삯바느질로 생계를 이었으니 더더욱 그럴 수밖에 없었지요. 내가 학교에 들어갈 때까지도……."

　등잔불이 가물거렸다. 석유가 바닥날 참이었다. 그가 자리에서 일어났다. 서가 밑을 더듬거리더니 조그만 양철통 하나를 꺼내 석유를 부었다.

　"이번 달에만 석유 값이 두 번이나 올랐어요……."

　그는 등잔 마개를 돌려 끼우고 나서 천천히 말을 이었다.

　"살림살이는 나날이 어려워졌고…… 할머니는 여전히 옛날과 다름없이 그렇게 하셨습니다. 내가 졸업을 하고 직장을 가지면서 생활이 전보다 좀 안정되었을 때까지도 그렇게 하셨답니다. 아마도 할머니께서는 병이 들어 꼼짝 못하고 자리에 눕게 되었을 때까지도 그렇게 하셨는지 몰라요…….

　내 생각에 할머니는 만년에 그다지 고생을 하지 않으셨어요. 또 그만 하면 사실 만큼 사셨으니 내가 꼭 그렇게 눈물을 흘리지 않아도 되었을 겁니다. 더군다나 우는 사람도 얼마든지 많이 있었으니까. 전에 할머니를 심하게 멸시하던 사람들까지도 울었지요. 속마음이야 어떻든 적어도 얼굴빛만은 매우 슬퍼 보였지요. 하하하! ……

　하지만 그때 무슨 영문인지 농축된 할머니의 일생이 내 눈앞에 떠올랐습니다. 고독을 자초하시고, 또 그 고독을 입으로 씹어 삼키

시던 한 분의 일생이 말입니다. 그리고 그런 사람들이 이 세상에는 무척 많을 거라는 생각이 들더군요. 바로 그런 분들이 나를 통곡하게 만들었던 거지요. 그렇지만 무엇보다도 그때 내가 지나치게 감상에 젖어 있었기 때문이 아니었을까요…….

지금 당신이 나에 대해 가지고 있는 그 생각이 바로 옛날에 내가 할머니에게 품었던 생각이오. 하지만 당시 내가 품었던 생각도 사실은 옳지 못했소. 나 자신이 세상사에 조금씩 눈을 뜨기 시작하면서 확실히 할머니와 점차 멀어지기 시작했으니까요…….”

그는 침묵했다. 손가락에 담배를 끼운 채 머리를 숙이고는 생각에 잠겼다. 등잔불이 약하게 떨고 있었다.

“아, 사람이 죽은 뒤 아무도 자신을 위해 울어줄 이가 없게 만든다는 것도 쉬운 일은 아닐 것입니다.”

그는 혼잣말로 중얼거리듯 말했다. 잠시 말을 멈추더니, 이윽고 고개를 들어 나를 바라보면서 말했다.

“당신도 별수 없을 거라고 생각합니다. 하기야 나도 하루속히 일거리를 찾아봐야 할 텐데…….”

“좀 부탁할 만한 친구도 없나요?”

정말이지 이때는 나도 마땅한 방법이 떠오르지 않았다. 내 자신의 일조차도.

“그야 몇 사람이 있기는 하지요. 그렇지만 그들도 사정이 나와 별로 다를 게 없어서…….”

내가 렌수와 작별하고 문을 나설 때는 둥근 달이 이미 중천에 걸쳐 있었다. 무척 고요한 밤이었다.

4

산양에서 하고 있는 교육 사업은 상황이 아주 좋지 않았다. 학교에 부임한 지 두 달이나 되었지만 월급 한 푼 받지 못했다. 이 때문에 나는 담배까지 아껴 피워야 할 판이었다.

그렇기는 해도 학교에서 근무하는 사람들은 비록 한 달에 월급 15, 16원을 받는 말단 직원일지라도 어느 하나 자신의 운명을 비관하지 않았다. 그들은 오랜 고생 끝에 점차 성공적으로 단련된 구리 막대나 철골과도 같았다. 그처럼 탄탄한 육체에 의지한 채 마냥 깡마르고 누렇게 뜬 얼굴을 하면서도 아침 일찍부터 밤까지 열심히 일했다.

그런 와중에도 신분이 좀 높은 사람을 보면 공손히 일어나서 예를 표했다. 실로 '의식이 족해야 예절을 안다'[9]는 말 따위는 필요 없는 사람들이었다.

나는 이 같은 상황과 마주칠 때마다 무슨 영문인지 롄수가 헤어지면서 나에게 당부했던 말이 생각났다.

당시 그의 형편은 더더욱 말이 아니었다. 궁색한 모습을 자주 드러내 보이곤 했는데, 옛날의 침착했던 모습은 사라진 지 이미 오래된 듯했다.

그는 내가 곧 떠난다는 것을 알고는 한밤중에 나를 찾아왔다. 한참을 머뭇거리더니 더듬거리면서 말했다.

"그쪽에 가시면 무슨 방도라도 있지 않을까요? 필경사(筆耕士)라도 해서 한 달에 20, 30원 정도라도 받을 수 있으면 좋겠는데. 내가……."

나는 무척 의아한 생각이 들었다. 그가 이렇게까지 변할 줄은 생각도 못했던 터라 한동안 말문이 막혀 아무 말도 할 수 없었다.

"나…… 나는 아직 좀 더 살아야겠기에……."

"그곳에 가본 다음에 알아보지요. 최선을 다해 방법을 찾아보겠소."

이것이 그날 내가 선선히 해준 대답이었다.

그 뒤에도 그의 이 말은 자주 내 귓가에 들려왔고, 동시에 눈앞에는 렌수의 모습이 떠오르곤 했다. 그가 더듬거리면서 했던, '나는 아직 좀 더 살아야겠기에……' 라는 말까지 들리곤 했다.

그럴 때면 나는 머리를 짜내 여기저기 그를 추천해보았지만 도무지 효험이 없었다. 일자리는 적고 사람은 많다 보니, 자연히 남들도 나에게 그저 '미안하다' 는 말 몇 마디를 할 뿐이었다. 그래서 나 역시 그에게 편지를 써서 '죄송합니다' 라는 몇 마디를 하는 것이 고작이었다.

첫 학기가 끝나갈 무렵 상황은 더욱 나빠졌다. 급기야 그곳 몇몇 유지들이 발행하고 있던 《학리주보(學理周報)》에서 나를 공격하기 시작했다.

물론 내 이름을 거론하지는 않았지만 글을 얼마나 교묘하게 썼는지 누가 봐도 내가 학내 소요[10]를 부추기고 있다고 한눈에 알 수 있을 정도였다. 그동안 렌수를 추천했던 것도 다 패거리를 끌어모으기 위한 술책이었다고 했다.

나는 꼼짝 않고 가만히 있을 수밖에 없었다. 그래서 수업 외에는 아예 문을 닫아걸고 몸을 숨겨야 했고, 때로 담배 연기라도 창틈으로 새 나가면 혹시나 내가 학내 소요를 부추긴다는 의심을 받을까봐 두려워해야 했다. 그러니 렌수의 일은 입 밖에 낼 수도 없었다.

이렇게 한겨울까지 가게 되었다. 하루 종일 눈이 오더니 밤에도 그치지 않았다. 바깥은 모든 것이 정적에 휩싸여 있었다. 얼마나 고 요한지 그 고요한 소리마저 들릴 정도였다.

나는 조그만 등잔불 아래에서 눈을 감고 한가로이 앉아 있었다. 눈발이 휘날려 이미 아득히 뒤덮인 눈 더미를 또다시 내리 덮는 것처럼 보였다. 아마 이때쯤 고향에서도 설 준비를 하느라 모두들 한창 바쁘겠지.

어느덧 나는 어린애가 되어 집 뒤뜰 평평한 곳에서 어린 친구 몇몇과 눈사람을 만들고 있었다. 눈사람의 눈은 조그만 숯덩이 두 개로 박아 넣었다. 색깔이 유난히도 검었다. 그때 별안간 눈이 껌벅거리더니 돌연 롄수의 눈으로 변했다.

"나는 아직 좀 더 살아야겠기에……!"

여전히 그의 목소리가 들려왔다.

"왜?"

나도 모르게 이렇게 묻기는 했지만, 나 스스로도 어이가 없어 웃고 말았다.

이 우스꽝스런 문제가 나를 제정신으로 돌아오게 만들었다. 나는 몸을 똑바로 세워 앉고는 담배에 불을 붙였다. 창문을 밀고 내다보니 눈은 더욱 거세게 내리고 있었다.

그때 누군가 문을 두드리는 소리가 들렸다. 곧이어 한 사람이 들어오는데 귀에 익은 사환의 발걸음 소리였다. 그는 내 방문을 삐죽이 밀어 열고는 여섯 치가 넘는 기다란 봉투 하나를 건넸다. 몹시 흘려 쓴 글씨체였지만 보는 순간 '웨이 드림'이라는 글자는 알아볼 수 있었다. 롄수에게 온 편지였다.

그것은 내가 S시를 떠난 뒤 그가 처음으로 보낸 편지였다. 나는 그가 게으른 사람이라는 것을 알고 있었기 때문에 아무 소식이 없다고 해서 조금도 이상하게 여기지는 않던 참이었다. 그러면서도 가끔 소식 하나 전하지 않는 그를 못마땅하게 생각한 적도 있었다.

그런데 막상 편지를 받고 보니 어쩐지 이상한 느낌이 들었다. 나는 즉시 편지를 뜯어보았다. 안에도 흘려 쓴 글씨체였는데, 이렇게 쓰여 있었다.

생략하옵고…….

내가 당신을 뭐라고 불러야 할지 모르겠습니다. 그냥 빈칸으로 남겨둘 테니 원하시는 호칭을 써넣기 바랍니다. 나야 어떻게 부르든 다 좋습니다.

헤어진 뒤로 모두 세 통의 편지를 받았지만 답장하지 못했습니다. 이유는 간단합니다. 나에게는 우표 살 돈조차 없었기 때문입니다. 아마도 내 소식을 알고 싶어 할 것 같아 이참에 솔직히 밝히겠습니다.

나는 실패했습니다. 전에도 스스로 실패자라고 여긴 적이 있었습니다만, 지금 보니 그때는 결코 그렇지 않았습니다. 지금이야말로 나는 진정한 실패자입니다.

전만 해도 내가 좀 더 살기를 바라는 사람들도 있었고, 또 나 스스로도 좀 더 살고 싶다고 생각하던 때가 있었지요. 그렇지만 살아갈 수가 없었소. 그런데 지금은 그럴 필요가 없어졌습니다. 그런데도 나는 살아갈 생각이오……

그래도 살아야야겠지요? 내가 좀 더 살기를 바라던 그 사람들은 살아갈 수가 없었답니다. 그들은 벌써 적에게 유인되어 살해되고 말았소. 누가 죽였을까요? 그건 아무도 모릅니다.

인생의 변화란 참으로 빠릅니다! 요 반년 동안 나는 거의 거지나 다름없게 살았습니다. 아니, 사실은 이미 구걸을 했다고 해야 할 것입니다. 하지만 나는 무엇인가 해야 할 일이 있었습니다. 바로 그것 때문에 구걸을 했고, 그것 때문에 추운 겨울날 굶주렸으며, 그것 때문에 적막했고, 그것 때문에 고생을 감수했습니다.

그렇다고 나는 멸망을 바라지는 않았소. 보시오, 내가 조금만 더 살기를 바라던 한 사람의 힘이 이렇게도 컸던 것이오.

그러나 지금은 없습니다. 한 사람도 남아 있지 않습니다. 뿐만 아니라 나 자신도 살아갈 자격이 없다고 여겨집니다. 그렇다면 다른 사람들은? 그들도 마찬가지입니다. 자격이 없습니다.

동시에 나는 이렇게도 생각합니다. 내가 살아가기를 원치 않는 사람들을 위해서라도 살아야겠다고. 다행히도 내가 잘 살아가기를 원했던 사람들은 이제 없어졌으니, 아무도 마음 아파할 사람은 없는 셈이오.

나는 이런 사람들을 마음 아프게 하고 싶지는 않습니다. 그런데 지금은 없어졌습니다. 이제 한 사람도 남아 있지 않습니다. 통쾌하기 그지없고, 후련하기 그지없습니다.

나는 이미 내가 이전에 증오하고 반대하던 모든 것을 실행에 옮겨 보았습니다. 또한 내가 추앙하던 것, 내가 주장하던 것들은 모두 떨쳐버렸습니다. 나는 정말 실패한 사람입니다. 그렇지만 나는 승리했소.

당신은 내가 미쳤다고 생각하시오? 당신은 내가 영웅이나 위인이라도 되었다고 생각하는 거요?

아니, 아닙니다. 이 일은 매우 간단합니다. 최근 나는 두(杜) 사단장의 고문(顧問)이 되어 매달 월급으로 은화 80원씩이나 받고 있소.

(중략)

당신은 나를 어떤 놈으로 생각하시오? 당신 스스로 정해보시오. 어떻든 나는 괜찮으니까.

당신은 아직도 옛날 나의 응접실을 기억하고 계실 줄 압니다. 우리가 시내에서 처음 만났을 때와 이별할 때의 그 응접실을 말이오.

나는 지금도 그 응접실을 사용하고 있습니다. 그런데 여기에는 새로운 손님과 새로운 선물, 새로운 찬사, 새로운 영달(榮達), 새로운 인사말과 응대, 새로운 마작 판과 벌주놀이, 새로운 차디찬 눈빛과 증오, 그리고 새로운 불면증과 각혈(咯血) 등이 있습니다……

당신은 지난번 편지에서 교편 생활이 매우 여의치 않다고 했습니다. 당신도 고문을 하고 싶나요? 알려주시면 내가 주선해드리겠습니다. 사실 수위 노릇도 괜찮을 것이오. 그곳에도 새로운 손님과 새로운 선물, 새로운 찬사가 있을 테니……

이곳에는 큰 눈이 내렸습니다. 당신이 계신 그곳은 어떤지요? 지금은 벌써 깊은 밤입니다. 두 번이나 각혈을 하고 나니 이제 정신이 드는군요.

지난가을 이래로 당신이 연거푸 세 번이나 편지를 보내주셨다는 것을 기억하고 있습니다. 이 얼마나 놀라운 일입니까. 그래서 당신에게 조금이나마 소식을 전해야겠다고 생각했소. 그렇다고 놀라시지는 않겠지요.

아마 앞으로는 더 이상 편지를 쓰지 않을 것입니다. 당신은 나의 이런 버릇을 진작부터 알고 있겠지요.

당신은 언제 돌아오시나요? 빠르면 물론 만나볼 수 있을 것입니다.

하지만 내 생각에 우리는 결국 다른 길을 걷게 될 것입니다. 그러니 제발 나를 잊어주십시오. 전에 당신이 나의 생계에 대해 걱정해주신 데 대해서는 진심으로 감사를 드립니다.

166

하지만 이젠 나를 잊어주십시오. 나는 이미 '잘되었으니' 말입니다.

렌수, 12월 14일

이 편지가 나를 '놀라게' 한 것은 결코 아니었다. 하지만 대강 훑어보고 나서 다시 한 번 자세히 읽어보니 뭔가 기분이 좀 편치 않았다. 그러면서도 동시에 약간의 유쾌함과 즐거움이 뒤섞인 기분이 들었다.

어쨌든 그의 생계도 이제는 문제가 없게 되었다니 나 역시 한시름 덜게 되었다는 생각이 들었다. 하기야 나로서도 별 도리가 없기는 했지만……

문득 그에게 답장을 보낼까도 생각해봤지만 딱히 할 말도 없을 것 같아 즉시 생각을 접고 말았다.

확실히 나는 점점 그를 잊어갔다. 그의 모습도 전처럼 나의 기억 속에 그렇게 자주 나타나지 않게 되었다.

하지만 편지를 받은 지 열흘도 못 돼 느닷없이 S시에 있는 학리칠일보사(學理七日報社)에서 《학리칠일보》라는 신문을 연거푸 우편으로 보내왔다. 나는 이런 유의 신문을 잘 보지 않는 편이었지만 이왕 부쳐왔으니 대충 한 번 펼쳐보았다.

이것이 나로 하여금 또다시 렌수를 생각하게 만들었다. 거기에는 늘 〈눈 내리는 밤, 렌수 선생을 찾아서(雪夜謁連殳先生)〉라든지, 〈렌수 고문의 고재아집(連殳顧問高齋雅集)〉 같은 그의 글이 실려 있었기 때문이다.

한번은 〈학리한담(學理閑談)〉이라는 칼럼에서 옛날 그가 남의 웃음거리가 되었던 이야기들을 '일화(逸話)'라는 제목으로 흥미진진하게 다루었는데, 모름지기 '비범한 사람은 반드시 비범한 일을 하고야 만다'[11]는 의미를 은연중에 풍겼다.

이번 일로 그를 다시금 기억하게는 되었지만 무슨 영문인지 그의 모습은 점차 희미해져갔다. 그러면서도 나와의 관계가 날로 밀접해지는 것 같아서 때로는 나 자신도 알 수 없는 일말의 불안감과 알 듯 말 듯한 두근거림을 느끼곤 했다.

다행히도 가을이 되자 《학리칠일보》는 더 이상 오지 않았다. 그런데 산양에서 발행하는 《학리주간(學理周刊)》에서는 때마침 〈풍문이 곧 사실(流言即事實論)〉이라는 장편의 논문이 연재되기 시작했다. 그 글에서는 '모군(某君)들에 대한 풍문이 이미 공평무사한 엘리트들 사이에서는 활발하게 전파되고 있다'고 말했다.

그것은 오로지 특정한 몇 사람만을 가리켰으며, 그 속에는 나도 포함되어 있었다. 그래서 나는 무척 조심하는 수밖에 없었고, 이전처럼 담배 연기가 밖으로 새 나가는 것까지 조심스레 막지 않으면 안 되었다.

조심한다는 것은 일종의 숨가쁜 고통이다. 그래서 나는 만사를 제쳐놓아야 했으므로 자연히 롄수를 생각할 겨를도 없었다. 요컨대 사실 나는 그를 이미 잊고 있었던 것이다.

하지만 나도 끝내 그럭저럭 여름방학까지도 버티지 못하고 5월 말에 산양을 떠나고야 말았다.

5

산양에서 리청(歷城)을 거쳐, 다시 타이구(太谷)까지 갔다. 반년을 돌아다녔지만 끝내 일자리를 구하지 못했다. 그래서 나는 다시 S 시로 돌아가기로 결정을 내렸다.

내가 S시에 도착한 것은 초봄의 어느 날 오후였다. 비가 올 듯하면서도 내리지 않았고 모든 것이 잿빛 속에 잠겨 있었다. 전에 살던 하숙집에 빈방이 그대로 있어서 나는 그곳에 머물기로 작정했다. 오는 길에 롄수 생각이 났지만 도착한 뒤 저녁이나 먹고 나서 찾아보기로 했다.

나는 원시(聞喜)¹² 지방의 명산물인 찐 떡을 두 봉지 사 들고 여러 군데 질퍽거리는 길을 걸었으며, 길을 막고 드러누운 송아지만 한 개들을 몇 마리 피하고 나서야 비로소 롄수의 집 앞에 이르렀다.

집안은 유달리 환해 보였다. 고문을 맡더니 집까지 훤해졌다는 생각이 들자 나도 모르게 쓴웃음이 나왔다.

하지만 고개를 들어 쳐다보니 어쩐지 대문 옆이 훤했다. 분명 네모난 종이¹³ 한 장이 비스듬히 붙어 있는 것이 보였다.

'다량 녀석들의 할머니가 돌아가신 게로구나!'

하고 생각하면서 대문을 성큼 들어가서는 곧장 안으로 걸어갔다.

희미한 불빛이 비추는 마당에는 관이 하나 놓여 있었다. 그 옆에는 군복을 입은 사병인지 마부인지 알 수 없는 한 사람이 서 있었으며, 또 다른 한 사람이 그와 이야기를 나누고 있었다.

알고 보니 다량의 할머니였다. 이 밖에도 짧은 옷을 입은 인부같이 생긴 몇 사람이 한가하게 서 있었다.

순간 내 심장이 마구 뛰기 시작했다. 그녀도 얼굴을 돌려 나를 물끄러미 쳐다보다가 갑자기 큰 소리로 외쳤다.

"에구머니! 돌아왔수? 며칠만 일찍 오셨어도……."

"누…… 누가 돌아가셨습니까?"

사실 나는 그때 이미 대강 짐작은 하고 있었지만, 그래도 한번 물어보았다.

"웨이 나리께서 그저께 돌아가셨다오."

나는 사방을 둘러보았다. 등잔 하나만 달랑 켜놓아서인지 응접실은 어두컴컴했다. 그래도 안방에는 장례식을 알리는 흰 휘장이 드리워져 있고, 아이들 몇 명이 밖에 옹기종기 모여 있었다. 다량과 얼량 녀석들이었다.

"그분, 저기에 모셨어요."

다량의 할머니가 앞으로 나서더니 손가락으로 가리키며 말했다.

"웨이 나리께서 출세하신 뒤엔 안방까지 내드렸지요. 지금 그분은 저쪽에 누워 계십니다."

휘장 위에는 별다른 것이라고는 없었다. 그저 앞에는 기다란 탁자 하나와 네모진 탁자가 하나 있었는데, 네모진 탁자 위에는 밥과 반찬을 담은 그릇이 여남은 개 놓여 있었다.

내가 막 방으로 들어서려는 순간이었다. 느닷없이 흰 상복을 입은 두 사람이 나타나더니 내 앞을 가로막았다. 죽은 생선 같은 눈을 부릅뜨고는 놀라움과 의혹의 눈초리로 내 얼굴을 뚫어지게 쳐다보았다.

나는 황급히 나와 렌수의 관계를 설명해주었다. 다량의 할머니도 다가와서는 그것이 사실임을 증명해주었다. 그제야 그들의 손과 눈빛이 조금씩 수그러들면서 내가 앞으로 다가가 참배하는 것을 묵묵히 허락해주었다.

내가 허리를 굽혀 첫 절을 올리려는 순간이었다. 누군가 갑자기 땅바닥에서 오열하는 소리가 들려왔다. 마음을 가라앉히고 살펴보니 열 살쯤 되어 보이는 어린아이 하나가 거적에 엎드려 있었다. 그도 상복 차림이었는데 빡빡 깎은 머리에 삼줄로 만든 띠[14]를 두르고 있었다.

나는 그들과 몇 마디 인사를 나누고 나서야 비로소 알 수 있었다. 그중 하나는 가장 가까운 친척이라고 할 수 있는 렌수의 사촌 형이었으며, 또 하나는 먼 조카뻘 되는 사람이었다.

나는 고인을 좀 보았으면 좋겠다고 했지만 왠지 그들은 '그럴 수 없습니다'면서 한사코 말렸다. 하지만 결국 나에게 설득을 당한 나머지 휘장을 걷어올렸다.

이번에 나는 죽은 렌수와 만날 수 있었다. 그러나 이상한 노릇이었다. 그는 구겨진 짤따란 적삼과 바지를 입었고 적삼 앞자락에는 아직도 혈흔이 남아 있었다. 얼굴은 심하게 야위어 차마 볼 수 없었지만, 표정만은 옛날과 다름없는 모습이었다. 조용히 입을 다물고 눈을 감은 모습이 마치 자고 있는 사람 같았다. 그래서 나는 하마터면 혹시나 아직 숨을 쉬고 있지나 않을까 하고 그의 코앞에 손을 갖다 댈 뻔했다.

모두가 정적에 싸여 있었다. 죽은 사람이나 살아 있는 사람이나……

나는 뒤로 물러섰다. 그의 사촌 형이 다시 다가와서는 인사치레를 했다.

"앞길이 구만리같이 창창한 나이에, '동생'이 그만 졸지에 '죽고' 말았으니 이는 '집안의' 불행일 뿐 아니라 친구들에게도 무척 안타까운 노릇입니다."

이 말 속에는 렌수를 대신하여 사과를 한다는 뜻이 다분히 담겨 있었다.

산골짜기 마을에서 이렇게 말주변이 좋은 사람은 보기 드물었다.

하지만 그 후에도 곧 침묵이 흘렀다.

모든 것이 정적에 휩싸였다. 죽은 사람이나 살아 있는 사람이나 할 것 없이.

나는 몹시 적적한 생각이 들었다. 그러나 아무런 슬픔도 느낄 수가 없었다. 그래서 나는 마당으로 물러 나와 다량 녀석들의 할머니와 한담을 나누기 시작했다.

나는 이제 입관할 시기가 임박했으며, 수의가 오기만을 기다리고 있고, 마지막 관 뚜껑을 덮을 때는 '자오묘유(子午卯酉, 각기 쥐띠 · 말띠 · 토끼띠 · 닭띠를 말함)'는 반드시 그 자리를 피해야 한다는 것을 알았다.

할머니는 신이 나서 말했다. 마치 샘에서 물이 용솟음치듯 말이 쏟아져 나왔다. 그의 병세를 비롯해 생전의 상황에 대해 이야기했는데, 그에 관한 비판도 약간은 섞여 있었다.

"당신도 잘 알고 있겠지만, 웨이 나리는 운이 트이고 나서부터 사람이 예전과 딴판으로 바뀌었어요. 얼굴을 쳐들고 기세가 등등했지요. 사람을 대하는 것도 옛날처럼 그렇게 우물쭈물하지 않았어요. 잘 아시겠지만 전에는 좀 벙어리같이 말이 없었고, 나를 '늙은 마님'이라고 불렀잖아요? 그러던 것이 나중에는 '할멈'으로 바뀌었어요. 아이참, 정말로 재미있었어요.

어떤 사람이 선거출(仙居朮)[15]을 보내왔는데 자기는 먹지 않고 그냥 마당에 내동댕이쳤어요. 바로 여기랍니다. 그러고는,

'할멈, 이거나 먹어!'

라고 외치더군요.

그가 운이 트이고 나서 사람들의 왕래가 잦아지자 나는 안방을

172

내주고 이곳 사랑채로 옮겨왔지요. 그는 정말이지 운이 트이고 나서부터는 보통 사람들과 영 달랐어요. 우리는 늘 그렇게 말하면서 웃었답니다.

당신이 한 달만 일찍 오셨어도 왁자지껄하던 이곳의 모습을 보실 수 있었을 텐데. 사흘 가운데 이틀은 술판을 벌이고 벌주놀이를 했어요. 제멋대로 떠들고 웃고 노래도 부르고, 시도 짓고 마작도 하고…….

전에 그분은 아이들을 무서워했답니다. 아이들이 아버지를 보고 무서워하는 것 이상으로 아이들을 무서워했어요. 그래서 늘 목소리도 낮추고 풀이 죽은 채 대했지요. 그러던 것이 근래에 와서는 영 달라졌습니다. 함께 말도 하고 왁자지껄 어울리기도 했습니다.

우리 아이들도 그분과 노는 것을 얼마나 재미있어했는지 틈만 나면 그분의 방으로 우르르 몰려갔습니다. 그분도 여러 가지 방법으로 아이들을 즐겁게 했지요. 무엇을 사달라고 조르면 아이들에게 강아지 소리를 내도록 시키는가 하면, 머리를 땅바닥에 부딪혀 소리를 내도록 하기도 했지요. 하하하. 정말이지 그때는 참 요란했답니다.

두 달 전에는 얼량이 신발을 사달라고 조르자 머리를 세 번이나 땅바닥에 부딪혀 소리를 내도록 했지요. 아, 그 신발은 지금도 신고 있어요. 아직 해지지 않았거든요."

기다란 상복을 입은 사람이 나오자 그녀는 얼른 입을 다물었다. 내가 렌수의 병세에 대해 물었지만 할머니는 그다지 자세히 알지 못했다. 단지 항상 싱글벙글했으므로 진작부터 수척해졌겠지만 아무도 신경 쓰지는 않았다고 했다.

그러다 한 달 전쯤에 비로소 몇 번 각혈하는 소리를 듣긴 했지만 의사에게 보인 것 같지는 않았다고 했다. 그 뒤 몸져눕게 되었고, 죽기 사흘 전에는 목이 잠겨 한마디도 말을 하지 못했다고 했다.

멀리 한스산에서 스싼(十三) 나리라는 분이 찾아와서 그에게 혹 저금해둔 돈이라도 있느냐고 물었지만 그는 아무 말도 하지 못했다는 것이다.

스싼 나리는 그가 거짓으로 벙어리 흉내를 낸다고 의심했고, 어떤 사람은 '폐병으로 죽는 사람은 말을 못하는 법'이라고 말하기도 했지만, 그 속을 누가 알겠느냐고 했다.

"하지만 웨이 나리는 성미가 정말 고약했지요."

그녀는 문득 낮은 목소리로 말했다.

"그분은 돈을 물 쓰듯 하고는 조금도 저축을 하려고 하지 않으셨어요. 이 때문에 스싼 나리는 우리가 무슨 이득이나 보지 않았나 하고 의심을 하셨지만, 이득은 무슨 이득이 있었겠어요?

그분은 돈을 흥청망청 썼어요. 이를테면 물건을 사는 것도 그렇지요. 오늘 산 것을 내일 팔아 치우지 않으면 깨뜨려버리니, 정말 왜 그러시는지 알 수가 없었어요. 그러다 보니 그분이 돌아가신 뒤에는 아무것도 남은 것이 없었습니다. 아주 결딴이 났던 거지요. 그렇지만 않았어도 오늘처럼 이렇게 쓸쓸하지는 않았을 겁니다.

그분은 말도 안 되는 것만 하려 하고 실속 있는 일은 조금도 하지 않으려고 했지요. 나는 생각도 해보았고 또 충고까지 했답니다. 나이도 그쯤 되었으니 마땅히 결혼을 해야 하지 않겠느냐고 했지요. 지금 형편으로 봐서는 결혼 하나쯤 식은 죽 먹기였지요. 혹 마땅한 혼처가 없으면 우선 소실이라도 몇 들이는 게 좋겠다고 했지요. 사람이란 자기 분수에 맞게 처신해야 한다고 말했습니다.

그랬더니 듣자마자 껄껄 웃으면서 이렇게 말하지 뭡니까.

'할멈, 그렇게 할 일이 없어 남 걱정이나 하고 있수?'

생각해보세요. 요즘에 와서는 들떠서 실속을 차리지 못했지요. 그래서 남이 좋은 뜻으로 하는 말도 좋게 들으려고 하지 않았습니다. 제 말을 조금만 일찍 귀담아들었어도 지금처럼 혼자 외롭게 황천길을 더듬지는 않았을 텐데. 적어도 친척 몇 사람의 곡소리는 들을 수 있었을 텐데 말이지요……."

가게 점원이 옷을 짊어지고 왔다. 친척 세 사람이 속옷을 꺼내더니 휘장 뒤로 들어갔다. 조금 있다 휘장이 걷히자 벌써 속옷은 바꿔 입혔고 이어 겉옷을 입히고 있었다.

나에게는 전혀 뜻밖의 일이었다. 황토색 군복 바지를 입혔는데 매우 널따란 붉은색 띠를 두른 것이다. 이어 금빛이 번쩍번쩍 빛나는 견장이 달린, 역시 군복 상의를 입혔다. 무슨 계급인지도, 또 어떻게 해서 붙인 계급인지도 모를 일이었다.

입관한 뒤 롄수는 매우 엉성하게 눕혀져 있었다. 다리 옆에 한 켤레의 노란 가죽 구두가 놓이고, 허리 옆에는 종이에 풀을 붙여 만든 지휘도(指揮刀) 한 자루가 놓여 있었다. 장작처럼 깡마르고 거무튀튀한 롄수의 얼굴 옆에는 금테를 두른 군모 하나가 놓여 있었다.

친척 세 사람이 관 가장자리를 부여잡고 한바탕 곡을 했다. 곡을 마치고 눈물을 닦는데, 머리에 삼줄을 두른 아이가 물러 나갔고 싼량도 그 자리를 피했다. 아마도 '자오묘유년' 출생이리라.

인부 한 사람이 관 뚜껑을 둘러메고 왔다. 나는 다가가 영원히 이별해야 하는 롄수를 마지막으로 보았다. 그는 엉성하게 의관을 차린 채 편안한 모습으로 누워 있었다. 두 눈을 감고 입은 다물었으며, 입가에는 얼음장같이 차가운 웃음을 띠고 있는 듯했다. 마치 우스꽝스런 자신의 시신을 비웃기라도 하듯.

관에 못을 박는 소리가 울리자 동시에 곡소리도 들려왔다. 나는 차마 그 곡소리를 끝까지 들을 수가 없어서 마당으로 물러 나왔다.

발길이 가는 대로 걷다 보니 나도 모르게 어느새 대문을 나서고 있었다. 축축하게 젖은 길이 너무도 선명했다. 나는 고개를 들어 하늘을 바라보았다. 짙게 깔렸던 구름은 어느덧 흩어지고 둥근 달이 싸늘한 빛을 쏟아내고 있었다.

나는 빠른 걸음으로 걸었다. 마치 무겁게 짓누르고 있던 물건에서 빠져나오기라도 하듯이.

하지만 빨리 걸을 수가 없었다. 무엇인가 나의 귓속에서 발버둥을 치는 것이 있었다. 한참, 한참이 지나 마침내 몸부림치면서 빠져나왔다.

그것은 길게 울부짖는 소리 같기도 했고, 상처 입은 이리 한 마리가 깊은 밤 광야에서 울부짖는 소리 같기도 했다. 참담한 그 상처 속에는 분노와 슬픔이 뒤섞여 있었다.

내 마음은 가벼워지기 시작했다. 나는 담담한 심경으로 축축하게 젖은 자갈길을 걸었다. 달빛을 받으면서.

1925년 10월 17일

|주|

1 〈고독한 사람(孤獨者)〉: 이 작품은 《방황(彷徨)》에 수록되기 전까지 신문이나 잡지에 발표된 적이 없다.

2 옛날 봉건적인 종법 제도(宗法制度)에 따르면 장자가 먼저 죽은 경우 직

계 장손, 즉 맏손자가 장례의 상주 노릇을 했다.

3 법사(法事): 본래 불교에서 신도들이 염불을 하거나 불공을 드리는 활동을 말했다. 여기서는 중이나 도사가 상중(喪中)에 고인의 영혼을 달래주는 미신적인 의식을 말한다.

4 옛 중국의 장례 풍속에서는 상주가 반드시 거적자리를 펴고 꿇어앉거나 엎드려 있어야 했다.

5 〈침륜(沈淪)〉: 위다푸(郁達夫, 1896~1945)의 동명(同名) 소설집 《침륜(沈淪)》에 나오는 중편소설이다. 불행한 청년이나 실패한 사람들을 주인공으로 등장시켜 당시 제국주의와 봉건주의의 압제에서 고민하고 자포자기하는 일부 지식인들의 병태적 심리를 묘사하고 있어 퇴폐적인 경향을 띤 소설로 평가받는다.

6 당시 군벌이나 관리들은 정계 은퇴 선언을 하면서 언필칭 은둔하여 소식(素食)을 하면서 불경을 외우겠노라고 했다. 하지만 그들은 호시탐탐 기회를 엿보며 재기를 노렸다.

7 《사기색은(史記索隱)》: 당(唐) 사마정(司馬貞)이 사마천(司馬遷)의 《사기(史記)》를 주석한 책, 총 30권. 급고각(汲古閣)은 명나라 말기 장서가(藏書家)였던 모진(毛晉)의 서재명. 모진이 《사기색은》을 다시 간각(刊刻)했다.

8 하루를 못 보면 3년은 떨어져 있는 듯하다(一日不見 如隔三秋): 《시경(詩經)》〈왕풍(王風)〉〈채갈편(采葛篇)〉에 보인다. 원문은 '일일불견 여삼추혜(一日不見 如三秋兮)'로 되어 있다.

9 의식이 족해야 예절을 안다: 《관자(管子)》〈목민편(牧民篇)〉에 나오는 말. '창름실이지예절(倉廩實而知禮節, 곳간이 차야 예절을 알고), 의식족이지영욕(衣食足而知榮辱, 의식이 풍족해야 영예와 수치를 안다).'

10 학내 소요: 1925년 5월, 루쉰과 베이징여자사범대학(北京女子師範大學)

의 교수 6명이 학교 당국에 반대하여 일어난 학생들을 지지하는 선언을 발표했다. 그러자 천시잉(陳西瀅)이 같은 달 《현대평론(現代評論)》 1권 25기에 〈한화(閑話)〉를 발표하여 '암암리에 소동을 부추긴다'면서 루쉰을 공격했다.

11 비범한 사람은 반드시 비범한 일을 하고야 만다 : 《사기》 〈상마상여열전 (司馬相如列傳)〉에 나온다.

12 원시(聞喜) : 산시성(山西省) 남부에 있는 현(縣) 이름.

13 네모난 종이 : 옛날 중국에서는 사람이 죽으면 대문에 흰 종이를 비스듬히 붙였다. 여기에는 고인의 성별과 연령, 입관 시 피해야 할 띠의 사람과 삼 가야 할 일들과 날짜를 적어 알렸다. 일명 '액막이 방문(殃榜)'이라고도 한다.

14 삼줄로 만든 띠 : 고인의 아들이나 장손이 빈소를 지킬 때나 장례를 치를 때 상주의 표시로 머리에 쓰던 것.

15 선거출(仙居朮) : 저장성 셴쥐현(仙居縣)에서 나는 약용식물. 일명 백출 (白朮).

죽음을 슬퍼함 傷逝[1]

쥐안성(涓生)의 수기

만약 할 수만 있다면, 나는 나의 회한과 비애가 담긴 글을 쓰고 싶다. 쯔쥔(子君)과 나를 위해서 말이다.

회관(會館)[2] 구석진 곳에서 잊혀가던 그 낡디낡은 방은 그처럼 적막하고 공허했다. 세월은 참으로 빠르다. 내가 쯔쥔을 사랑하고, 그녀에게 의지하여 이 적막과 공허에서 도망쳐 나온 지도 벌써 만 1년이 되었다.

또한 세상일이란 얼마나 공교로운가. 내가 다시 이곳에 왔을 때는 온통 휑하니 비어 있었으며 오직 이 방 한 칸만 남아 있었다. 깨어진 창이며, 창밖에 서 있던 반쯤 고목이 된 홰나무와 늙은 보랏빛 등나무, 창가의 사각형 탁자, 허물어져가는 벽, 그 벽에 기대어 있는 나무판자로 만든 침대 등은 여전히 옛날 그대로였다.

깊은 밤 혼자 침대에 누워 있노라니, 내 마음은 쯔쥔과 동거하기 이전의 그 시절로 되돌아간 듯하다. 지나간 1년이라는 시간은 깡그리 사라져 마치 전혀 그런 적이 없었던 것 같고, 내가 전에 이 낡디낡은 방을 떠나 지자오(吉兆) 골목에다 희망에 부풀어 작은 가정을 꾸렸던 일도 없었던 듯하다.

그것뿐이 아니었다. 1년 전의 적막함과 공허함은 지금과는 전혀 달랐다. 그때는 늘 기대감을 가지고 있었다. 쯔쥔이 돌아오는 데 대한 기대감이었다. 오랫동안 초조한 가운데 기다리다가도 벽돌 길을 걷는 가죽 하이힐의 경쾌한 소리라도 들리면, 순간 나는 얼마나 생동감이 넘쳤던가! 그러면 이내 보조개가 핀 창백하면서도 동그란 얼굴의 그녀가 보였다. 창백하고 여윈 팔이며, 무늬가 박힌 무명 적삼이며, 검은색 치마가 나타났던 것이다.

그녀는 또 창밖에 서 있던 반쯤 고목이 된 홰나무에서 새로 돋아난 잎을 따 가지고 와서 나에게 보여주었는가 하면, 무쇠같이 늙은 줄기에 주렁주렁 매달린 보랏빛 등나무 꽃을 따서 보여주기도 했다.

그런데 지금은 어떤가. 적막함과 공허함만이 옛날과 다름없을 뿐, 쯔쥔은 결코 다시 돌아오지 않는다. 영원히, 영원히……!

허물어져가는 이 낡은 방에 쯔쥔이 없을 때, 나는 아무것도 눈에 보이지 않았다. 심심하면 그저 손 가는 대로 책을 집어 들고는 읽었다. 과학 서적도 좋았고, 문학 서적도 좋았다. 가로로 쓰인 것이건 세로로 쓰인 것이건 가리지 않고 읽었다.

그러다 문득 정신이 들어 펴보면 벌써 10여 페이지나 읽어 내려갔지만 책의 내용은 도무지 기억이 나지 않았다.

단지 귀만 잔뜩 예민해져서 대문 밖 길 가는 모든 사람들의 발자국 소리가 들려오는 듯했다. 그 속에는 쯔쥔의 발자국 소리도 있었는데 점점 가까이 들려오는 것 같았다. 하지만 그 소리는 가끔 점차 멀어져가기도 했고, 끝내는 다른 사람의 발자국 소리에 묻혀 사라지곤 했다.

나는 쯔쥔의 구두 소리와는 다른, 헝겊신 소리를 내는 심부름꾼 아들 녀석의 발자국 소리를 증오했다. 또 늘 새 가죽 구두를 신고 얼굴에 크림을 바른 채 쯔쥔의 구두 소리와 똑같은 소리를 내는 옆집 어린 녀석의 구두 소리를 미워했다.

혹시 쯔쥔이 탄 차가 뒤집어진 것은 아닐까? 혹시 전차에 부딪혀 부상을 당한 것은 아닐까……?

나는 얼른 모자를 집어 들고 그녀를 보기 위해 나갔다. 하지만 그녀의 숙부는 나를 앞에 세워놓고 욕을 한 적도 있다.

갑자기 그녀의 구두 소리가 한 발짝 한 발짝 가까이 들려왔다. 반가워서 나가보면 그녀는 이미 등나무 덩굴을 지나오곤 했는데, 얼굴에는 예의 그 웃음 띤 보조개를 피우고 있었다. 그녀가 숙부의 집에서 꾸중을 들은 것 같지는 않아 나는 적이 마음이 놓였다.

우리는 잠시 동안 말없이 서로 바라보았고, 곧이어 낡은 내 방은 온통 내 목소리로 가득 차게 되었다. 나는 가정의 전제(專制) 문제며, 옛 관습을 타파하는 문제, 남녀평등, 입센과 타고르, 셸리[3] 등에 관해서 이야기했는데, 그럴 때마다 쯔쥔은 웃음을 지으면서 고개를 끄덕이곤 했다. 두 눈에는 순진하고도 호기심으로 가득 찬 눈빛이 서려 있었다.

벽에는 동판으로 찍은 셸리의 반신상이 한 장 걸려 있었다. 내가 잡지에서 오려낸 것인데 그의 초상화 가운데서는 제일 아름다웠다. 내가 그 초상화를 가리켜 보이면 그녀는 그저 힐끗 쳐다보고는 이내 고개를 숙였다. 부끄럽다는 듯이.

이런 것들을 보면 아직도 그녀는 구사상의 속박에서 완전히 벗어나지 못했던 것 같다. 나중에는 차라리 바다에 빠져 죽은 셸리의 기념상이라든가, 아니면 입센의 초상화로 바꾸는 것이 좋겠다는 생각도 해보았지만 끝내 바꾸지는 않았다. 그런데 지금은 셸리의 그 반신 초상화조차 어디로 갔는지 알 수가 없다.

"나는 나 자신의 것이에요. 그분들은 누구도 내 일에 간섭할 권리가 없어요!"

우리가 사귄 지 반년이 지나 그녀가 이곳에 계신 숙부와 고향 집에 계신 아버지에 대해 이야기했을 때였다. 그녀가 한동안 말없이 생각에 잠겼다가 분명하고도 단호하게, 그리고 침착하게 내게 한 말이었다.

나는 당시 내 자신의 생각이며 처지, 그리고 내가 가지고 있는 결점 따위를 거의 숨김없이 말해주었던 터라 그녀도 나를 십분 이해하고 있었다.

쯔쥔의 이 말은 내 영혼을 사정없이 흔들어놓았고, 그 후로도 며칠 동안이나 내 귓전에 맴돌았다. 나는 염세가들이 말했던 것처럼 중국 여성들은 결코 구제불능이 아니라, 머지않은 장래에 찬란한 서광을 볼 수 있으리라는 점을 알고는 이루 말할 수 없이 기뻤다.

그녀를 문밖까지 배웅할 때면 늘 여남은 발자국 떨어져 걸었는데, 그럴 때마다 그 메기수염을 한 영감은 더러운 유리창에 코끝이 납작해지도록 얼굴을 갖다 대고서 쳐다보곤 했다. 마당을 나서면 이번에는 항상 반짝반짝 빛나는 유리창 너머로 크림을 덕지덕지 바른 예의 그 어린 녀석의 얼굴이 있었다.

하지만 그녀는 곁눈질도 하지 않고 도도하게 걸어 나갔다. 그녀가 보이지 않게 된 뒤에야 나 역시 도도하게 돌아왔다.

"나는 나 자신의 것이에요. 그분들은 누구도 내 일에 간섭할 권리가 없어요!"

그녀의 뇌리에는 이처럼 철저한 생각이 자리 잡고 있었는데, 그것은 나보다도 더 투철했으며 훨씬 더 강인했다. 그러니 크림을 덕지덕지 바른 녀석이나 코끝이 납작해지도록 쳐다보는 영감 따위가 그녀에게 무슨 존재거리나 되겠는가?

당시 내가 어떻게 나의 순수하고도 열정적인 사랑을 그녀에게 고백했는지는 이미 잘 기억나지 않는다.

어찌 지금뿐이겠는가. 당시 내가 사랑을 고백한 뒤에 이미 생각은 가물거렸다. 밤에 다시 돌이켜 생각해보지만 아침이면 몇몇 단편적인 것들만 남아 있을 뿐이었다.

동거를 시작한 지 한두 달이 지나자 그 단편적인 기억조차 종적을 찾을 수 없는 꿈으로 변해버렸다. 나는 다만 그녀에게 사랑을 고백하기 열흘 전쯤의 일만 기억하고 있을 뿐이다.

당시에 나는 사랑을 고백할 때는 어떤 자세를 취해야 하며, 말을 할 때는 무슨 어휘부터 구사해야 하는지, 그리고 만약 거절당한다면 어떻게 해야 할지에 대해 매우 자세하게 연구했다.

그러나 정작 사랑을 고백할 때는 이 모든 것이 아무 쓸모도 없는 것 같았다. 그저 당황한 나머지 나 자신도 모르게 영화에서 본 대로 하고 말았던 것이다. 그때 일을 생각하면 지금도 부끄럽기 그지없다.

그런데도 내 기억 속에는 그때의 일만 영원히 남아 있다. 내가 눈물을 머금고 그녀의 손을 잡고 한쪽 무릎을 꿇었던 일이 마치 암실의 외로운 등불처럼 지금까지도 비추고 있는 것이다.

당시에는 내 자신은 물론 쯔쥔이 무슨 말을 했고, 또 그녀의 행동이 어떠했는지조차도 나는 자세히 몰랐다. 다만 그녀가 나의 사랑을 받아들였다는 것만 알았을 뿐이다.

당시 그녀의 얼굴색이 창백하게 변했다가 점점 홍조를 띠는 것 같았다는 느낌은 어렴풋하게나마 아직까지 기억하고 있다. 그것은 내가 일찍이 본 적 없고, 또 그 뒤에도 두 번 다시 본 적 없는 그런

빨갛게 상기된 얼굴이었다. 어린아이 같은 눈에서는 슬픔과 기쁨이 교차했으며, 그러면서도 놀라움과 의혹의 눈빛이 섞여 있었다.

그녀는 애써 나의 시선을 피하려고 했지만, 당황한 나머지 창문이라도 박차고 뛰쳐나갈 것만 같은 모습이었다. 그러나 나는 그녀가 이미 나의 사랑을 받아들였다는 것을 알 수 있었다. 그녀가 무슨 말을 했는지, 아니면 아무 말도 하지 않았는지, 그것만은 알 수 없지만.

오히려 그녀가 당시 상황을 낱낱이 기억했다. 마치 책을 자세히 읽기라도 한 듯 내가 했던 말을 줄줄 외웠으며, 나의 행동에 대해서는 마치 내 눈에는 보이지 않는 영화필름을 눈 밑에 걸어놓은 듯 생동감 있게, 그것도 자세히 서술했다. 물론 나로서는 두 번 다시 생각하고 싶지도 않은 천박한 영화의 그 한 장면까지도 말이다.

밤이 깊어 인적이 끊어지면 서로 마주 앉아 복습하는 시간을 갖곤했다. 나는 늘 질문을 받았으며 시험도 당하는가 하면, 당시 내가 했던 말을 다시 한 번 반복해보라는 명령을 받기도 했다. 하지만 나는 마치 열등생처럼 늘 그녀에게 보충을 받고 또 시정도 받아야 했다.

이 복습도 얼마 지나자 점점 뜸해졌다. 하지만 그녀의 두 눈이 허공을 주시하고 마치 넋을 잃은 듯 생각에 잠긴 나머지 표정이 갈수록 부드러워지면서 보조개가 깊게 파인 모습을 볼 때마다 나는 그녀가 또다시 옛 공부를 복습하고 있다는 것을 알아차렸다.

다만 나는 그녀가 그 우스꽝스런 영화의 한 장면을 보게 되지나 않을까 하고 무척 두려웠다. 하지만 그녀가 반드시 그 장면을 떠올릴 것이며, 또 떠올리지 않을 수 없다는 것도 알고 있었다.

그러나 그녀는 그런 장면을 결코 우스꽝스럽다고 여기지 않았다. 설사 내 스스로는 우스꽝스럽고, 심지어 비루(鄙陋)한 짓이었다고 여길지라도 그녀는 조금도 그렇게 생각하지 않았다. 그 까닭은 내가 너무도 잘 알고 있다. 그녀가 나를 사랑하는 것이 그처럼 열정적이고 또 순수했기 때문이다.

작년 늦봄은 내가 가장 행복했고 또 가장 바빴던 때이기도 하다. 내 마음은 평정을 되찾았지만 다른 걱정 하나가 있어 몸과 마음 모두 바쁘게 보내야 했다.

우리는 이 무렵이 되어서야 비로소 처음으로 함께 길을 걸었다. 또 공원에도 몇 번 갔었지만, 그래도 살 집을 구하러 다닌 적이 제일 많았다. 길을 걷노라면 늘 우리를 뒤지듯 살피거나 비웃으며, 또 외설과 멸시의 눈초리로 바라보는 것이 느껴지곤 했다. 그래서 자칫 잘못했다가는 온몸이 오그라들며 위축되었으므로 그럴 때마다 나는 즉시 오만과 반항심을 내세워 내 자신을 지탱하곤 했다.

그러나 그녀는 조금도 두려워하지 않았으며, 그런 일에 전혀 아랑곳하지 않고 오로지 마음을 차분하게 진정시키면서 천천히 앞을 향해 걸었다. 마치 담담하게 무인지경에서 노니는 것처럼.

살 집을 찾기란 실로 쉬운 일이 아니었다. 대부분의 경우는 구실을 내세워 거절했고, 간혹 우리 마음에 들지 않을 때도 있었다.

처음에 우리는 집을 고르는 데 매우 엄격했다. 그러나 우리가 엄격했던 탓이라기보다는 대체로 우리가 안주할 만한 곳 같지 않았기 때문이다. 그러다 나중에는 집주인이 받아주기만 하면 좋겠다고 생각했다.

스무 곳을 넘게 둘러보고 나서야 비로소 잠시 그런대로 살 만한 집을 마련할 수 있었다. 바로 지자오 골목에 위치한 조그마한 집에 딸린 남향의 두 칸짜리 방이었다.

집주인은 말단 관리이기는 해도 경우가 분명한 사람으로, 안채와

곁채를 사용했다. 식구는 부인과 돌도 채 안 된 어린 딸아이에다 시골에서 데려온 식모뿐이라 아이만 울지 않으면 무척 편안하고 조용한 집이었다.

우리의 세간은 매우 단출했다. 그래도 내가 마련해 온 돈을 거의 다 쓰고 말았다. 그래서 쯔쥔은 하나밖에 없는 금반지와 귀고리를 팔았다. 내가 말렸지만 한사코 팔겠다고 하는 바람에 나도 더는 막지 않았다. 그녀에게 조금이라도 해야 할 몫을 주지 않으면 마음이 편할 리 없다는 것을 알고 있었기 때문이다.

쯔쥔은 이미 숙부와 싸우고 헤어졌다. 숙부는 노발대발하여 다시는 그녀를 조카딸로 인정하지 않겠다고 했다. 나 역시, 말로는 나를 위해 충고한다고 하면서 사실은 내가 하는 일에 겁을 집어먹거나, 아니면 나를 질투하던 몇몇 친구들과 잇달아 절교했다. 그러나 이렇게 하고 나니 마음은 도리어 평온해졌다.

매일 일이 끝나면 시간은 어느덧 황혼에 가까웠지만, 인력거꾼은 한결같이 느릿느릿 달렸다. 그래도 우리 두 사람이 마주 앉는 시간은 있었다.

처음에 우리는 말없이 마주 쳐다보다가 이윽고 흉금을 터놓고 아기자기하게 이야기를 나누고는 다시 침묵에 잠겼다. 우리는 머리를 숙이고 깊은 사색에 잠기기도 했으나, 그렇다고 특별한 무엇을 생각하는 것은 아니었다. 나는 차츰, 그리고 분명하게 그녀의 육체를, 그녀의 영혼을 읽게 되었다.

3주도 안 돼 나는 그녀를 더욱 깊이 이해할 수 있게 되었다. 전에는 이해했다고 여겼으나 지금 보니 우리 두 사람 사이에 많은 틈이 있었는데, 이번에야말로 그 틈을 진정으로 해소한 셈이었다.

쯔쥔도 날이 갈수록 활발해졌다. 하지만 그녀는 꽃을 결코 좋아하지 않았다. 내가 묘회(廟會)⁴에서 작은 화초를 심은 화분 두 개를 사 왔는데 나흘이나 물을 주지 않는 바람에 벽 구석에서 말라 죽고 말았다. 나 역시 그런 것을 돌볼 시간적인 여유가 없었다.

그런데 그녀가 동물은 좋아했다. 아마도 관리 부인에게 전염된 것 같았다. 한 달이 못 돼 우리는 가족이 확 불어났다. 우리 집 병아리 네 마리가 주인집 병아리 여남은 마리와 함께 조그만 마당에서 노닐었다. 그래도 여자들은 생김새를 잘 기억하고 있어서 어느 병아리가 자기 것인지를 용케도 가려냈다.

또 나는 묘회에서 바둑이도 한 마리 사 왔는데, 내가 알기로 그 개에게는 원래 부르던 이름이 있었다. 그런데 쯔쥔이 따로 '아쒜이(阿隨)'라고 이름을 붙여 나도 아쒜이로 부르기는 했지만, 그 이름이 썩 마음에 들지는 않았다.

'애정이란 늘 새로워져야 하고 성장해야 하며 또 창조되지 않으면 안 된다.'

이 말은 사실이다. 나는 쯔쥔과 이 말을 가지고 이야기를 나눴는데, 그녀도 이해하고는 고개를 끄덕였다.

아아, 그 얼마나 고요하고 행복한 밤이었던가!

안녕과 행복은 함께 응고되어야 한다. 영원히 이렇게 안녕과 행복이 지속되어야만 한다.

우리가 회관에서 살 때는 이따금 의견이 부딪치거나 오해가 생기기도 했지만 지자오 골목으로 온 뒤에는 그런 일도 없었다. 우리는 그저 등잔불 아래에 마주 앉아 지나간 일을 얘기하곤 했다. 회관에서 살던 시절에 의견이 충돌했다가 화해하고 나면 마치 이 세상에 다시 태어난 것만 같았던 그 기쁨을 되새겨보곤 했다.

쯔쥔은 몸이 불기 시작했고 혈색도 좋아졌지만 애석하게도 바빴다. 가사를 돌보느라 세상 돌아가는 이야기를 할 시간조차 없었으니 독서나 산보는 꿈도 꾸지 못할 판이었다. 우리는 아무래도 식모 하나를 구해야겠다고 늘 말했다.

저녁때 집에 돌아와 그녀의 불쾌한 얼굴을 대할 때마다 나 역시 불쾌해졌다. 무엇보다 나를 불쾌하게 한 점은 그녀가 억지로 웃는 모습을 보였다는 것이다. 다행히도 알고 보니 관리 부인과 병아리 때문에 다툰 모양이었다. 그런데도 왜 나한테 말을 하지 않았을까? 사람에게는 반드시 독립된 집이 있어야 하고, 이런 곳은 살 데가 못 된다고.

내가 다니는 길은 판에 박은 듯했다. 한 주에 엿새는 집에서 사무실로, 사무실에서 집으로 왕복했으며, 사무실에서는 책상 앞에 앉아 공문이나 편지를 베끼고 또 베꼈다. 그러다 집에서는 그녀를 상대하거나, 아니면 그녀를 도와 난로에 불을 지피거나 밥을 짓거나 만두를 쪄주기도 했다. 내가 밥을 지을 줄 알게 된 것도 바로 이때였다.

식생활도 회관에 있을 때보다는 훨씬 좋아졌다. 요리하기가 그녀의 특기는 아니었어도 그녀는 정성을 다해 만들었다. 특히 밤낮없이 마음을 쓰자 나도 그렇게 하지 않을 수 없었다. 그것이 동고동락하는 것이 아닐까.

더욱이 그녀가 그처럼 하루 종일 온 얼굴에 땀을 흘리며 일을 하는 바람에 그렇지 않아도 짧은 머리카락이 이마에 찰싹 달라붙었고, 두 손은 그렇게 거칠어졌다.

게다가 아쒜이와 병아리들을 키워야 했는데…… 이런 것들은 그녀가 아니면 할 수 없는 일이었다. 나는 그녀에게 충고를 한 적이 있다. 내가 못 먹어도 좋으니 제발 그렇게 아등바등 힘들게 일하지는 말라고.

188

그녀는 나를 쳐다보더니 아무 말도 하지 않았다. 얼굴에는 쓸쓸한 표정이 어려 있었다. 나 역시 입을 다무는 수밖에 없었다. 하지만 그녀는 여전히 아등바등 일을 했다.

과연 내가 예견했던 타격이 찾아오고야 말았다. 그러니까 쌍십절(雙十節) 전날 밤이었다. 나는 멍하니 앉아 있었고, 그녀는 설거지를 하고 있었다. 그때 누군가 대문을 두드리는 소리가 들려왔다. 나가 보니 사무실의 사환이었다. 그는 등사한 종이쪽지 한 장을 나에게 내밀었다.

내가 예측한 그대로였다. 등잔불 밑에서 읽어보니 아니나 다를까 이렇게 인쇄되어 있었다.

알림

국장(局長)의 명으로 스쥐안성(史涓生)의 출근을 금함.

비서처　10월 9일

나는 회관에 있을 때부터 이런 일이 벌어질 것이라고 짐작은 하고 있었다. 얼굴에 크림을 덕지덕지 바른 그 녀석이 바로 국장 아들의 도박 친구이니, 소문을 제멋대로 부풀려 고자질한 것이 틀림없었다. 지금에 와서야 효력이 나타난 것도 사실은 아주 늦은 셈이었다.

사실 이 일이 나에게 타격이 될 수는 없었다. 나는 이미 남에게 필사해주거나 글을 가르쳐주거나, 그것도 아니면 좀 힘이 들어도 번역까지 해야겠다고 결정했기 때문이다. 더군다나《자유의 벗(自由之友)》편집장은 내가 몇 번 만나본 적이 있어 안면이 있는 데다 두 달 전에는 편지까지 주고받았던 사람이었다.

그래도 내 가슴은 마구 뛰었다. 그렇게도 겁이 없던 쯔쥔조차 얼굴색이 변하는 것을 보니 내 마음은 더욱 아팠다. 요사이 쯔쥔은 마음이 좀 나약해진 것 같았다.

"그게 뭐 대수인가요. 흥, 다른 것으로 해봅시다. 우리가……."

그녀가 말했다.

그녀가 말을 미처 다 끝내기도 전에 어찌 된 영문인지 내 귀에는 그녀의 목소리가 건성으로 들렸고, 그날따라 등불도 유난히 어두워 보였다.

인간이란 참으로 우스운 동물이라서 아주 사소한 일에도 큰 영향을 받곤 한다. 처음에 우리는 그저 말없이 쳐다보았지만 차츰 이 일에 대해 상의하기 시작했다. 그래서 지금 가지고 있는 돈은 최대한 절약하고, '조그마한 광고'를 내서 필사나 글을 가르치는 일을 찾아보는 한편, 《자유의 벗》 편집장에게도 편지를 보내 현재의 상황을 설명하고 어려움에 처해 있는 나를 도와주는 의미에서 내 번역본을 채택해줄 것을 요청해보기로 결정했다.

"한다고 했으면 해야지! 새로운 길을 개척해봅시다!"

나는 즉시 책상 쪽으로 몸을 돌려 참기름병과 식초 접시를 한쪽으로 치웠다. 쯔쥔이 컴컴한 그 등잔을 가지고 왔다.

나는 먼저 광고문부터 쓴 다음 번역할 책을 선정하기로 했다. 이사 온 뒤로 한 번도 책을 펴보지 않았기 때문에 책마다 온통 먼지를 하얗게 뒤집어쓰고 있었다.

나는 맨 마지막으로 편지를 썼다. 그런데 무슨 말을 해야 할지 몰라 한참이나 주저했다. 붓을 멈추고 생각에 잠기면서 힐끗 그녀의 얼굴을 쳐다보았다. 어두컴컴한 등불 아래 그녀는 무척 쓸쓸해 보였다.

나는 이처럼 보잘것없으면서도 작은 일이 평소 강인하면서도 두려움을 모르던 쯔쥔에게 이렇게 큰 변화를 가져다 주리라고는 정말 생각지도 못했다.

확실히 그녀는 최근 들어 매우 나약해졌다. 결코 오늘 밤부터 시작된 것은 아니었다.

이 때문에 내 마음은 더욱 어수선해졌다. 불현듯 편안했던 생활의 그림자 — 회관의 낡은 방에 깃들었던 정적 — 가 내 눈앞에 떠올랐다. 내가 막 시선을 집중해 응시하려 하자 다시금 어두운 등불만이 보일 뿐이었다.

시간이 꽤 걸려 편지가 완성됐다. 자못 긴 편지였다. 나는 심한 피로감을 느꼈다. 나 역시 최근 들어 좀 나약해진 것 같았다. 그래서 우리는 광고를 내는 것과 편지 붙이는 것을 내일 한꺼번에 처리하기로 결정했다. 그러고는 마치 약속이라도 한 듯 허리와 팔다리를 쭉 폈다. 우리는 침묵 가운데서도 서로가 가지고 있는 강인하고 굽힐 줄 모르는 정신을 느끼는 듯했으며, 또 앞으로 돋아날 희망의 새싹을 보는 듯했다.

외부에서 온 타격은 도리어 우리의 새로운 정신을 진작시킬 뿐이었다. 사무실 생활은 새 장수 손아귀의 한 마리 새와 같았다. 한 줌의 좁쌀로 목숨을 이어갈 수는 있겠지만 결코 살이 찔 수는 없다. 그러다가 시간이 오래 지나고 나면 날개가 마비되어 새장 밖에 풀어줘도 날 수 없게 되고 만다.

어쨌든 나는 이제 막 새장을 탈출한 셈이다. 날갯짓을 잊어버리기 전에 지금부터 나는 새롭고도 더 넓은 하늘로 비상해야만 한다.

물론 작은 광고로는 당장에 효력을 볼 수가 없을 것이다. 그렇다고 책을 번역하는 것도 쉬운 일은 아니다. 전에 읽었을 때는 이해가 된다고 생각했던 것도 막상 책을 펴 들고 보니 의문점이 수도 없이 나와 더디게 진행되었다.

그렇지만 나는 열심히 하기로 작정했다. 보름도 못 돼 거의 새것이나 다름없던 자전의 모서리에는 시커먼 손때가 묻어 내가 번역을 얼마나 절박하게 했는지 증명했다. 《자유의 벗》편집장은 자신이 출판하는 간행물은 절대로 좋은 원고를 썩혀두지 않는다고 말한 적이 있다.

유감스럽게도 나에게는 집필을 할 수 있는 조용한 방이 없었다. 뿐만 아니라 쯔쥔은 이전처럼 정숙하지 않았고 또 나를 살갑게 대해주지도 않았다. 자연히 방은 온통 접시가 어지러이 널린 데다 연기마저 자욱하여 마음 놓고 일을 할 수 없을 지경이었다.

그렇지만 서재 한 칸 마련할 수 없는 무능한 내 자신을 탓할 수밖에 없는 일이었다. 여기에다 아쒜이와 몇 마리 닭들도 한몫을 했다. 닭들이 커지면서 두 집 사이에 말다툼의 단초가 되기 쉬웠다.

또 매일 '흐르는 물처럼 끊임없이 이어지는' 밥 먹기가 있다. 쯔쥔의 일이란 온통 먹는 데 집중되어 있는 듯했다. 밥을 먹고 나면 돈을 마련해야 했고, 돈을 마련해 오면 이번에는 먹어야 했다. 아니, 아쒜이와 닭들도 먹여야 했다.

그녀는 이전에 알던 것들을 완전히 잊어버린 듯했고, 나의 구상이 늘 식사하라는 성화 때문에 끊어지곤 한다는 것을 생각하지 못했다. 자리에 앉아서 화내는 기색을 보여도 그녀는 표정 하나 변하지 않은 채 아무 감각도 없이 밥만 퍼먹었다.

내가 하는 일이 판에 박은 듯한 식사의 구속을 받아서는 안 된다는 것을 이해시키는 데 무려 다섯 주일이나 걸렸다. 이 사실을 알고 난 그녀는 매우 불쾌해했지만 아무런 말도 하지 않았다.

물론 그 뒤로 내 일은 어느 정도 신속히 진행되어 얼마 안 가 5만 자를 번역해낼 수 있었다. 이제 윤색 한 번만 하면 이미 완성해둔 소품 두 편과 함께 《자유의 벗》에 보낼 참이었다.

그러나 먹는 문제만은 여전히 나를 고뇌에 빠뜨렸다. 반찬이 식은 것쯤이야 그런대로 괜찮았지만 늘 모자라는 것이 탈이었다. 어떤 때는 먹는 밥조차 부족했다. 온종일 집안에 앉아 머리를 쓰다 보니 먹는 양이 전보다 훨씬 줄어들었는데도 말이다.

이는 먼저 아쒜이를 먹였기 때문이다. 어떤 때는 요즘 나도 쉽게 먹을 수 없는 양고기까지 곁들여 먹이기까지 했다.

쯔쮠은 아쒜이가 얼마나 야위었는지 보기가 너무 딱하고 이 때문에 주인 아주머니도 우리를 업신여긴다면서, 자기는 이런 수모를 참을 수 없다고 말했다. 그래서 내가 먹다 남긴 밥은 닭들만 먹게 되었다.

나는 이런 상황을 한참이나 지나서야 알게 되었다. 하지만 그와 동시에 헉슬리[5]가 '우주에서 인류의 위치'를 설정했던 것처럼 나 역시 이 집에서 내가 차지하는 위치를 자각하게 되었다. 나의 위치는 기껏해야 강아지와 닭의 중간에 지나지 않았다.

그 뒤로 여러 번 입씨름을 하고 재촉한 결과 닭들이 차츰 반찬으로 올라오게 되었다. 덕분에 우리와 아쒜이는 열흘 넘게 신선하고 기름진 고기를 먹을 수 있었지만 사실 닭들은 오래전부터 하루에 수수 몇 알만 먹었기 때문에 너무 말라 있었다.

이때부터 집안은 한결 조용해졌다. 그러나 쯔쮠만은 크게 위축되어 항상 쓸쓸하고 고뇌에 차 무료함을 느끼는 것 같았으며 말도 잘 안 하려고 했다.

'사람이 이렇게도 쉽게 변할 수 있구나!'

하고 나는 생각했다.

하지만 아쒜이도 집에 둘 수 없게 되고 말았다. 우리는 '어디서 연락이라도 오지 않을까' 하는 희망을 일찌감치 접어야 했던 것이다. 쯔쥔에게도 이미 아쒜이를 인사시키거나 재롱 떨게 하면서 주던 약간의 먹이마저 진작 떨어지고 없었다.

겨울도 순식간에 닥쳐와 화로에 불을 지피는 것이 큰 문젯거리로 등장했다. 사실이지 이런 상태에서 개의 먹이는 우리에게 진작부터 매우 커다란 부담으로 느껴졌다. 자연히 아쒜이조차 더는 집에 둘 수 없게 되고 만 것이다.

개를 팔겠다는 표시로 풀[6]을 매달아 가지고 시장에 내놓으면 몇 푼 받을 수도 있었다. 하지만 우리는 차마 그렇게 할 수가 없었고 또 그렇게 하고 싶지도 않았다. 나는 결국 보자기로 녀석의 머리를 감싼 채 서쪽 교외로 데리고 가서는 풀어주었다. 그래도 녀석이 자꾸만 나를 뒤따라오기에 그리 깊지 않은 구덩이로 밀어 넣었다.

내가 돌아와 보니 집이 한결 더 조용해진 것 같았다. 하지만 나는 처량하고 침통한 표정을 짓고 있는 쯔쥔을 보고 깜짝 놀랐다. 나는 일찍이 그런 표정을 본 적이 없었다. 물론 아쒜이 때문이었다. 하지만 그렇다고 그렇게까지 할 것은 뭐람? 나는 아쒜이를 구덩이로 밀어 넣었다는 말은 입 밖에도 내지 않았다.

밤이 되자 그녀의 처량하고도 침통한 표정에 또 하나 얼음장같이 차가운 표정이 더해졌다.

"참 이상한 노릇이군. 여보, 당신 오늘 왜 그런 모습을 하고 있소?"

나는 참을 수가 없어서 물었다.

"뭐라고요?"

그녀는 나를 보지도 않고 말했다.

"당신 얼굴색이……."

"별것 아니에요. 아무 일도 없다고요."

나는 드디어 그녀의 말투와 행동에서 그녀가 이미 나를 잔인한 사람이라고 여기고 있다는 것을 알게 되었다.

사실이지 나 혼자라면 삶을 쉽게 살아갈 수도 있었다. 비록 내 성격이 거만한 탓에 그동안 사귀어오던 사람들과 내왕을 끊고 이사를 한 뒤에는 알고 있는 모든 사람들과 멀어지게 되었지만, 멀리 훌쩍 떠날 수만 있다면 그래도 살 방도는 얼마든지 있었다. 지금 내가 이토록 생활의 압박에서 오는 고통을 참고 살아가는 것도 대부분은 그녀를 위해서였다. 아쒜이를 버린 것도 그렇지 않은가?

쯔쥔의 인식 상태는 이런 것들조차도 생각하지 못할 정도로 천박해진 것 같았다.

나는 기회를 엿보아 이런 내용을 넌지시 암시했다. 그녀는 이해했다는 듯 고개를 끄덕였다. 그렇지만 나중에 일어난 일을 보면 그녀가 이해하지 못했거나, 아니면 전혀 믿지 않았던 것 같다.

겨울 날씨에서 오는 쌀쌀함과 그녀의 표정에서 느껴지는 싸늘함은 나로 하여금 이 가정에 틀어박혀 있을 수 없도록 만들었다. 그렇지만 어디로 가야 할 것인가? 길거리나 공원에는 그처럼 차가운 표정은 없다지만 싸늘한 바람이 살을 저미듯 뼛속 깊이 파고들었다.

나는 마침내 일반 도서관 안에서 나의 천당을 찾아냈다. 그곳은 표를 살 필요도 없을뿐더러 열람실에는 무쇠 난로가 두 개나 피워져 있었다. 비록 꺼질 듯 말 듯 석탄을 때고 있었지만 나는 그 난로가 있는 것만 보아도 정신적으로 따뜻한 온기를 느낄 수가 있었다. 볼

만한 책은 없었다. 오래된 것들은 케케묵었고 새로 나온 책은 거의 없다시피 했다.

다행히도 내가 책을 보기 위해서 도서관을 찾은 것은 결코 아니었다. 그곳에는 나 말고도 항상 몇 사람이 더 있었는데, 많을 때는 여남은 명이나 되었다. 그들도 나처럼 얇은 홑저고리만 입은 채 제각기 책을 보고는 있지만 불을 쬐기 위한 구실일 뿐이었다.

나는 그곳이 아주 마음에 들었다. 길거리에서라면 아는 사람을 만나기도 쉽고, 또 그렇게 되면 경멸의 눈초리도 받곤 하는데 거기서는 그와 같은 뜻밖의 봉변을 당할 염려가 전혀 없었다. 왜냐하면 그런 사람들은 영원히 나와는 다른 무쇠 난로를 둘러싸고 있거나, 아니면 자기 집에 있는 흰 난로 옆에서 불을 쬐고 있을 것이기 때문이다.

거기에 비록 내가 읽을 만한 책은 없었지만, 그래도 내가 편안하게 생각의 나래를 펼 수 있는 곳이었다.

나는 홀로 조용히 앉아 옛일을 돌이켜 생각해보았다. 지난 반년 동안 나는 오직 사랑, 그것도 맹목적인 사랑만을 위하느라 인생의 다른 의의에 대해서는 완전히 소홀했음을 깨닫게 되었다.

첫째는 생활이었다. 사람이란 생활을 해야만 애정도 따르는 법이다. 이 세상에서 투쟁하지 않고 자신의 살길을 개척한 이는 없다. 나역시 아직까지 날갯짓을 잊지는 않았다. 비록 옛날보다 기력이 많이 약해지긴 했지만……

도서관 열람실과 책을 읽는 사람들의 모습이 차츰 내 시야에서 사라져갔다. 대신 내 눈에는 성난 파도 속의 어부와 전쟁터 참호 속에 있는 병사, 자동차를 타고 가는 귀족, 조계지(租界地)의 투기꾼, 깊은 산 밀림 속의 호걸, 강단의 교수, 초저녁의 한가한 패거리와 심야의 좀도둑 등의 모습이 보였다.

쯔쥔은 — 옆에 없다. 그녀는 용기를 완전히 상실해버렸고, 오직 아쒜이 때문에 슬퍼하고 오직 밥을 짓는 데만 정신이 팔려 있을 뿐이었다. 이상한 점은 그런데도 그녀가 그다지 야위지 않았다는 것이다.

추워졌다. 꺼질 듯 말 듯 불타던 화로 속의 석탄 몇 조각도 끝내 꺼지고 말았다. 이미 도서관 문을 닫을 때가 된 것이다. 나는 또다시 지자오 골목으로 돌아가 그 냉랭한 얼굴을 보지 않으면 안 되었다. 최근 들어 간혹 따뜻한 표정을 접하기도 했지만 도리어 나의 고통만 더해줄 뿐이었다.

어느 날 밤이었다. 불현듯 쯔쥔의 눈에 오랫동안 보이지 않던 순진한 빛이 서렸다. 그녀는 웃으면서 옛날 회관에 있었을 때를 이야기하면서 간혹 매우 두려운 눈빛을 띠곤 했다. 최근에 와서 내가 그녀보다도 더 쌀쌀하게 대했던 것이 그녀로 하여금 우려와 의혹을 품게 했음을 나는 알고 있었다. 그렇기 때문에 나는 애써 웃으면서 그녀에게 조금이라도 위안을 주고 싶었다.

하지만 내 얼굴에 웃음이 피어나고 내 말이 입을 떠나기가 무섭게 그것은 즉시 공허로 바뀌었으며, 그 공허는 다시 즉각 메아리가 되어 내가 감당하기 어려운 악랄한 비웃음으로 내 귓전과 눈앞에 되돌아왔다.

쯔쥔도 알아차린 듯했다. 이때부터 그녀는 예전의 무감각하리만큼 침착했던 냉정함을 잃고 말았다. 비록 감추려고 무진 애를 썼지만, 그래도 간혹 우려와 의혹의 표정이 드러나 보였다. 그러면서도 나에게는 굉장히 온화하게 대해주었다.

나는 그녀에게 분명하게 말하고 싶었지만 차마 그럴 수가 없었다. 꼭 말해버려야지 하고 결심을 하고 나서도 막상 그녀의 어린아이 같은 순진한 눈길을 보면 그만 억지웃음이라도 지어 보여야 했다. 그러나 이것은 또다시 즉각 나에 대한 비웃음이 되어 돌아오는 바람에 나는 그만 냉정한 침착성을 잃고 말았다.

이때부터 그녀는 지나간 일에 대해 또다시 복습을 하거나 시험을 치르기 시작했다. 이 바람에 나는 가식으로 가득 찬, 그러면서도 아부하는 답안지를 수도 없이 제출하도록 강요받았다. 아부하는 답안지는 그녀에게 보여주었지만 가식으로 가득 찬 답안지는 내 마음속에 써두었다.

내 마음은 점차 이들 원고로 가득 채워졌다. 나는 숨을 쉬기가 무척 어렵다는 것을 느꼈다. 나는 고민이 되는 가운데 늘 생각해보았다. 진실을 말하기 위해서는 실로 엄청난 용기가 필요한 법. 만일 그러한 용기가 없어서 그저 허위에 안주한다면 새로운 인생길을 개척할 수 없는 사람이 되고 말 것이다. 새로운 인생길도 없을뿐더러 그런 사람도 있을 수 없다.

아침, 몹시 추운 어느 날 아침이었다. 쯔쥔은 원망스런 표정을 지었다. 그것은 일찍이 내가 본 적이 없는 그런 표정이었다.

하지만 어쩌면 그것은 내가 보기에 화난 표정이었는지도 모른다. 그때 나는 싸늘한 격분을 느꼈으며 암울한 웃음을 지었다. 그녀가 익혀온 사상이나 활달하고 두려움 모르던 언변도 결국은 하나의 공허함일 뿐이었다. 그러면서도 그녀는 이 같은 공허함을 전혀 자각하지 못했다.

그녀는 이미 오래전부터 책을 읽지 않았다. 그러다 보니 인생살이에서 가장 중요한 것이 생존을 모색하는 일임을 몰랐다. 생존의 길을 개척하기 위해서는 함께 손을 맞잡고 헤쳐 나가거나, 아니면 홀로 고군분투하지 않으면 안 된다. 공연히 남의 옷자락에나 매달리고자 한다면 아무리 전사(戰士)라도 전투에 어려움을 겪게 되어 결국에는 함께 멸망할 수밖에 없을 것이다.

나는 우리가 헤어지는 것만이 새로운 희망이라는 생각을 하게 되었다. 나는 그녀를 미련 없이 버리고 떠나야만 한다. 문득 그녀의 죽음을 생각해보았다. 하지만 이내 스스로를 책망하고 후회했다.

다행히도 아침이었기 때문에 시간이 여유로워서 나는 내 진실에 대해 말해줄 수 있었다. 우리가 새로운 길을 개척하는 것은 바로 여기에 달려 있다고.

나는 쯔쥔과 이런저런 이야기를 나누면서 일부러 우리의 지난 일을 끌어왔다. 그러고는 문예를 이야기했으며, 외국 문인들과 그들의 작품까지 언급했다. 《노라》[7]라든지 《바다에서 온 부인》[8] 등을 논하면서 노라의 과단성을 칭찬하기도 했다.

이런 이야기들은 지난해 회관의 낡은 방에서 모두 나누던 말들이지만 이제는 이미 공허함으로 변해버렸다. 내 입에서 나온 말이 내 귓속으로 들어갈 때마다 나는 어떤 고약한 아이가 내 등 뒤에 몸을 숨긴 채 악의에 찬 모진 말들을 흉내 내고 있는 것은 아닌가 하는 의심을 품기도 했다.

그래도 그녀는 내 말에 머리를 끄덕이면서 귀 기울이더니 나중에는 침묵했다. 나도 더듬거리면서 내 이야기를 끝냈지만 그 여운마저 허공 속으로 사라지고 말았다.

"맞아요."

그녀는 또다시 잠깐 침묵했다가 말을 했다.

"그렇지만…… 쥐안성, 내가 보기에 당신이 요즘 굉장히 달라진 것 같아요. 그렇지요? 당신, 사실대로 좀 솔직히 말해주세요."

나는 머리를 한 방 얻어맞은 기분이었다. 하지만 즉시 정신을 가다듬고는 내 생각과 주장을 말하기 시작했다. 함께 멸망하는 것을 막기 위해서라도 우리는 새로운 길을 개척해야 하고, 새로운 삶을 재건해야 한다고.

마지막으로 나는 굳게 결심하고 몇 마디를 덧붙였다.

"…… 당신은 이제 아무것도 걱정할 필요 없이 용감하게 앞으로 나아갈 수 있게 되었소. 당신은 나에게 솔직하게 말하라고 했소. 맞아요, 사람은 솔직해야 해요. 자, 내가 솔직히 말하리다. 왜냐하면 나는 이미 당신을 사랑하지 않기 때문이오. 하지만 당신에게는 훨씬 더 잘된 일일 것이오. 왜냐하면 당신은 아무런 염려 없이 일을 해 나갈 수 있기 때문이오……."

나는 동시에 커다란 변화가 닥쳐오리라는 것을 예상했다. 하지만 침묵만이 계속되었을 뿐이다. 그녀의 표정이 돌연 잿빛으로 변하고 마치 죽은 사람 같더니, 이내 생기를 되찾고 눈가에는 순진하면서도 반짝이는 빛이 감돌았다.

그 반짝이던 눈빛이 사방을 두리번거렸다. 마치 굶주림과 목마름에 지친 아기가 자애로운 엄마를 찾듯이. 그러나 다만 허공에서만 찾을 뿐 나의 시선은 무섭게도 피하고 있었다.

나는 더 볼 수가 없었다. 다행히도 아침이었기 때문에 나는 싸늘한 바람을 무릅쓰고 곧장 도서관으로 내달렸다. 그곳에서 《자유의 벗》을 보고는 내 소품들이 모두 실린 것을 알게 되었다.

이 일은 나를 깜짝 놀라게 만들었다. 이제 생기가 좀 도는 것 같았다. 나는 생각에 잠겼다. 살아갈 수 있는 방도는 여전히 무척 많다. 하지만 지금의 이 상태로는 안 된다.

나는 오랫동안 소식을 끊고 지내던 친구들을 찾아 나서기 시작했다. 하지만 그것도 한두 번뿐이었다. 물론 그들의 집은 따뜻했다. 그런데도 나는 뼛속까지 사무치는 한기를 느꼈다. 밤이 되자 나는 얼음장보다도 더 싸늘한 냉방에서 웅크린 채 잤다.

얼음장같이 차가운 바늘이 내 영혼을 찌르는 바람에 나는 마비된 듯한 고통 속에서 영원히 시달렸다. 살아가는 방도는 아직도 무척 많다. 나는 아직까지 날갯짓을 잊지 않았다.

나는 생각해보았다. 나는 갑자기 그녀의 죽음을 생각했다. 하지만 이내 스스로를 책망하고는 후회했다.

나는 도서관에서 가끔 번쩍거리는 광명을 보곤 했다. 새로운 생명이 내 앞에 나타난 것처럼 보였다. 그녀는 용맹스럽게 깨달았으며 이 얼음장 같은 집을 의연히 박차고 나간다. 게다가 조금도 원망하거나 한탄하는 기색을 보이지 않고서.

나는 구름처럼 가벼이 허공을 둥둥 떠다닌다. 내 위에는 짙푸른 하늘이 있고 아래에는 깊은 산과 광대한 바다가, 고대광실과 전쟁터, 자동차, 조계지, 화려한 저택, 번화한 시장터, 그리고 암흑에 싸인 밤이……

그리고 정말이지 나는 이러한 새 모습이 곧 다가올 것 같은 예감이 들었다.

어쨌든 우리는 굉장히 참기 어려운 겨울을, 이 베이징의 겨울을 보냈다. 마치 심술궂은 어린아이의 손에 잡힌 잠자리와도 같은 신세였다. 가느다란 실에 묶여 실컷 노리개가 되어 만지작거려지다가 학대받기도 하고, 비록 목숨은 끊어지지 않았지만 땅바닥에 축 늘어진 채 곧 다가올 죽음 앞에서 발버둥 치는 것과 같았다.

《자유의 벗》편집장에게는 세 번이나 편지를 보내고 나서야 비로소 답장을 받았다. 그런데 봉투 속에는 고작 20전짜리와 30전짜리

도서상품권 두 장이 달랑 들어 있었다. 나는 원고 채택을 독촉하는 데만 9전짜리 우표를 사야 했다. 그 바람에 나는 하루 온종일 굶었는데, 아무 소득도 없는 공허한 일에다 돈을 몽땅 써버린 셈이 되고 말았다.

닥칠 것만 같던 일이 끝내 닥치고야 말았다. 그것은 겨울에서 봄으로 바뀔 무렵의 일이었다. 이제 바람도 그다지 차갑지 않아서 나는 더욱 오랫동안 밖에서 배회하다가 땅거미가 질 때쯤 집으로 돌아오곤 했다.

바로 그처럼 어두운 저녁때였다. 나는 그날도 여느 때처럼 맥없이 집으로 돌아왔다. 대문이 보이자 평소보다 더 맥이 풀린 나머지 발걸음도 더욱 무거워졌다. 그렇지만 나는 마침내 방 안으로 들어섰다. 방에는 등불도 켜져 있지 않았다. 손을 더듬거려 성냥을 찾아 불을 켰는데 이상하게도 적막하고 공허하기 짝이 없었다.

내가 놀라서 멍하니 있는데 마침 주인집 아주머니가 창밖에서 나를 불러냈다.

"오늘 쯔쥔의 아버지가 여기에 왔다가 데리고 갔어요."

그녀는 무척 짤막하게 말했다.

이 또한 전혀 예상치 못했던 일이라 나는 뒤통수를 한 대 얻어맞은 듯 그저 아무런 말도 없이 서 있을 뿐이었다.

"그래, 쯔쥔이 갔나요?"

약간의 시간이 지난 뒤, 나는 이렇게 한마디만 물었다.

"갔어요."

"그녀가, 그녀가 뭐라고 하던가요?"

"아무 말도 없었어요. 단지 당신이 돌아오거든 자기가 떠났다고 전해달라고만 하더군요."

나는 믿을 수가 없었다. 방 안은 이상하리만치 적막하고 공허했다. 나는 방 구석구석을 죽 둘러보면서 쯔쥔을 찾아보았다. 단지 낡아빠진 거무튀튀한 가구만 몇몇 눈에 들어올 뿐, 휑한 모습은 도무지 사람 하나 물건 하나 숨길 만한 능력도 못 된다는 것을 증명해주고 있었다.

나는 생각을 바꾸어 혹시 편지나 그녀가 남긴 쪽지라도 있을까 하고 찾아보았지만 그런 것도 없었다. 단지 소금과 마른 고추, 밀가루, 그리고 배추 반 통이 한곳에 모아져 있고, 그 옆에는 동전 몇십 개만 놓여 있을 뿐이었다. 이것이 우리 두 사람에게 있었던 생활 재료의 전부였다. 지금 그녀는 이런 것들을 정중하게 나 한 사람에게 남겨주고는, 이것으로 좀 오랫동안 살아가기를 말없이 일러둔 것이다.

나는 주위의 모든 것들에게 배척당한 듯한 느낌이 들었다. 마당 한가운데로 뛰쳐나와 보니 어둠이 내 주위를 에워싸고 있었다. 안채의 종이 창문에서는 환한 등불이 쏟아져 나왔다. 주인집 부부는 한창 아이의 재롱을 즐기면서 웃고 있었다.

내 마음도 안정되어갔다. 나를 짓누르고 있던 압박감 속에서도 차츰, 그리고 어렴풋하게나마 탈출할 수 있는 길이 내 눈앞에 떠오르는 것 같았다. 깊은 산과 커다란 호수, 조계지, 전등불 아래의 호화판 연회석, 전쟁터의 참호, 칠흑같이 어둡고 깊은 밤, 예리한 칼의 휘둘림, 소리 없이 다가오는 발걸음…….

내 마음은 다소 가벼워지면서 후련해졌다. 하지만 여비(旅費)를 생각하니 '휴!' 하고 한숨만 나왔다.

나는 자리에 누웠다. 눈을 감고 있으려니 예상되는 앞길이 눈앞을 스쳐 지나갔다. 하지만 그 환상은 한밤도 되기 전에 벌써 바닥이 드러났다. 캄캄한 어둠 속에서 문득 음식물이 잔뜩 있는 것처럼 보였다. 이어 쯔쥔의 누런 얼굴이 떠올랐다. 그녀는 어린아이처럼 눈을 크게 뜨고는 애원하듯 나를 쳐다보았다. 정신을 차리고 나니 아무것도 없었다.

그러나 나의 마음은 도리어 다시금 무거워지는 것 같았다. 내가 왜 며칠을 참지 못하고 이다지도 황급하게 진실을 말해버렸을까? 이제 그녀는 알게 될 것이다. 자신의 앞날에는 오로지 아버지 — 아들딸에게는 채권자와도 같은 — 의 추상같은 근엄함과 얼음장보다노 더 차가운 주위 사람들의 눈초리만 남아 있다는 것을.

그 밖에는 모두가 공허일 뿐이다. 공허라는 무거운 짐을 진 채, 추상같은 근엄함과 차디찬 눈초리 속에서 이른바 인생이라는 길을 살아가야 한다면 얼마나 무서운 노릇인가? 하물며 그 길의 마지막이 묘비조차 없는 무덤임에랴.

나는 그 진실을 쯔쥔에게 말하지 말았어야 했다. 우리가 서로 사랑했던 만큼 나는 영원히 그녀에게 거짓말을 했어야 했다. 만일 진실이 고귀한 존재라면 쯔쥔에게 침통한 공허가 되어서야 되겠는가. 물론 거짓말도 하나의 공허다. 하지만 종국에 이르기까지 이처럼 침통하지는 않았으리라.

쯔쥔에게 진실을 고백하면 나는 그녀가 조금도 주저함 없이 단호하고도 의연하게 앞길을 걸어갈 것이라고 여겼다. 마치 우리가 동거하려고 했을 때처럼 말이다.

그러나 그것은 내 착오였는지도 모른다. 당시 그녀가 보여주었던 용감함과 대담함은 사랑의 힘 덕분이었던 것이다.

나에게는 허위의 무거운 짐을 지고 갈 용기가 없었다. 그랬기 때문에 진실이라는 무거운 짐을 도리어 그녀에게 떠넘기고 만 꼴이 되었다. 그녀는 나를 사랑하면서부터 그 무거운 짐을 기꺼이 감당했으며 근엄함과 차가운 눈초리 속에서도 이른바 인생이라는 길을 걸어왔던 것이다.

나는 그녀의 죽음에 대해 생각해보았다……. 나는 나 자신이 비겁자라는 것을 알았다. 그렇다면 당연히 강하고 힘 있는 사람에게 배척을 당해야 한다. 그가 진실한 사람이든 허위에 찬 사람이든 간에 말이다. 그런데도 그녀는 시종일관 내가 좀 더 오랫동안 생활을 유지하기를 바랐다…….

나는 지자오 골목을 떠나려고 한다. 이곳은 이상하게도 공허하고 적막하다. 나는 생각했다. 이곳만 떠난다면 쯔쥔은 언제나 내 곁에 있는 것과 같을 것이라고. 적어도 시내에 있는 것과 같지 않을까. 그래서 어느 날 뜻밖에도 나를 찾아올지 모른다. 전에 회관에서 살 때처럼 말이다.

여기저기 부탁을 하고 편지도 보내보았지만 도무지 반응이 없었다. 하는 수 없이 오랫동안 안부조차 모르고 지내던, 윗대부터의 지인 한 분을 찾아 나설 수밖에 없었다. 그는 큰아버지가 어렸을 때부터 사귀던 동창생으로 성실하고 원칙을 지키기로 유명한 관리였다. 그는 베이징에 오래 산 만큼 교제의 폭도 넓었다.

아마도 내가 입은 옷이 초라했기 때문이리라. 대문을 들어서자마자 문지기가 눈을 흘겼다. 가까스로 대면할 수 있었는데 아직까지도 나를 기억하고 있었지만 냉담하기 그지없었다. 그는 우리의 지난 일들을 전부 알고 있었다.

"아무튼 자네는 이곳에 머물 수가 없게 되었네그려."

내가 다른 곳이라도 일거리를 좀 찾아주십사 하고 부탁을 하자 다 듣고 나서 냉랭하게 한 말이었다.

"그렇다고 어디로 간담? 그것도 굉장히 어렵고……. 자네 그렇다면, 아! 그 뭣이지? 자네 친구 말이야, 쯔쥔이라는 여자, 자네도 알고 있겠지? 그녀는 이미 죽었다네."

나는 깜짝 놀라 할 말을 잊었다.

"정말이십니까?"

나는 얼떨결에 이렇게 물었다.

"허허, 물론 정말이지. 우리 집에서 일하는 왕성(王升)이라는 자의 집이 바로 그녀와 같은 마을에 있거든."

"그런데…… 왜 죽었는지는 모르시는지요?"

"그걸 누가 알겠나? 하여튼 죽었다더군."

나는 그와 어떻게 작별하고 집으로 돌아왔는지 전혀 기억이 나지 않는다. 나는 그가 거짓말을 할 사람은 아니라고 알고 있다.

쯔쥔은 이제 다시 오지 않을 것이다. 지난해 나를 찾아왔던 것처럼 그렇게. 설사 근엄함과 차디찬 눈초리 속에서 공허의 무거운 짐을 짊어지고 이른바 인생이라는 길을 걸어가고 싶다 한들 이제는 불가능해지고 말았다.

그녀의 운명은 내가 그녀에게 주었던 진실 — 사랑이 없는 사람은 죽을 수밖에 없다 — 로 이미 결정된 것이나 다름없었다.

물론 나는 이곳에 머물 수가 없게 되었다. 하지만 '어디로 갈 것인가?'

주위는 광대무변의 공허에 싸여 있고 아직도 죽음의 정적이 흐르고 있다. 나는 사랑을 받지 못해 죽어야 했던 많은 사람들의 눈앞에 드리웠던 암흑의 그림자가 하나하나 보이는 듯했으며, 나아가 모든 고민과 절망에 몸부림치는 울음소리까지 들려오는 듯했다.

그러면서도 나는 새로운 존재가 오기를 기대했다. 그것은 이름도 없고, 또 뜻밖의 존재일 수도 있다.

그러나 매일같이 찾아오는 것은 하나같이 죽음과도 같은 정적이었다.

나는 이전처럼 바깥출입도 잘 하지 않았다. 그저 거대한 공허 속에 누워 죽음 같은 정적이 내 영혼을 잠식해 들어오도록 내맡길 뿐이었다. 죽음의 정적은 때로 저 혼자 전율하다가도 스스로 물러가곤 했다.

이처럼 단절과 연속이 교차하는 소용돌이에서도 이름도 없고 또 뜻밖의 존재일 수도 있으며, 또한 새로운 기대라 할 수도 있는 존재가 번뜩이곤 했다.

을씨년스런 어느 날 오전이었다. 해는 발버둥을 쳤지만 아직도 구름 속에서 모습을 드러내지 못하고 공기조차도 무척이나 피곤에 지쳐 있었다.

가벼운 발걸음 소리와 킁킁거리는 콧소리가 들려 나는 눈을 번쩍 떴다. 얼핏 둘러보았지만 방은 여전히 공허 속에 묻혀 있었다. 우연히 바닥을 내려다보니 조그만 짐승 한 마리가 어슬렁거리고 있었다. 깡마르고 허약하여 반쯤 죽어가는 데다 온몸에 진흙을 덕지덕지 바른 녀석이었다······.

나는 자세히 들여다보았다. 순간 갑자기 심장이 멎는 것 같아 나도 모르게 벌떡 일어났다.

아쒜이였다.

녀석이 돌아왔다.

내가 지자오 골목을 떠나게 된 것은 단지 집주인과 그 집 식모의 차가운 눈초리 때문만은 아니었다. 태반이 이 아쒜이 때문이었다.

그렇지만 '어디로 간단 말인가?'

물론 새로운 인생길은 아직도 얼마든지 있다. 나는 그것들을 대강은 알고 있었다. 때로는 마치 내 눈앞에라도 있는 것처럼 어렴풋이 보이기도 했다. 그렇지만 나는 그곳으로 들어설 때 어떻게 첫걸음을 떼야 하는지는 아직도 모른다.

여러 번 생각해보고 또 비교도 해보았지만, 역시 나를 받아줄 곳은 그래도 회관밖에는 없었다. 옛날과 다름없이 낡은 방이며, 나무 판자 침대, 반쯤 고목이 된 홰나무와 보랏빛 등나무가 있었다. 그렇지만 그때는 나로 하여금 희망을 품게 했으며 기쁨과 사랑, 그리고 삶을 지탱하게 해주었건만, 이제는 모두 사라지고 오직 공허만이, 진실을 주고 맞바꾼 그 공허만이 남아 있을 뿐이었다.

새로운 삶의 길은 아직도 얼마든지 있다. 나는 반드시 그 길로 성큼 내디뎌야 한다. 왜냐하면 내가 아직 살아 있기 때문이다. 하지만 나는 아직도 어떻게 첫걸음을 내디뎌야 할지 모른다. 때로 그 삶의 길은 기다란 잿빛 뱀처럼 꿈틀거리면서 나를 향해 달려오는 것처럼 보였다.

나는 기다리고 또 기다렸다. 그러나 그것은 가까이 다가오는 듯하더니 돌연 암흑 속으로 자취를 감추고 말았다.

초봄의 밤은 아직도 길다. 오랫동안 우두커니 앉아 있노라니 오전에 길거리에서 보았던 장례식이 생각났다. 행렬 앞에는 종이로 만든 사람과 말이 있었으며, 흡사 노래를 부르는 듯 들려오는 곡소리가 뒤를 따랐다. 이제 나는 그들이 총명하다는 것을 알게 되었다. 이 얼마나 가벼우면서도 간결한 일인가?

그런데 내 눈앞에는 또다시 쯔쥔의 장례식이 떠올랐다. 홀로 공허의 무거운 짐을 진 채 잿빛의 머나먼 길을 걷다가 이내 주위의 근엄함과 차디찬 눈초리 속으로 사라지고 말았다.

나는 정말이지 귀신이나 지옥이 있기를 바란다. 만일 있다면 설사 요사스런 바람이 분노에 차 포효하는 곳일지라도 나는 쯔쥔을 찾아 나설 것이다. 그리하여 그녀 앞에서 나의 회한과 비애를 고백하고 용서를 빌 것이다.

만일 그렇지 않다면 지옥의 독기를 품은 불꽃이 나를 감싼 채 나의 회한과 비애를 맹렬하게 깡그리 태워 없애주기를 바란다.

나는 지옥의 요사스런 바람과 독기를 품은 불꽃이 이글거리는 가운데 쯔쥔을 껴안고 그녀에게 관용을 빌든가, 아니면 그녀를 기쁘게 해줄 것이다…….

그러나 이것은 새로운 삶의 길보다도 더 공허할 뿐이다. 지금 남아 있는 것은 초봄의 기나긴 밤뿐이다. 여전히 길고 긴…….

나는 살아 있다. 어쨌든 나는 새로운 삶의 길을 향해서 발걸음을 내디뎌야만 한다. 그 첫걸음은 — 도리어 나의 회한과 비애를 기록하는 것에 지나지 않을 뿐이다. 쯔쥔을 위해서, 그리고 나를 위해서.

나도 그들처럼, 단지 노래를 부르는 듯한 곡소리로 쯔쥔을 보내고 싶다. 망각의 세계 속으로 장송(葬送)하고 싶은 것이다.

나는 잊어야만 한다. 내 자신을 위해서라도. 그리고 다시는 쯔쥔을 생각하지 않기 위해서라도 망각의 세계 속으로 쯔쥔을 장송하고 싶다.

나는 새로운 삶의 길을 향하여 성큼 첫걸음을 내딛으려고 한다.

나는 내 마음의 상처 깊숙이 진실을 간직한 채 묵묵히 앞으로 걸어 나갈 것이다. 망각과 거짓말을 나의 길잡이로 삼은 채…….

1925년 10월 21일

|주|

1 〈죽음을 슬퍼함(傷逝)〉: 이 작품은《방황》에 수록되기 전까지는 신문이나 잡지에 발표된 적이 없다.

2 회관(會館): 옛날 동향회나 동업자들이 투숙이나 모임을 위해 도시에 세웠던 여관.

3 입센(H. Ibsen, 1828~1906)은 노르웨이 극작가로, 근대 사실주의 희극의 창시자다. 주요 작품으로는《페르 귄트(Peer Gynt)》(1867),《인형의 집(Et Dukkehjem)》(1879),《유령(Gengangere)》(1881),《헤다 가블레르(Hedda Gabler)》(1890) 등이 있다.

타고르(R. Tagore, 1861~1941)는 인도의 시인이며, 1924년 중국을 방문한 적이 있다. 당시 그의 시는《新月集》,《飛鳥集》등으로 번역되었다.

셸리(P. B. Shelley, 1792~1822)는 영국의 시인으로, 아일랜드 민족독립운동에 참여했으며 혁명 사상과 혼인의 자유를 주장하다가 여러 차례 박해를 받았다. 후에 바다에서 배가 전복되어 익사했다. 〈西風頌〉, 〈雲雀頌〉과 같은 명시가 있다. '5·4운동' 이후 중국에 소개되었다.

4 묘회(廟會): 묘시(廟市)라고도 한다. 옛날 명절이나 특정한 날에 사당 또는 그 부근에서 벌였던 각종 민속 활동. 신에게 제사를 올리거나 오락, 상품 거래 등을 했다. 지금도 민간에서 성행하고 있다.

5 헉슬리(T. Huxley, 1825~1895) : 영국의 생물학자로, 다윈 학설의 열렬한 지지자이자 전파자였다. 주요 저서로는 《동물분류학도론》, 《진화론과 윤리학 및 기타 논문들》 등이 있다. 《자연에서의 인간의 위치》는 다윈의 진화론을 선전한 중요한 저서다.

6 풀 : 초표(草標)라고 한다. 옛날 팔려 가는 사람이나 물건에 마른 풀줄기를 꽂아두어 '판매용'임을 표시했다.

7 《노라》 : 《인형의 집》이라고도 한다. 《인형의 집》 여주인공 이름이 노라다.

8 《바다에서 온 부인(Fruen fra Havet)》 : 입센의 유명한 희곡 작품이다.

형제兄弟[1]

공익국(公益局)에서는 요즘 들어 줄곧 할 일이 없었다. 몇몇 직원들은 사무실에서 여느 때처럼 집안일에 대해 이야기하고 있었다. 친이탕(秦益堂)이 물담배통을 손에 든 채 숨도 못 쉴 정도로 기침을 해댔으므로 다들 입을 다물고 있을 수밖에 없었다. 한참이 지나자 그가 붉게 상기된 얼굴을 들었지만 여전히 기침을 하면서 말했다.

"어제 와서 그놈들은 또 싸웠다네. 방 안에서부터 싸우기 시작해 대문에 이르기까지 싸웠지. 내가 아무리 야단을 쳐도 도무지 안 되더군."

몇 가닥 희끗희끗한 턱수염을 단 그의 입술은 여전히 부르르 떨리고 있었다.

"셋째 녀석 말이, 다섯째가 공채(公債)에 손을 댔다 손해를 본 그 돈은 공동으로 처리할 수가 없다는 거야. 그러니 마땅히 다섯째가 배상해야 할 돈이라고 했네……."

"그것 봐요, 역시 돈 때문이라니깐."

장페이쥔(張沛君)이 낡고 긴 의자에 누워 있다가 분개하면서 일어났다. 눈두덩 깊은 곳에 자리한 두 눈에서는 자애로운 빛이 번뜩였다.

212

"정말로 알 수 없는 노릇이야. 한집안 형제끼리 왜 그렇게도 악착같이 따지고 드는지. 엎치나 메치나 결국은 같은 것 아닌가……?"

"정말 당신 같은 형제들은 어디에도 없다니까."

하고 이탕이 말했다.

"우리 형제들은 그렇게 악착같이 따지지 않아요. 피차 서로 입장이 마찬가지니까. 돈이나 재물 따위는 아예 마음에 두질 않지요. 그렇게 살아오다 보니 형제간에 아무 일도 벌어지지 않더군요. 누가 재산 분배 문제로 싸우기라도 하면 우리는 그저 우리 입장을 그들에게 알려주곤 하지요. 그러면서 너무 그렇게 따지지 말라고 타이르곤 한답니다. 이탕 영감님도 아드님에게 그렇게 한번 타일러보시지요, 타일러보시라고요……."

"그건……."

이탕이 고개를 흔들면서 말했다.

"아마도 그렇게 하기가 어려울 거요."

왕웨성(汪月生)이 말했다. 그러고는 공손하게 페이췬의 눈을 쳐다보았다.

"정말이지 당신 형제 같은 사람들은 많지 않아요. 나는 그런 사람을 본 적이 없소. 당신네 형제 가운데는 사리사욕에 빠져 제멋대로 행동하는 사람이 아무도 없어요. 이건 정말 쉽지 않거든요……."

"방 안에서부터 싸우기 시작해 대문에 이르기까지 싸웠다니깐……."

이탕이 말했다.

"아우님은 아직도 바쁘신가요……?"

웨성이 물었다.

"여전히 한 주에 열여덟 시간 수업을 맡고 있는 데다 다시 93명의 학생에게 작문 지도까지 해야 하니, 정말 바빠 죽을 지경이랍니다. 요 며칠 마침 휴가 중인데 몸에 열이 좀 있나 봐요. 아마도 감기가 들었는지……."

"내가 보기에 이거 조심 좀 해야 할 것 같은데요."

웨성이 정중하게 말했다.

"오늘 신문에 보도되었더군요. 지금 유행병이 돌고 있다고……."

"무슨 유행병이?"

페이쥔이 깜짝 놀라 다그쳐 물었다.

"확실히 말할 수는 없지만 무슨 무슨 열이라고 한 것으로 기억하는데."

페이쥔은 그길로 발걸음도 성큼성큼 신문 열람실로 향했다.

"정말 드물다니깐."

웨성은 그가 나는 듯이 달려가는 모습을 보고는 친이탕에게 그를 찬탄하면서 말했다.

"저들 두 사람은 꼭 한 사람 같단 말이야. 모든 형제가 그들 같다면야 어디 집안에 난리법석이 날 수가 있겠는가. 나는 정말 흉내도 낼 수가 없다니까……."

"공채에 손을 댔다 손해를 본 돈은 공동으로 처리할 수가 없다는 군……."

이탕이 불 종이2를 물담뱃대에 갖다 대 불을 붙이면서 한탄하듯이 말했다.

사무실에 잠시 정적이 흘렀지만 곧 페이쥔의 발걸음 소리와 사환을 불러대는 소리로 깨지고 말았다. 그는 마치 무슨 커다란 어려움에라도 직면한 듯, 말을 하는 데 약간 더듬거리는가 하면 목소리도 떨리고 있었다.

그는 사환을 시켜, 푸티쓰(普悌思) 의사에게 전화를 걸어 지금 즉시 통싱(同興) 아파트 장페이쥔의 집으로 왕진을 좀 와주십사 부탁하라고 했다.

웨성은 그가 매우 다급한 상황에 처했다는 것을 금세 알아차렸다. 왜냐하면 그동안 자신이 알고 있는 페이쥔은 비록 양의(洋醫)를 신뢰하기는 했지만 수입이 그리 많지 않은 데다 평소 절약하는 것이 몸에 밴 사람이었기 때문이다.

그런데 지금은 도리어 이곳에서도 제일 유명한 데다 치료비도 가장 비싼 의사를 불렀기 때문이다. 그래서 나가보았더니 안색이 파랗게 질린 채 사환이 전화 거는 것을 밖에 서서 듣고 있었다.

"어떻게 됐소?"

"신문에서…… 지금 유행하고 있는 것이 성…… 무엇이라고 했는데……. 아! 성홍열이라는 거예요. 제, 제가 오후에 공익국으로 올 때였는데 징푸(靖甫)가 얼굴이 온통 빨갛게 되어서는……. 이미 외출하셨다고요? 그렇다면……. 사람을 시켜 전화라도 해서 찾아보시지요. 지금 즉시 왕진 좀 가주십사 하고 말이지요. 통싱 아파트입니다, 통싱 아파트요……."

그는 사환이 전화 거는 소리를 다 들은 뒤에 급히 사무실로 뛰어 들어가더니 모자를 집어 들었다. 왕웨성도 덩달아 다급해져서 뒤따라 들어갔다.

"국장님이 오시거든 내 대신 휴가 좀 신청해주시오. 집안에 아픈 사람이 있어서 의사를 좀 만나야 한다고 얘기해주시오……."

그는 아무렇게나 머리를 끄덕거리면서 말했다.

"어서 가보기나 하시라니까. 국장님은 안 오실지도 몰라요."

웨성이 말했다.

하지만 그는 제대로 듣지도 않고 이미 뛰어나가고 없었다.

길거리로 나온 그는 평소 인력거 삯을 흥정하던 것과는 사뭇 달랐다. 몸집이 좀 건장하여 잘 달릴 것 같은 인력거꾼을 보자마자 가격을 묻더니 그만 한쪽 다리를 번쩍 들어 올려놓으면서 말했다.

"좋소, 빨리만 갑시다!"

아파트는 도리어 여느 때와 다름없이 무척 평온하고 조용했다. 어린 심부름꾼 녀석 하나가 평소와 마찬가지로 문밖에 앉아 호금(胡琴)을 켜고 있었다. 그는 동생의 침실로 들어갔다. 이날따라 심장이 너욱 심하게 뛰는 것 같았다. 동생의 얼굴이 더욱 새빨갛게 변한 데다 숨까지 헐떡이고 있었기 때문이다.

그는 손을 내밀어 동생의 이마를 만져보았다. 얼마나 뜨거운지 손을 델 정도였다.

"무슨 병인지 몰라. 괜찮겠지?"

징푸가 물었다. 눈에서는 우려와 궁금한 기색이 묻어났다. 스스로도 뭔가 예사롭지 않다고 느끼는 것이 분명했다.

"괜찮을 거야……. 감기겠지 뭐."

그는 그냥 어물거리듯 대답해주었다.

평소 그는 미신 타파를 적극 주장해왔다. 그런데 이번에는 징푸의 모양새나 말투에서 하나같이 불길한 느낌을 받았다. 환자 자신이 무슨 예감이라도 하고 있는 것 같았다. 그런 생각이 그를 더욱 불안하게 만들고 말았다. 그는 즉시 방을 나가 심부름꾼 녀석을 조용히 불렀다. 푸 의사 선생님을 찾았는지 병원에 전화를 해서 물어보라고 시켰다.

"바로 그거예요. 바로 그렇다고요. 아직 못 찾았습니다."

심부름꾼의 수화기 옆에서 흘러나오는 말이었다.

페이쥔은 편히 앉지 못하는 것은 물론 이때는 서 있기조차 어려울 판이었다. 그러나 이렇게 화급한 와중에도 문득 한 줄기 살아날 방도가 떠올랐다. 어쩌면 성홍열이 아닐지도 모른다는 생각이 들었다. 그러나 푸 의사를 못 찾았으니…….

같은 아파트에 살고 있는 바이원산(白問山)이 비록 한의사이기는 하지만 어쩌면 병명 정도는 알아낼 수 있을지도 모른다. 그렇지만 전에 몇 번이나 그에게 한의사를 공격하는 말을 한 데다 이번에 푸 의사를 간곡히 청하는 전화를 그가 이미 들었을지도 몰라서…….

그러나 마침내 그는 바이원산을 찾아가 청해보기로 했다.

바이원산은 전혀 개의치 않고 대모(玳瑁, 바다거북과에 속하는 거북이의 껍질) 테의 검은 수정 렌즈 안경을 끼더니 그길로 함께 징푸의 방으로 갔다. 진맥을 하고 난 그는 징푸의 얼굴을 자세히 한 번 살펴보았다. 그런 다음 옷을 헤치더니 이번에는 가슴을 살펴보고는 조용히 물러갔다.

페이쥔이 그의 방까지 뒤따라갔다. 그러나 그는 페이쥔에게 앉으라는 말만 하고는 도무지 입을 열지 않았다.

"원산 형, 내 동생이 결국……?"

그는 참을 수가 없어서 물어보았다.

"홍반사(紅斑痧)라는 거요. 보시다시피 벌써 '반점'이 생기지 않았소."

"그렇다면 성홍열이 아니겠군요?"

페이쥔은 약간 고무되었다.

"그 사람들 양의는 성홍열이라고 부르지만 우리 같은 한의사들은 홍반사라고 해요."

이 말에 그는 그만 손발이 싸늘해지는 것 같았다.

"치료는 할 수 있겠습니까?"

그는 근심 어린 말투로 물었다.

"가능합니다. 하지만 그건 당신들 집안의 운에 달렸습니다."

그는 벌써 머리가 멍해진 나머지 어떻게 자신이 바이원산에게 약방문을 받았는지도 모른 채 그의 집을 나왔다.

그러나 전화기 옆을 지날 때는 도리어 푸 의사를 생각해냈다. 그는 다시 병원에 문의해보았다. 하지만 푸 의사의 소재를 찾기는 했지만 너무 바빠 가더라도 꽤 늦을 것 같다고 하면서, 어쩌면 내일 아침까지 기다려야 할지도 모른다는 대답을 들었다. 그래도 그는 오늘 안으로 꼭 와달라고 부탁했다.

그가 방으로 들어가서 등불을 켜고 보니 징푸의 얼굴이 훨씬 더 붉어져 있었다. 게다가 확실히 더욱 새빨간 반점이 나타났으며 눈과 얼굴도 부어 있었다. 그는 자리에 앉았지만 꼭 바늘방석에 앉은 것 같았다.

밤이 깊어가면서 차츰 정적이 내려앉았다. 그가 그토록 갈망하는 가운데 모든 자동차의 경적 소리가 그의 귀에 더욱 뚜렷이 들려왔다. 때로는 자신도 모르게 혹시 푸 의사의 자동차 소리가 아닌가 하고 맞이하러 뛰쳐나가기도 했다.

그렇지만 그가 문간에 채 이르기도 전에 자동차는 벌써 지나가 버리고 말았다. 실의에 빠져 몸을 돌려 마당을 지나려는데 밝은 달이 벌써 서쪽 하늘에 떠오른 것이 보였다. 옆집 늙은 홰나무의 그림자가 땅에 드리워져 있고, 음산한 분위기가 그렇지 않아도 우울한 그의 마음을 더욱 침울하게 만들었다.

그때 갑자기 까마귀 울음소리가 들려왔다. 평소 자주 듣던 소리였다. 그 늙은 홰나무 위에는 까마귀 둥지가 서너 개 있었다. 그런데도 이번에 페이쥔은 깜짝 놀란 나머지 거의 꼼짝도 할 수 없을 지경이었다. 놀라서 두근거리는 마음으로 조용히 방으로 들어섰을 때, 징푸는 눈을 감은 채 누워 있었다. 얼굴이 온통 부어 오른 것처럼 보였다.

그러나 징푸는 자지 않고 있었다. 아마도 발걸음 소리를 듣고 갑자기 눈을 뜬 것 같았다. 등불 아래 비친 그의 두 눈에서는 이상하게도 처량한 빛이 흘러나왔다.

"편지가 왔나요?"

징푸가 물었다.

"아, 아니. 나야."

그는 깜짝 놀란 나머지 어찌할 바를 몰라 더듬거리듯 말했다.

"나는…… 내 생각에는 그래도 양의를 불러야 빨리 나을 것 같은데, 아직 오지 않고 있으니……."

징푸는 대답을 하지 않고 눈을 감았다. 그는 창가에 있는 책상 옆에 앉았다. 모든 것이 정적에 휩싸인 가운데 오직 환자의 거친 호흡소리와 탁상시계의 째깍거리는 소리만 들릴 뿐이었다.

갑자기 저 먼 곳에서 자동차 경적 소리가 들려왔다. 순간 그의 마음은 긴장되기 시작했다. 소리는 점점 가까워졌고, 자꾸만 가까이 들려왔다. 아마도 대문까지 오면 멈추려니 했지만, 그 순간 휙 지나치는 소리가 났다.

이런 경우를 여러 번 겪자 그는 경적 소리에도 여러 가지가 있다는 것을 알게 되었다. 어떤 것은 호루라기 소리 같은가 하면, 어떤 것은 북을 두드리는 소리 같았고, 또 어떤 것은 방귀를 뀌는 소리 같기도 했으며, 개가 짖는 소리 같기도 했다. 오리가 우는 소리 같은 것이 있는가 하면, 소가 우는 소리, 암탉이 놀라 꼬꼬댁거리는 소리, 또 흐느끼는 소리 같은 것도 있었다.

그는 갑자기 자기 자신이 원망스럽고 분했다. 왜 진작 관심을 갖고 푸 의사의 자동차 경적 소리가 어떠한지 파악해두지 않았단 말인가?

맞은편 집에 사는 사람은 아직 돌아오지 않았다. 여느 때처럼 연극을 보러 갔거나, 아니면 기생집[3]에 갔을 것이다. 그러나 이제는 밤도 매우 깊어 자동차 소리도 점차 줄어들고, 강렬한 은백색의 달빛만이 종이 바른 창문을 하얗게 비추고 있었다.

그는 기다림에 지친 나머지 심신의 긴장이 차츰 풀리기 시작했다. 이제 자동차 경적 소리는 신경 쓰지 않게 되었다.

그러나 그 틈을 타 어지러운 생각의 실마리가 고개를 쳐들기 시작했다. 그는 이번에 징푸에게 생긴 병은 틀림없이 성홍열이며 치료도 불가능함을 알 것 같았다.

그렇다면 집안은 어떻게 꾸려 나갈 것인가? 혼자서 짊어지고 가야 할 것인가? 비록 조그만 도시에 살고 있기는 하지만 모든 물가가 너무도 많이 올랐는데…….

여기에다 자기 자식 셋에 그의 자식이 둘이나 있다. 이놈들을 양육하는 것도 어려울 판인데 과연 학교에 보내 공부까지 시킬 수 있을까? 그렇다면 한두 녀석만 공부를 시키는 것은 어떨까? 그럴 경우, 물론 자기 자식인 캉얼(康兒)이 가장 똑똑하기는 한데. 그렇지만 사람들은 틀림없이 동생의 자식들을 박대했다고 욕을 할 것이다.

뒷일은 어떻게 처리한담? 관을 살 돈도 모자라는 판에 무슨 수로 고향 집까지 운구한단 말인가? 잠시 의장(義莊)[4]에 맡겨두는 수밖에 없지 않을까……

갑자기 먼 곳에서 발자국 소리가 들려왔다. 그는 즉시 몸을 일으켜 집 밖으로 나갔다. 알고 보니 맞은편 집에 사는 사람이었다.

"선제(先帝)께서는 백제성(白帝城)에서……"[5]

하면서 신이 나서 나지막하게 읊조리고 있었다. 그 소리를 들은 그는 실망감에 분노까지 겹쳐 뛰쳐나가 욕이라도 한바탕 퍼붓고 싶었다.

그렇지만 곧이어 그는 심부름꾼 녀석이 바람막이 유리가 달린 제등(提燈)을 들고 있는 것을 보았다. 등불은 뒤따라오는 가죽 구두를 비추고 있었다. 위쪽 희미한 불빛 속에 키가 훤칠한 사람이 하나 있었다. 흰 얼굴에 검은 턱수염을 하고서. 바로 푸티쓰 의사였다.

그는 마치 무슨 보물이라도 얻은 양 나는 듯이 뛰어나가 의사를 모시고 환자의 방으로 들어갔다. 두 사람은 모두 침대 앞에 섰다. 그는 등불을 들더니 비추어 보았다.

"선생님, 열이 나서……"

페이쥔이 숨이 차서 말했다.

"언제부터 그랬나요?"

푸티쓰는 두 손을 바지 앞주머니에 푹 찌르고는 환자의 얼굴을 응시하면서 천천히 물었다.

"그저께. 아, 아닙니다. 그…… 그그저께부터입니다."

푸 의사는 아무런 대꾸도 없이 맥을 살짝 짚어보았다. 그리고 또다시 페이쥔에게 등불을 높이 쳐들게 하더니 환자의 얼굴을 비추게 한 다음 자세히 살펴보았다. 그러고 나서 이불을 치우게 하더니 이번에는 그의 옷을 헤치게 하여 자신에게 보이도록 했다. 다 살펴보고 나서는 손가락을 펴서 배를 한 번 문질렀다.

"Measles……."

푸티쓰가 낮은 목소리로 혼잣말처럼 중얼거렸다.

"홍역인가요?"

그는 놀라움과 기쁨이 뒤섞여 목소리까지 떨리는 것 같았다.

"홍역입니다."

"바로 홍역이란 말이지요……?"

"예, 홍역입니다."

"너 아직 홍역도 안 했단 말이냐……?"

그가 기뻐하며 막 징푸에게 묻는 사이 푸 의사는 이미 책상 저쪽으로 가고 있었다. 그래서 그도 하는 수 없이 그 뒤를 따라갔다.

의사는 다리 한쪽을 의자 위에 올려놓고는 책상 위에 놓여 있던 편지지 한 장을 끌어 가져왔다. 그러더니 주머니 속에서 짤막한 연필 한 자루를 꺼내 책상 위에 대고는 알아보기 힘든 글자를 몇 자 휘갈겨 썼다. 바로 처방전이었다.

"약방은 이미 문을 닫지 않았을까요?"

페이쥔이 처방전을 받아 들면서 물었다.

"내일 해도 괜찮습니다. 내일 약을 복용토록 하세요."

"내일 한 번 더 보셔야 하지 않겠습니까……?"

"다시 볼 필요는 없습니다. 신 것, 매운 것, 너무 짠 것 따위만 먹지 않으면 됩니다. 열이 내리면 소변을 받아다 우리 병원으로 보내주시오. 검사 한번 해보면 좋습니다. 깨끗한 곳에, 유리병 속에 잘 담은 다음 겉에다 이름을 쓰기 바랍니다."

푸 의사는 그렇게 말하면서 걸어갔다. 5원짜리 지폐 한 장을 주머니에 찔러 넣더니 그길로 나가버렸다.

그는 배웅하러 나갔다. 푸 의사가 차에 오르고 출발하고 나서야 몸을 돌렸다. 그가 막 아파트 문으로 들어서려는데 등 뒤에서 'Go Go' 하는 소리가 두 번 들려왔다. 그제야 그는 푸티쓰 의사의 자동차 경적 소리가 소 울음소리 같다는 것을 알았다. 그러나 이제 와 그것을 안들 무슨 소용이 있을까 싶었다.

확실히 방 안의 등불마저 신이 난 듯했다. 페이쥔이 보기에 이제 만사가 다 처리되고 주위는 편안하기 그지없지만 웬일인지 마음속은 오히려 텅 빈 듯했다. 그는 뒤따라 들어온 심부름꾼에게 돈과 처방전을 건네주고는 내일 아침 일찍 메이야(美亞) 약국에 가서 약을 사 오라고 일렀다. 왜냐하면 그 약국은 푸 의사가 지정해준 곳이고 오직 그 집의 약만 가장 믿을 수 있다고 했기 때문이다.

"시내 동쪽의 메이야 약국이다! 반드시 거기 가서 약을 사야 한다. 똑똑히 기억해둬라. 메이야 약국이야!"

그는 집을 나서는 심부름꾼의 등 뒤에 대고 그렇게 말했다.

뜰은 온통 달빛으로 가득했다. 은빛처럼 새하얗게 비쳤다. '백제성에서'라고 노래 부르던 이웃 사람은 벌써 잠이 들었는지 사방이 매우 조용했다. 다만 탁자 위 자명종만이 신이 난 듯 규칙적으로 째깍째깍 소리를 낼 뿐이었다. 환자의 숨소리가 들려오기는 했지만 아주 정상이었다.

그는 자리에 앉은 지 얼마 지나지 않았지만 문득 또다시 신이 났다.

"이렇게 크는 동안 아직까지 홍역도 치르지 않았단 말이냐?"

그는 무슨 기적이라도 만난 것처럼 놀랍고도 신기해하며 물었다.

"……"

"하긴 너 스스로는 기억하지 못할 수도 있지. 이런 것은 어머니께 여쭤봐야 알 수 있는데."

"……"

"그런데 어머니는 여기에 안 계시니. 어쨌든 끝내 홍역을 치르지 않았단 말이지. 하하하!"

페이쥔이 침대에서 눈을 떴을 때 아침 햇살은 이미 종이 창문을 뚫고 들어와 그의 몽롱한 눈을 부시게 했다.

하지만 그는 당장 몸을 움직일 수가 없었다. 팔다리가 온통 힘이 빠져 무기력했고, 등줄기에는 아직도 얼음장같이 싸늘한 땀방울이 수없이 맺혀 있었다. 게다가 침대 앞에 얼굴이 온통 피범벅인 어린 아이 하나가 서 있는 것이 보였고, 자신은 막 그 아이를 때리려 하고 있었다.

그렇지만 그 광경도 순식간에 사라졌다. 그는 여전히 자기 방에서 혼자 자고 있었으며 다른 사람은 아무도 없었다. 그는 잠옷을 벗어 가슴과 등에 남아 있던 땀을 닦아내고 옷을 갈아입었다. 징푸의 방으로 갈 때 '백제성에서'라고 노래 부르던 옆집 사람이 마침 뜰에서 양치질을 하고 있는 모습이 눈에 들어왔다. 시간이 많이 지났음을 알 수 있었다.

징푸도 깨어나 눈을 뜬 채 침대에 누워 있었다.

"오늘은 어떠냐?"

그가 즉시 물었다.

"좀 좋아졌어요……"

"약은 아직도 안 사 왔나?"

"아직 안 사 왔어요."

그는 곧 책상 옆에 앉았다. 침대를 마주 보고 앉은 것이다. 징푸의 얼굴을 보니 이미 어제같이 그렇게 빨갛지는 않았다.

그렇지만 자신의 머리는 도리어 혼미스러워진 듯했다. 그러면서 꿈속의 단편들이 동시에 번쩍번쩍 마구 떠올랐다.

— 징푸도 바로 이렇게 누워 있었지만, 시체 한 구였다. 그는 서둘러 시체를 수습하여 관 속에 넣었다. 그런 다음 홀로 관을 등에 지고 대문 밖에서 곧장 안채까지 갔다. 장소는 마치 자기 고향 집 같았다. 낯익은 수많은 사람들이 옆에서 서로 칭찬해주고 있는 모습이 보였다……

— 그는 캉얼과 두 남매에게 학교에 가라고 명령했다. 그러자 남은 아이 두 녀석도 따라가겠다고 울고불고 소리 지른다. 그는 이제 울부짖는 소리에 시달린 나머지 견딜 수가 없었다. 그렇지만 동시에 자신이 최고의 권위와 엄청난 권력을 지니고 있다는 생각이 들기도 했다. 자기 손바닥을 보니 평소보다 서너 배나 커져 있었으며, 마치 주물로 만든 것처럼 보였다. 그는 그 손으로 허성(荷生)의 뺨을 후려갈긴다……

이와 같은 꿈의 흔적들이 습격해오는 바람에 그는 무서운 생각이 들었다. 자리에서 일어나 방 밖으로 나가고 싶었지만 도무지 몸을 움직일 수가 없었다. 그는 또한 이 같은 꿈의 흔적들을 꽉 눌러서 깡그리 잊어버리고 싶었다. 하지만 도리어 물속을 휘젓는 거위 털처럼 몇 바퀴 뱅뱅 돌다가 결국에는 수면 위로 다시 떠올랐다.

— 얼굴이 온통 피투성이가 된 채 허성이 울면서 들어왔다. 그는 신당(神堂)[6] 위로 훌쩍 뛰어올랐다……. 그 아이 뒤에는 낯익은 사

람들과 낯선 사람들 한 무리가 뒤따르고 있었다. 그는 그들이 모두 자신을 공격하기 위해 오고 있다는 것을 알았다⋯⋯.

— "나는 결코 양심의 가책을 받을 만한 짓을 한 적이 없습니다. 당신들은 아이들의 거짓말에 속아서는 안 됩니다⋯⋯."

그에게는 자신이 이렇게 말하는 소리가 들려왔다.

— 허성이 바로 자기 옆에 있다. 그는 다시 손바닥을 들어 가지고⋯⋯.

순간 그는 갑자기 꿈에서 깨어났다. 몸이 무척 피곤했으며 등줄기가 아직까지 차가운 느낌이 들었다. 징푸는 맞은편에 조용히 누워 있었다. 호흡이 가쁘기는 했지만 그래도 매우 고르게 유지했다. 탁상 위에 놓인 자명종이 더 큰 소리를 내면서 째깍째깍 가고 있었다.

그는 몸을 휙 돌려 책상을 마주하고 앉았다. 하얗게 먼지를 뒤집어쓴 모습만 보일 뿐이었다. 다시 얼굴을 돌려 종이 창문 쪽을 바라보았다. 그곳에는 달력이 걸려 있었는데 그 위에 칠흑같이 검은 두 글자가 예서(隸書)로 쓰여 있었다.

廿七(27).

심부름꾼이 약을 사 가지고 들어왔다. 그는 책 보따리도 하나 들고 있었다.

"그게 뭐지요?"

징푸가 눈을 뜨고는 물었다.

"약이야."

그도 얼떨떨한 가운데 깨어나 대답했다.

"아니, 그 보따리 말이에요."

"그런 거 신경 쓰지 말고 우선 약부터 먹어라."

그는 징푸에게 약을 먹이고 나서 그 책 보따리를 가져와 보면서 말했다.

"쒀스(素士)가 보내온 게로군. 틀림없이 네가 그에게 빌려달라고 했던 그 책 《Sesame and Lilies》[7]일 거야."

징푸가 손을 뻗어 그 책을 건네받았다. 하지만 겉표지를 한 번 보고 나서 책등에 박힌 금박 글자를 한 번 만져보더니 곧 머리맡에 두고는 아무 말 없이 눈을 감았다. 그리고 조금 있더니 신이 나서 나지막한 목소리로 말했다.

"병이 다 나으면 일부라도 번역해서 문화서관(文化書館)에 보내야 할까 봐요. 몇 푼에라도 팔아야겠어요. 그들이 채택해줄지 안 해줄지는 모르겠지만……"

이날 페이쥔은 평소보다 한참 늦게서야 공익국에 출근했다. 거의 오후가 다 되어갈 무렵이었다. 사무실은 진작부터 친이탕의 물담배 연기로 가득 차 있었다. 먼발치에서 보고 있던 왕웨성이 맞이하러 나왔다.

"어! 오셨군요. 동생분은 다 나았습니까? 제가 보기에는 그다지 걱정할 일은 아닌 것 같았는데. 돌림병 같은 거야 해마다 있는 일이니 크게 걱정할 것은 없잖아요. 마침 친이탕 영감님과 걱정하던 중이었습니다. 모두들 '왜 아직도 안 오지?' 하고 말하던 참이었지요. 이제 오셨으니 참 잘됐지 뭡니까! 그렇지만 어디 한번 봅시다. 당신 얼굴색이 좀…… 맞아요, 어제하고는 어딘가 좀 다른 것 같군요."

페이쥔도 사무실이나 동료들 모두가 어제와는 좀 다른 것 같다는 느낌이 들었다. 부러진 옷걸이며, 이 빠진 타호(唾壺, 침받이), 난잡하게 먼지를 뒤집어쓴 서류 더미, 다리가 부러진 낡고 긴 의자, 그리고 그 긴 의자에 앉아 물담배통을 든 채 기침을 하고 머리를 내저으며 탄식하는 친이탕…… 비록 이 모든 것들이 그가 익히 봐오던 것들이기는 해도 어딘지 어색했다.

"그놈들은 여전히 방 안에서부터 싸우기 시작해 대문에 이르기까지 싸웠다니까……"

"그러게 말입니다."

하고 웨성이 대꾸하면서 말했다.

"영감님, 내 말은 페이쥔 형한테 일어났던 그 일들을 그들에게도 말해줘야 한다는 겁니다. 그들을 잘 가르쳐야 해요. 만약 그렇지 않았다가는 당신 같은 늙은 영감쟁이들은 울화통이 터져 죽을지도 모른다고요……"

"셋째 놈이 그랬다는 거야 글쎄. 다섯째가 공채에 손을 댔다 손해를 본 그 돈은 공동으로 처리할 수가 없는 돈이라는 거야. 그러니 나도 마땅히…… 마땅히……"

이탕은 기침이 나서 허리를 굽혔다.

"정말이지 '사람의 마음이란 각각'이라더니……"

웨성은 이렇게 말하면서 얼굴을 페이쥔 쪽으로 돌렸다.

"그래, 동생분은 별 문제 없지요?"

"별일 없습니다. 의사 선생님 말씀이 홍역이라더군요."

"홍역이라고요? 맞아요, 지금 밖에 있는 아이들이 홍역 때문에 난리지요. 우리와 같은 울타리에 살고 있는 아이 녀석 셋도 죄다 홍역에 걸렸답니다. 그건 전혀 걱정할 것이 없어요. 하지만 당신 잘 보세요. 어제 당신이 다급해하던 그 모습, 옆에서 보고 있던 사람들은 누구나 감동하지 않을 수가 없더군요. 이것이야말로 진정 이른바 '화목한 형제'[8]라는 것이 아닐까요."

"어제 국장님은 출근하셨나요?"

"그분은 아직도 '황학(黃鶴)⁹처럼 행방이 묘연' 하답니다. 당신은 그저 출근부에 '출근' 이라고 한 번 써넣기만 하면 됩니다."

"마땅히 스스로 배상해야 한다는 거야."

이탕은 혼잣말처럼 중얼거렸다.

"그 공채란 놈은 정말 사람 잡는다고. 나는 전혀 이해할 수가 없어. 손을 대기만 하면 바로 걸려들게 마련이라는 거야. 어제도, 밤이 되니까 또 방 안에서부터 싸우기 시작하더니 대문에 이르기까지 싸웠지. 다섯째 놈 말로는 셋째 놈에게 학교에 다니는 아이가 둘이나 더 있기 때문에 공동의 돈도 그만큼 더 축내고 있다면서 식식거리는 거야……."

"정말 갈수록 더 혼미해지는군요!"

웨성이 실망스러운 듯 말했다.

"그래서 당신 형제들을 보면…… 페이쥔 군, 나는 정말 '감복' 그 자체라오. 맞아. 감히 말하지만 이건 당신 면전이라고 해서 칭찬하는 말이 결코 아니오."

페이쥔은 아무 말도 하지 않았다. 먼발치에서 사환이 공문을 가지고 오는 것을 보자 즉시 나가 맞으면서 건네받았다. 웨성이 뒤따라오더니 그의 손에 있는 공문을 들여다보고는 읽었다.

"'시민 하오상산(郝上善) 등이 청원합니다. 동쪽 교외에 신원 불명의 남자 시신 한 구가 죽어 넘어져 있습니다. 위생적으로 보나 공익적인 측면에서 보나 속히 관을 보내 매장할 수 있도록 분국(分局)에 명하여 행정 처리 해주시기를 청원합니다.'

제가 처리하겠습니다. 그러니 당신은 일찍 귀가하시지요. 보나마나 동생분 병환이 걱정될 테니까요. 당신들이야말로 진정 '할미새 같은 형제간의 우애'¹⁰를 자랑하고 있으니까요……."

"아닙니다!"

그는 손에서 서류를 놓지 않았다.

"제가 처리하겠습니다."

그러자 웨성도 더는 억지로 뺏어서 처리하려고 하지 않았다.

페이쥔은 이내 마음이 무척 편해진 듯 침착하고도 조용하게 자신의 책상 앞으로 갔다. 그리고 공문을 보면서, 한편으로는 손을 뻗어 녹이 슬어 시퍼렇게 얼룩진 먹통의 뚜껑을 열었다.

1925년 11월 3일

|주|

1 〈형제(兄弟)〉: 이 작품은 1926년 2월 10일 베이징의 반월간 잡지《망원(莽原)》 3기에 최초로 발표되었다.

2 불 종이 : 초산을 발라 불이 잘 붙도록 만든 종이로, 일명 도화지(導火紙)라고도 한다. 불을 붙일 때, 특히 물담배를 피울 때 불씨로 사용했다.

3 기생집 : 원문에서는 '차웨이(茶圍)'로 표현하고 있다. 옛날 차를 마시면서 기생과 함께 놀던 기원(妓院)을 말한다.

4 의장(義莊) : 자선사업이나 공익을 목적으로 영구(靈柩)를 맡아 보관해주는 곳.

5 선제(先帝)께서는 백제성(白帝城)에서…… : 경극(京劇) 〈실가정(失街亭, 街亭을 함락당하고서)〉에서 제갈량(諸葛亮)이 부르는 대사의 한 토막. 선제(先帝)는 유비(劉備)를 가리킨다. 이릉(夷陵)의 전투에서 오(吳)나

라 육손(陸遜)에게 패한 뒤 백제성(白帝城, 현 四川省 奉節縣 동쪽)에서 죽었다.

6 신당(神堂) : 조상의 위패나 영정을 모셔둔 곳. 일명 신감(神龕)이라고도 하는데 대체로 가정집 안채 정면에 설치한다. 우리의 신줏단지를 둔 곳과 비슷하다.

7 《참깨와 백합(Sesame and Lilies)》: 영국의 정치가이자 예술비평가이기도 한 러스킨(J. Ruskin, 1819~1900)의 강연 논문집이다.

8 화목한 형제 : 원문에는 '형제이이(兄弟怡怡)'라 했다. 《논어》〈자로편(子路篇)〉에 보인다. '이이(怡怡)'는 화기로운 모습, 친절한 모습을 뜻한다.

9 황학(黃鶴) : 중국 전설에서 선인(仙人)이 타고 다닌다는 황금색 학으로, 한번 나타났다 가면 다시는 돌아오지 않는다고 한다. '황학 같다'는 말은 종적을 감추었다는 뜻으로 쓰인다.

10 할미새 같은 형제간의 우애 : 원문에는 '척조영조재원(脊鳥令鳥在原)'이라 했다. '척조(脊鳥)'와 '영조(令鳥)' 둘 다 물가에 사는 새들로, 어려움에 처하면 무리가 함께 나서 도와준다고 한다. 여기서는 형제간에 문제가 있을 때 서로 힘을 합쳐 도와준다는 뜻으로, 《시경(詩經)》〈소아(小雅)당체편(常棣篇)〉에 보인다.

이혼離婚[1]

"어이쿠, 무(木) 아저씨! 새해 복 많이 받으세요, 돈도 많이 버시고요!"

"안녕한가, 바싼(八三)! 자네도 새해 복 많이 받게……!"

"예, 예, 새해 복 많이 받으십시오! 아이구(愛姑)도 여기 있었네……."

"예, 예, 무 할아버지……!"

쫭무싼(莊木三)과 그의 딸 아이구가 이제 막 무롄(木蓮) 다리 머리에서 나룻배에 올랐다. 배 안에서는 수많은 목소리가 일제히 웅성거리기 시작했다. 그중 몇몇은 두 손을 모으고 정중하게 인사를 하기도 했다.

이때 뱃전에 있는 판에도 네 사람 정도 앉을 수 있는 빈자리가 났다. 쫭무싼이 인사를 주고받으면서 그 자리에 앉더니 기다란 담뱃대를 뱃전에 기대어 놓았다. 아이구는 그의 왼쪽에 앉아 갈고리같이 만든 두 전족을 맞은편에 앉아 있던 바싼 쪽으로 뻗어 갖다 댄다. 영락없는 '여덟 팔(八)' 자 모양이 만들어졌다.

"무 영감님, 성안에 들어가시는 길입니까?"

게딱지 같은 얼굴을 한 자가 물었다.

"그건 아닐세."

무 영감은 약간 기운이 없는 것 같기도 했지만 본래 자줏빛 얼굴에 워낙 주름이 많던 터라 어지간히 큰 변화가 아니고서는 쉬이 눈치챌 수가 없었다.

"팡좡(龐莊)에 한번 다녀올 참이네."

온 배 안이 침묵에 젖어 있고 다들 그 두 사람만 쳐다보았다.

"아이고, 또 아이구의 일 때문에 가시는 게로군요?"

잠시 후에 바싼이 물었다.

"그렇다네……. 이 애 일 때문이지. 정말이지 나도 이젠 진절머리가 나네. 벌써 만 3년이나 난리를 쳤단 말이야. 그동안 얼마나 싸우고, 또 얼마나 화해를 했던지. 그런데도 아직까지 결말을 내지 못하고 있으니 원 참……."

"이번에도 웨이(慰) 나리 댁에 가시는 길인가요……?"

"그렇다네, 그 어른 댁으로 가지. 그 어른이 그놈들과 화해를 시키겠다고 한 것도 한두 번이 아니었네만, 나는 그때마다 거절했지. 그거야 뭐 그렇다 치고, 이번에는 그분 댁에서 설을 쇠면서 친척들이 한자리에 모인다더군. 그래서 성안에 계시는 일곱 번째 나리도 오신다 하고……."

"아니! 일곱 번째 나리라고요?"

그만 바싼의 눈이 휘둥그레졌다.

"그 노인장까지 나와서 이 일에 간여를 하시겠다는 건가요? 그것은…… 사실은 말이지요, 작년에 우리가 그 집 부엌을 모조리 때려 부쉈으니,[2] 어쨌든 화풀이는 한 셈이잖아요. 게다가 아이구가 그곳으로 돌아간다면, 사실은 말이지요, 뭐 별 재미는 못 볼 것 같은데요……."

그러면서 그는 눈을 내리깔았다.

"저도 그곳으로 다시 돌아가고 싶어서 그러는 게 결코 아니란 말이에요, 바싼 오빠!"

아이구가 화가 나서 머리를 꼿꼿이 치켜들고 말했다.

"사실은 나도 울컥해서 하는 말이에요. 오빠도 한번 생각해보세요. 그 '짐승 같은 아들놈'이 젊은 과부 년과 눈이 맞아서 나를 차버리려고 하니, 일이 그렇게 쉽게 풀릴 것 같나요? 또 '짐승 같은 아비'는 자식 놈 편만 들면서 역시 나를 내쫓으려고 하잖아요. 그렇지만 어림도 없지요!

일곱 번째 나리는 또 어떻다는 겁니까? 설마 그분이 군수 나리와 의형제간이라고 해서 사람으로서 해야 할 말을 안 해도 된다는 뜻은 아니겠지요? 그분은 웨이 나리처럼 '그저 헤어지는 것이 좋겠다, 헤어지는 것이 좋겠어!'라는 식으로, 꽉 막힌 말씀을 하실 분은 아니란 말이에요. 아무튼 저는 그분에게 요 몇 년간 제가 겪었던 어려움을 말씀드리고 그분이 누구보고 그르다고 하시는지 볼 참이에요!"

바싼은 설득을 당했는지 더는 입을 열지 않았다.

철썩철썩 뱃머리에 부딪히는 물소리만 들려올 뿐 배 안에는 깊은 정적만이 감돌았다. 쾅무싼이 손을 뻗쳐 담뱃대를 더듬더니 담배를 재어 넣었다. 그러자 대각선 맞은편, 바싼 옆에 앉아 있던 한 뚱뚱보가 주머니에서 부싯돌을 꺼내 부싯깃에 불을 붙여 대통 위에 얹어주었다.

"미안해요, 미안해."

무싼이 고개를 끄덕거리면서 말했다.

"뵙기는 처음입니다만, 무싼이라는 성함은 진작부터 들어서 알고 있었습니다."

똥똥보가 공손하게 말했다.

"그렇습니다, 여기 바닷가 열여덟 개 마을에서 그 사건을 모르는 사람이 누가 있겠습니까? 스(施) 씨네 아들 녀석이 과부와 눈이 맞아 놀아난다는 사실도 우리는 진작부터 알고 있었답니다. 작년에 무 아저씨께서 아드님 여섯을 데리고 몰려가서 그 집 부엌을 작살내버린 것을 두고 그르다고 말하는 사람은 아무도 없습니다……. 노인장 께서는 고관대작의 집을 마음대로 활개 치며 드나들 수 있는 분인데 그까짓 녀석들을 두려워하시겠습니까……!"

"아저씨는 정말 사리에 밝으시군요."

아이구가 기뻐서 말했다.

"비록 제가 누구이신지 모릅니다만……."

"저는 왕더궤이(汪得貴)라고 합니다."

똥똥보 사나이가 얼른 대답했다.

"나를 차버리겠다고? 어림도 없어요. 일곱 번째 나리든 여덟 번째 나리든 다 좋아요. 어쨌든 나는 한바탕 난리를 피워서 그놈들의 집안을 패가망신시키고 말 테니까요. 웨이 나리가 나를 네 번이나 달래지 않았겠어요? 아버지조차 그놈의 위자료를 보시더니 그만 머리가 돌고 눈이 아찔해졌잖아요……."

"저런 고약한 년이 다 있나!"

무싼이 나지막하게 말했다.

"그렇지만 제가 듣기로는 지난해 말에 스 씨네 집안에서 웨이 나리께 주연(酒宴)을 한 상 가득 차려 보내주었다면서요, 바 할아버지?"

게딱지처럼 생긴 자가 말했다.

"그것과는 별개의 문제지요."

하고 왕더궤이가 말했다.

"주연으로 사람을 현혹할 수가 있을까요? 만일 주연을 베풀어 사람을 현혹할 수만 있다면, 그보다 더 어마어마한 서양 요리 한 상을 보낸다면 어떻게 되겠소? 그분들처럼 학문을 하고 도리를 아는 사람들은 남을 위해서도 도리에 맞는 떳떳한 말만 한다고요.

예를 들어 누군가가 여러 사람에게 모욕을 당했다고 합시다. 그러면 그들이 나타나서 도리에 맞는 공정한 말을 하게 될 텐데, 이 때 술을 받아 마셨느니 안 마셨느니 따위는 아무런 영향을 끼치지 않잖아요? 지난해 말 우리 마을에 사시는 룽(榮) 나리께서 베이징에서 돌아오셨습니다. 이분은 스케일이 큰 경우를 겪은 분이라 과연 우리 같은 시골뜨기와는 다르더군요. 그런데 그분 말씀으로는, 그쪽에서 제일가는 분이라면 광(光) 마님을 꼽아야 한다더군요. 그런데 그분이 여간 딱딱한 분이 아니라서……"

"왕자후이터우(汪家匯頭)에서 내리실 손님은 내리세요!"

뱃사공이 큰 소리로 외쳤다. 배가 이미 멈추려 하고 있었다.

"여기 있어요. 나 내려요!"

뚱뚱보가 얼른 담뱃대를 움켜쥔 채 선창에서 뛰어나왔다. 그러고는 배가 가는 방향으로 걸어가더니 강기슭에 올랐다.

"아, 미안합니다. 미안해요!"

그는 그 와중에도 배 안에 있는 사람들을 향해 머리를 끄덕이면서 말했다.

배는 새로운 정적 속에서 계속 앞으로 미끄러져 갔다. 뱃머리를 때리는 물소리가 또다시 철썩철썩 들려왔다.

바쁜이 줄기 시작하더니 차츰 맞은편에 맞닿은 갈고리 같은 발을 향해 입을 쩍 벌렸다. 선창 앞쪽에 앉은 두 할머니는 낮은 목소리로 염불을 흥얼거렸다. 그들은 염주알을 만지작거리면서 아이구를 보다가 서로 얼굴을 마주 본 채 입을 삐죽거리며 고개를 끄덕이곤 했다.

아이구는 눈을 크게 뜬 채 배 천장을 바라보고 있었다. 아마도 그녀는 장차 어떻게 난리를 피워 가지고 스 씨네 녀석들의 집을 패가망신시키고, 또 어떻게 하면 그 '짐승 같은 아비'와 '짐승 같은 아들놈'을 막다른 골목으로 몰아넣을까 하는 궁리에만 빠져 있는 것 같았다.

웨이 나리 따위는 그녀의 안중에도 없었다. 두 번 만나보았지만 호박 대가리에다 난쟁이 같았다. 그런 사람이라면 아이구네 마을에도 수없이 많다. 다만 얼굴색만 그자보다 좀 더 검을 뿐이다.

좡무쌴의 담배가 벌써 다 타들어갔다. 대통 밑바닥에서 담뱃진 끓는 소리가 찌르찌르 하고 났지만 그는 계속 빨아대기만 했다. 그는 왕자후이터우만 지나면 그다음이 팡좡이라는 것쯤은 알고 있었다. 동구 밖에 서 있는 괴성각(魁星閣)[3]이 벌써부터 저 멀리 보이기 시작했다. 팡좡, 그는 이곳에 수도 없이 많이 와봤다. 뭐 그리 대단한 곳도 아니었다. 웨이 나리도 그렇고……

그는 딸이 울면서 돌아왔던 일, 또 사돈집과 사위가 얄미웠던 일, 그 뒤 그들에게 얼마나 골탕을 먹었는지 따위를 아직까지도 기억하고 있었다. 이런 생각을 하노라니 지나간 일들이 하나하나 눈앞에 전개되기 시작했다. 그리고 그 사돈집을 한바탕 골탕 먹였던 일만 생각하면 언제나 씁쓸한 웃음이 나오곤 했다.

하지만 이번만은 그렇지가 않았다. 어찌 된 영문인지 갑자기 뚱뚱한 일곱 번째 나리가 눈앞을 가로막고 나서면서 머릿속 장면들을 마구 헝클어놓는 것이었다.

적막한 가운데서도 배는 계속 앞으로 나아갔다. 다만 염불 외는 소리만 커졌을 뿐 그 밖의 모든 것은 쾅무싼과 아이구를 따라 깊은 상념에 잠긴 듯했다.

"무 아저씨, 자, 내리시지요, 팡챵에 도착했습니다."

무싼 일행이 뱃사공의 말소리에 놀라 깨어났을 때, 눈앞에는 이미 괴성각이 나타나 있었다.

무싼이 배에서 뛰어내리자 아이구도 뒤를 따랐다. 그들은 괴성각 밑을 지나 웨이 나리 집 쪽으로 걸어갔다. 남쪽으로 서른 집쯤 지나 다시 모퉁이를 한 번 돌면 바로 그 집이었다. 검은색 천을 친 뜸 배 네 척이 그 집 문 앞에 한 줄로 늘어서 있는 것이 멀리서도 보였다.

그들이 검은 기름칠을 한 대문에 들어서자 곧 문간방으로 안내되었다. 대문 뒤에는 이미 뱃사공과 머슴들이 식탁 두 개를 차지한 채 빽빽이 앉아 있었다. 아이구는 감히 그들을 쳐다볼 수가 없어서 그저 곁눈질만 했을 뿐이다. '짐승 같은 아비'와 '짐승 같은 아들놈'은 흔적조차 보이지 않았다.

일꾼들이 떡국을 들고 들어왔을 때, 아이구는 자신도 모르게 점점 더 초조하고 불안해지기 시작했다. 그녀 자신도 무슨 영문인지 통 알 수가 없었다.

'설마 그분이 군수 나리하고 의형제간이라고 해서 사람으로서 해야 할 말을 안 해도 된다는 뜻은 아니겠지.'

하고 그녀는 생각해보았다.

'학문을 하고 도리를 아는 사람들은 남을 위해서도 도리에 맞는 떳떳한 말만 한다지. 나는 일곱 번째 나리께 미주알고주알 다 말씀 드릴 테다. 내 나이 열다섯 살에 시집와서 며느리 노릇을 했을 때부터 시작해서······.'

떡국을 다 먹고 나자 그녀는 이제 때가 되었음을 알았다. 아니나 다를까, 얼마 안 있어 아이구는 아버지와 함께 머슴을 따라 대청을 지나서 또 한 번 모퉁이를 돌아 응접실 문지방을 넘어섰다.

응접실에는 많은 물건들이 있었지만 그녀는 그것들을 자세히 둘러볼 겨를도 없었다. 또한 그곳에는 많은 손님들이 와 있었는데 그녀의 눈에는 오로지 번쩍이는 붉고 푸른 비단 마고자만 보일 뿐이었다.

이들 중에서도 아이구의 눈에 제일 먼저 띄는 사람이 있었다. 그 사람이 일곱 번째 나리가 틀림없는 것 같았다. 비록 그 사람도 호박 대가리이기는 했지만 그래도 웨이 나리보다는 훨씬 더 풍채가 좋았다. 커다랗고 동그란 얼굴에 가느다란 두 눈과 새까맣고도 가느다란 수염을 달고 있었다. 또 정수리는 홀랑 벗겨졌지만 머리통과 얼굴은 혈색이 좋아서인지 무척 붉고 윤기마저 흘러 기름을 바른 듯 번쩍거렸다.

아이구는 그 모습이 무척이나 기이하게 여겨졌다. 하지만 금세 스스로 훤하게 해석이 되었다. 틀림없이 돼지기름을 발랐을 것이라고.

"이게 바로 '비색(屁塞)',[4] 곧 '항문막이'라고 하는 거지. 다시 말해 옛날에 사람이 죽어 염을 할 때 시신의 항문을 틀어막았던 거란다."

일곱 번째 나리는 조약돌같이 생긴 반들반들한 것을 손에 쥔 채 말을 하면서 자기 코 언저리에 갖다 대고는 두어 번 문질렀다. 그러면서 말을 이었다.

"아섭게도 출토된 지 얼마 안 된 '새것'이로군. 이런 것들은 살 수도 있지. 늦게 잡아도 한(漢)나라 때 것이라네. 자, 보게. 이것이 바로 '수은침(水銀浸)'이라는 것으로 수은을 발라서 생긴 반점 같은 것이라고……."

순간 '수은 반점' 주위로 머리가 몇 개 모여들었다. 물론 그 가운데 하나는 웨이 나리였고, 이 밖에 몇몇 젊은 나리들도 있었다. 다만 그들은 위세에 눌려 바짝 오그라든 빈대 꼴을 하고 있었다. 아이구는 그들이 그런 모습을 하고 있는 것을 전에는 본 적이 없었다.

아이구는 일곱 번째 나리가 한 말에서 마지막 부분은 잘 알아듣지 못했다. 하기야 듣고 싶은 생각도 없었거니와 '수은 반점' 따위는 그녀가 감히 관심을 가질 만한 것도 아니었다.

단지 그녀는 이 틈에 사방을 몰래 한 번 둘러보았다. 그랬더니 자신의 뒤편, 대문 옆 근처 담벼락에 그 '짐승 같은 아비'와 '짐승 같은 아들놈'이 바짝 붙어 있는 것이 보였다. 비록 얼핏 보기는 했지만 그래도 반년 전에 우연히 보았을 때보다는 확실히 늙고 수척해져 있었다.

곧이어 사람들은 '수은 반점' 주위에서 흩어졌다. 웨이 나리가 '항문막이'를 건네받더니 자리에 앉았다. 그는 손가락으로 그것을 문지르면서 쫭무쌴을 향해 얼굴을 돌리고 말했다.

"그래, 자네들 둘뿐인가?"

"그렇습니다."

"자네 자식들은 하나도 안 왔나 보군?"

"모두들 시간이 없어서 못 왔습니다."

"하기야 새해 정초부터 자네들을 오라고 한 것은 안됐네만, 그 일 때문에 말이야……. 자네들도 할 만큼은 했네. 벌써 2년도 더 되지 않았는가? 내 생각해보았네만, 원한은 푸는 것이지 맺는 것이 아니라네. 물론 아이구도 남편과 맞지 않을뿐더러, 더구나 시부모 마음에도 들지 않는다고 하니…….

역시 전에 내가 말했듯이 헤어지는 것이 좋을 것 같아. 나야 뭐 그리 체통 있는 사람이 아니라서 내 말이 통하지 않을 수도 있겠지. 그런데 일곱 번째 나리야 가장 공평한 판단을 내리시는 분이라는 것쯤은 자네들도 잘 알고 있지 않나? 지금 일곱 번째 나리의 생각도 그렇다고. 나와 똑같다네. 그러나 일곱 번째 나리는 이런 말씀도 하셨지. 곧 쌍방이 모두 불행이라고 생각하고 스 씨 집안에서 10원을 더 얹어 90원으로 하자고 말이야."

"……."

"90원이야! 설사 자네들이 고소를 해서 상감마마 앞에서 송사를 벌인다고 해도 이보다 더 많이 받지는 못할 걸세. 그래도 일곱 번째 나리쯤이나 되니까 그렇게 말씀하실 수가 있는 거라고."

일곱 번째 나리가 실눈을 뜨고는 쾅무싼을 보면서 머리를 끄덕거렸다.

아이구는 무엇인가 사태가 심상치 않게 돌아가고 있다는 것을 직감했다. 그는 평소 바닷가 사람들이 꽤나 무서워하는 자기 아버지가 웬일인지 이 자리에서는 단 한마디도 못하는 것이 무척이나 못마땅했다. 그녀는 절대로 그럴 필요가 없다고 생각했다.

아이구는 일곱 번째 나리라는 말을 듣고 나서 깨닫는 것이 있었다. 비록 잘은 모르겠지만, 그래도 그분이 전에 자기가 생각하던 것처럼 그렇게 무서운 사람이 아니라 사실은 너그러운 사람일지도 모른다는 생각이 왠지 들었던 것이다.

"일곱 번째 나리께서는 학식도 있고 도리에도 밝은 분이십니다. 그러니 매우 현명하시겠지요."

그녀는 용감해지기 시작했다.

"그래서 저희 같은 시골뜨기와는 다르시겠지요. 저는 억울한 사정이 있어도 하소연할 곳이 없었습니다. 그래서 일곱 번째 나리를 찾아와서 말씀드리고자 하는 것입니다. 저는 시집온 그날부터 정말 이지 행동거지를 다소곳이 했으며, 한 번도 예의에 어긋난 짓을 한 적이 없었습니다. 그런데도 저 사람들은 사사건건 저를 흠잡고 적대시했습니다. 그들은 하나같이 '살기등등한 종규(鐘馗)'5와도 같았습니다.

그해 일만 해도 그렇지요. 족제비가 다 큰 수탉을 물어 죽인 적이 있었는데, 그게 왜 제가 닭장 문을 잘 닫지 못해서 그랬다는 겁니까? 그거야 죽일 놈의 개새끼가 닭 모이를 훔쳐 먹으러 들어갔다가 닭장 문을 열어뒀기 때문이 아니겠습니까? 그런데도 그놈의 '짐승 같은 아들놈'은 사정도 헤아리지 않고 다짜고짜 제 뺨부터 후려치지를 않았겠습니까……."

그러자 일곱 번째 나리가 아이구를 힐끗 쳐다보았다.

"물론 저는 그것이 다 까닭이 있다고 알고 있습니다. 이것도 일곱 번째 나리의 현명하신 판단에서 벗어나지 못할 것입니다. 학식이 있고 도리가 분명한 사람은 모르는 것이 없기 때문이지요. 그것은 바로 그놈이 화냥년에게 빠져 저를 내쫓으려고 그랬던 것입니다. 저는 육례(六禮)6를 다 갖추고 시집온 사람입니다. 꽃가마까지 타고 왔다고요! 제가 그렇게 순순히 물러날 것 같습니까……?

저는 어떻게든 그놈들에게 본때를 보여주고 말 것입니다. 소송을 거는 것도 겁나지 않습니다. 군청에서 안 되면 부청(府廳)까지 가서라도……."

"그 일에 대해서는 일곱 번째 나리도 다 잘 알고 계시네."

웨이 나리가 얼굴을 들고 이어서 말했다.

"아이구, 네가 만일 생각을 바꾸지 않는다면 좋은 일이 없을 게다. 너는 왜 늘 그 모양이냐? 네 아버지를 봐라. 그래도 사리를 어느 정도는 알고 있잖니. 그런데 너하고 네 오빠나 동생들은 하나같이 네 아버지보다도 못해. 그래, 부청까지 송사를 끌고 간다면 관청에서는 일곱 번째 나리에게 묻지 않을 것 같은가? 그런 상황이 되고 나면 인정사정 볼 것 없이 그야말로 '법대로' 처리할 수밖에 없을 테니 그때는……. 너는 아예 국물도 없다고……."

"그러면 저도 목숨을 걸고 끝까지 해보겠습니다. 양쪽 모두 패가망신하겠네요."

"목숨까지 걸고 할 일은 아니란다."

그제야 일곱 번째 나리가 천천히 입을 열었다.

"나이도 젊은 사람이 좀 사근사근해야지. '화기로운 얼굴에 재물이 든다'는 말이 있지. 그래? 안 그래? 내가 단번에 10원이나 덧붙인 것 자체가 벌써 '하늘도 놀랄 만한 경우'에 속하는 거란다. 그렇지 않다손 치더라도, 시어머니가 '나가!'라고 하면 나가야지 어떻게 하나! 이곳 부청은 고사하고 상하이나 베이징, 아니 서양 어디를 가도 다 같은 법이라고. 그래도 정 못 믿겠거든 바로 저 사람이 방금 베이징의 서양 학교에서 돌아왔으니 네가 가서 직접 한번 물어보거라."

그러고는 얼굴을 아래턱이 뾰족한 젊은 나리 쪽으로 돌리면서 말했다.

"그런가? 안 그런가?"

"정말 그렇습니다."

그 아래턱이 뾰족한 젊은 나리가 황급히 몸을 곧추세우고 낮은 목소리로 공손하게 대답했다.

아이구는 이제 자신이 완전히 고립되었다는 생각이 들었다. 아버지는 아무 말도 안 하고 있는 데다 오빠들은 감히 오지도 못했다. 웨이 나리도 사실은 그놈들을 도왔던 사람이고, 일곱 번째 나리도 믿을 수가 없는 사람 같지 않은가. 여기에다 아래턱이 뾰족한 젊은 나리조차 말라빠진 빈대처럼 주눅이 들어 기어드는 목소리로 맞장구나 치고 앉았으니…….

그녀는 머리가 혼란스러워졌다. 그렇지만 그런 와중에도 최후까지 분투하고야 말겠다는 결심을 하려는 것 같았다.

"어떻게 일곱 번째 나리조차 그러실 수가……."

아이구의 눈에는 놀라움과 회의, 그리고 실망의 빛이 역력했다.

"낮습니다……. 저는 알고 있어요, 저희같이 무식한 사람들은 아무것도 몰라요. 다만 저는 제 아버지를 원망하고 싶군요. 세상 물정은 털끝만큼도 모르고 나이가 드니 이제는 멍청하기까지 합니다. 그러니 저 '짐승 같은 아비'와 '짐승 같은 아들놈'이 하는 대로 휘둘릴 수밖에 없지요. 그리고 저놈들은 마치 상갓집 부고를 돌리기라도 하듯 서둘러 개구멍을 파고 들어가서는 나쁜 놈들과 작당이나 하고 있으니……."

"일곱 번째 나리님, 어디 한번 생각해보십시오."

그녀의 뒤에서 묵묵히 서 있던 '짐승 같은 아들놈'이 갑자기 말문을 열었다.

"저 여자는 지금 일곱 번째 나리님 앞에서도 이 모양입니다. 그러니 집에서는 오죽했겠습니까. 얼마나 난리를 피워대던지 개돼지까지 벌벌 떨었다니까요. 제 아버지를 '짐승 같은 아비'라고 부르지를 않나, 입만 벌리면 저를 '짐승 같은 아들놈'이라느니 '화냥년의 새끼'라고 부른답니다."

"그 갈보 같은 청상과부 년이 네놈을 '화냥년의 새끼'라고 부르

244

지 않았나?"

아이구는 얼굴을 돌려 큰 소리로 퍼붓고는 이내 일곱 번째 나리
를 보면서 말했다.

"저 역시 여러분 앞에서 드릴 말씀이 있답니다. 저놈은 어디 저
한테 점잖게 대한 줄 아시나요? 말끝마다 '더러운 년'이라느니 '제
어미가 어떻다'느니, 그러다가 그 화냥년과 눈이 맞아 놀아나면서부
터는 제 조상까지 들먹거리면서 갖은 욕설을 다 늘어놓았답니다. 일
곱 번째 나리님, 그러니 제발 저에게 옳고 그름을 좀 가려주십시오.
도대체 이게……."

그녀는 몸을 부르르 떨더니 황급히 입을 다물고 말았다. 갑자기
일곱 번째 나리가 두 눈을 치켜뜨더니 그 보름달처럼 동그란 얼굴을
위로 쳐드는 모습을 보았기 때문이다.

그와 동시에 가늘고 기다란 수염으로 둘러싸인 입가에서 높고 길
게 끄는 듯한 목소리가 터져 나왔다.

"이리 오너라……!"

하고 일곱 번째 나리가 말했다.

아이구는 심장이 멎는 듯했다. 그러더니 이내 다시 마구 뛰는 것
같았다. 대세는 이미 물 건너갔고 상황도 크게 변한 것 같다는 느낌
이 들었다. 마치 발을 헛딛는 바람에 물속에라도 풍덩 빠진 것 같았
다. 그렇지만 그녀는 자신이 잘못했다는 것을 알았다.

말이 떨어지기가 무섭게 하늘색 두루마기에 검정 조끼를 입은 남
자가 들어오더니 일곱 번째 나리 앞에 우뚝 섰다. 두 손을 내리고 허
리를 곧추세운 모습이 마치 나무 몽둥이 같았다.

응접실 전체가 '쥐 죽은 듯이' 고요해졌다. 일곱 번째 나리가 입
을 움직였지만 그가 무슨 말을 하는지 아무에게도 잘 들리지가 않았

다. 그러나 그 남자만은 이미 다 알아들은 모양이었다. 곧 그 명령의 위력이 마치 골수까지 깊이 파고들었다는 듯 몸을 두어 번 추스르더니 '모골이 송연해진' 것 같은 표정을 지으면서 대답했다.

"예."

그는 뒷걸음으로 몇 발자국 물러나더니 곧 몸을 돌려 밖으로 나 갔다.

아이구는 이제 곧 생각지도 못했던 일이 벌어지리라는 것을 알고 있었다. 그것은 꿈에도 생각해보지 못한 일이며, 또 사전에 막아낼 수도 없는 일이리라.

그녀는 그제야 비로소 일곱 번째 나리가 정말로 위엄 있는 분이 라는 것을 깨닫게 되었다. 지금까지는 자신이 오해한 나머지 함부로 방자하게 굴었을 뿐만 아니라 너무 거칠었다는 것도 알게 되었다.

그녀는 몹시 후회한 나머지 자신도 모르게 말이 튀어나왔다.

"저는 원래부터 일곱 번째 나리의 말씀대로 따르려고 했었습니 다……."

또다시 응접실 전체가 쥐 죽은 듯이 고요해졌다. 그녀의 말이 비 록 실낱처럼 가냘팠지만 웨이 나리에게는 천둥소리처럼 들렸다. 그 가 뛸 듯이 벌떡 일어났다.

"맞아! 일곱 번째 나리는 정말로 공평하신 분이다. 아이구 너, 참 사리에 밝구나!"

그는 한바탕 칭찬을 늘어놓더니 이내 쫭무싼에게 말했다.

"쫭 영감, 자네야 무슨 더 할 말이 있겠는가. 자네 딸이 이미 다 대답했으니 말일세. 홍록첩(紅綠帖)[7]도 틀림없이 모두 가져왔겠지. 내가 진작 통지해두었으니. 그렇다면 다 가져와보게……."

아이구는 아버지가 호주머니에 손을 넣더니 무엇인가 꺼내는 것을 보았다. 나무 몽둥이 같은 그 남자도 들어오더니 조그마한 거북이처럼 생긴 새까맣고도 납작한 물건[8]을 일곱 번째 나리에게 건네주었다.

아이구는 뭔가 일에 변고가 생긴 것은 아닐까 하고 두려운 마음에 얼른 쾅무싼을 쳐다보았다. 그는 이미 차 탁자 위에 하늘색 무명 보자기를 펼쳐놓고는 은화를 꺼내고 있었다.

일곱 번째 나리도 조그마한 거북이의 머리통 부분을 뽑더니 몸통을 뒤집어 그 안의 무언가를 약간 손바닥에 쏟아냈다. 그러자 나무 몽둥이 같은 남자가 얼른 그 납작한 물건을 받아 들었다. 그 즉시 일곱 번째 나리가 손가락 하나로 손바닥에 있는 것을 찍어 가지고는 자기 콧구멍 속으로 두어 번 밀어 넣었다. 그러자 콧구멍과 인중이 금세 누렇게 바뀌었다. 재채기를 하려는 듯 연신 코를 벌렁거렸다.

쾅무싼은 은전을 세고 있었다. 웨이 나리는 아직 세지도 않은 동전 꾸러미에서 얼마를 떼어내더니 그 '짐승 같은 아비'에게 돌려주었다. 그러고는 홍록첩 두 장을 서로 바꾼 다음 양쪽으로 밀어주면서 중얼거렸다.

"다들 잘 챙겨두시오. 쾅 영감, 맞는지 잘 세어보시오. 이거 장난이 아니란 말이오. 돈하고 관계되는 일이라……."

"에춰!"

하는 소리가 들렸다. 아이구는 일곱 번째 나리가 재채기를 했다는 것을 뻔히 알면서도 자신도 모르는 사이에 돌아보았다. 일곱 번째 나리가 입을 벌린 채 여전히 코를 벌렁거리면서 다른 쪽 손의 두 손가락으로 무엇인가를 집어 들더니 콧방울을 문지르고 있었다. '옛날 사람들이 염을 할 때 시신의 항문을 틀어막았던' 그것이었다.

가까스로 쾅무싼이 돈을 다 세었다. 그러자 쌍방이 각자 홍록첩도 거두어들였다. 모두들 척추뼈를 쭉 펴는 것 같았다. 지금까지 잔뜩 긴장했던 얼굴도 펴졌고, 응접실 전체가 일순간 화기애애해졌다.

"좋소! 이제 일이 원만하게 잘 해결되었소이다."

쌍방이 헤어지려는 기색을 보이자 웨이 나리가 한숨을 푹 쉬면서 말을 하고는 다시 이었다.

"그렇다면 이제야 별일이 없겠지. 다들 축하하오. 그동안 맺혔던 매듭을 풀었으니. 아니, 자네들 가려고 그러는가? 아, 아, 가지 말게. 우리 집에 가서 새해맞이 축하주나 한잔 마시자고. 오늘 같은 날이 어디 자주 있겠는가."

"저희들은 마시지 않겠습니다. 남겨두시지요. 내년 새해에 다시 와서 마시겠습니다."

하고 아이구가 말했다.

"고맙습니다, 웨이 나리. 저희는 마시지 않겠습니다. 아직 볼 일이 있어서요……"

좡무싼과 '짐승 같은 아비', '짐승 같은 아들놈'이 다들 한마디씩 하면서 공손하게 물러 나왔다.

"어? 어떻게 된 거야? 한잔하러 가지 않을 셈인가?"

웨이 나리가 맨 나중에 나가는 아이구를 주시하면서 말했다.

"예, 그래요. 안 마시겠습니다. 웨이 나리, 고맙습니다."

1925년 11월 6일

|주|

1 〈이혼(離婚)〉: 이 작품은 1925년 11월 23일, 베이징의 《어사주간》 54기에 최초로 발표되었다.

2 옛날 중국 사오싱(紹興) 일대의 농촌 지역에서는 민간에서 다툼이 생겼을 때 상대방의 부엌을 때려부숨으로써 화풀이를 하는 풍속이 있다. 물론 상대방에 대한 최대의 복수라고 여겼다.

3 괴성각(魁星閣): 괴성(魁星)을 모시는 누각. 괴성은 중국 고대 천문학에서 말하는 28수(宿) 중 하나인 규성(奎星)의 속칭이다. 한(漢)나라 때 사람이 썼다고 하는 위서(緯書) 《효경수신계(孝經援神契)》에 '규성이 문필의 흥성을 주재한다(奎主文昌)'라는 구절이 최초로 보인다. 이때부터 규성은 과거(科擧)와 문운(文運)의 성쇠를 주관하는 신으로 여겨져왔다.

4 비색(屁塞): 옛날 사람이 죽으면 조그마한 옥돌이나 돌 따위로 고인의 입이나 귀, 코, 항문 등을 틀어막는 풍습이 있었다. 그렇게 해야만 시체가 장기간 부패하지 않는다고 믿었다.

이때 항문을 틀어막는 것을 '비색'이라고 했다. 또 부패를 방지하기 위해 시신에 수은을 바르기도 했다. 이 때문에 함께 출토된 금이나 옥 등의 부장품에 반점이 나타나곤 했는데 그것을 '수은침(水銀浸)', 곧 수은 반점이라고 불렀다.

5 살기등등한 종규(鐘馗): 옛 소설 《착귀전(捉鬼傳)》에 따르면, 종규는 당나라 때 수재(秀才)로 장원에 뽑혔다. 그런데 너무 못생겨 황제가 다시 선발하려 하자 격분한 종규가 벽력같이 화를 내면서 스스로 목을 베어 죽었다. 이 때문에 민간에서는 '살기등등한 종규'라는 말이 못생긴 얼굴이나 흉상을 뜻하게 되었다.

6 육례(六禮): 혼례를 치를 때의 여섯 가지 의식. 즉 납채(納采)·문명(問名)·납길(納吉)·납정(納征)·청기(請期)·친영(親迎) 등으로 《의례(儀

禮)》〈사혼례(士昏禮)〉편에 보인다. '육례를 갖추었다' 함은 정식으로 떳떳하게 혼례를 갖추어 시집을 온 '정실'이라는 뜻이다.

7 홍록첩(紅綠帖) : 옛날 남녀가 약혼을 할 때 양가에서 교환했던 단자(單子). 우리의 사주단자와 같다.

8 조그마한 거북이처럼 생긴 새까맣고도 납작한 물건 : 비연호(鼻烟壺)를 말한다. 옛날에는 코로 분말 형태를 흡입하는 식으로 담배를 피기도 했는데 이를 '비연(鼻烟, 코담배)'이라고 하며, '비연호'는 분말을 담아두던 납작하고 조그만 병을 일컫는 말이다.

작가와 작품 세계

　루쉰(魯迅)은 1881년 9월 25일, 저장성 사오싱부(紹興府)에서 부친 저우펑이(周鳳儀)와 모친 루(魯) 씨 사이에 장남으로 출생했다. 본명은 저우수런(周樹人), 자는 위차이(豫才)다. 그가 다섯 살 되던 해 동생 저우쮜런(周作人)이 태어났고, 일곱 살 때부터 가숙(家塾)과 서옥(書屋)을 다니면서 구학문을 익혔다. 그의 집안은 논 만여 평을 소유할 만큼 넉넉한 편이었으나 그가 열다섯 살 때(1896년) 부친이 타계하자 가세가 기울었다.

　1898년 5월, 구학문을 버리고 난징으로 가 강남수사학당(江南水師學堂)에 입학했다가 이듬해 부설학교인 광무철로학당(礦務鐵路學堂)으로 전학했다. 1902년 1월, 광무철로학당을 졸업한 그는 국비 유학생으로 일본에 가게 된다. 일본 메이지유신(明治維新)의 원동력이 의학에 있었음을 알고 의학 공부를 결심, 1904년 4월에 홍문학원(弘文學院)을 졸업하고 그해 9월 도쿄를 떠나 센다이(仙臺)의 학전문학교에 입학했다. 이 무렵부터 사상적으로는 혁명파에 속하여 반청(反淸) 혁명 단체인 광복회(光復會)에도 소속되었다.

　1906년 강의 시간에 중국 동포가 처형되는 장면을 담은 시사 영화를 보고 충격을 받은 그는 질병을 치유하는 것보다 국민의 정신을 개혁하는 것이 급선무라고 여기고, 센다이의학전문학교를 중퇴한 후 문예 활동을 하기로 마음먹는다. 그해 7월 일시 귀국하여 주(朱) 씨와 결혼한 후 아우 쩌런과 함께 다시 일본으로 건너가서 문예 활동을 시작했다.

1909년 아우와 함께 동부 여러 나라의 단편을 번역한 《역외소설집(城外小說集)》을 공역으로 출판하고 8월에 귀국, 저장의 양급사범학당(兩級師範學堂)에서 생리학과 화학을 가르치다 사임한 뒤, 1911년 11월에 시오싱 사범학교 교장에 취임, 12월에는 습작 소설 〈회구(懷舊)〉를 발표했다. 1912년 1월, 혁명정부가 난징에 수립되자 당시 교육부장(교육부장관) 차이위안페이(蔡元培)의 요청에 따라 교육부 관리가 되어 베이징에서 근무했으며 후에 첨사(僉事)를 지냈다.

1918년 38세 되던 해 최초의 소설 〈광인일기(狂人日記)〉를 《신청년(新靑年)》에 발표함으로써 본격적인 창작 활동에 들어가 이듬해에는 〈공을기(孔乙己)〉와 〈약(藥)〉을, 1921년에는 〈고향(故鄕)〉과 〈아Q정전(阿Q正傳)〉 등을 발표했다. 〈광인일기〉와 〈아Q정전〉은 중국 사회와 민중의 현실을 그린 소설로, 중국 근대문학의 출발점을 마련한 뜻깊은 작품이었다.

또한 이 무렵 베이징대학에서 실시한 강의 '중국소설사략(中國小說史略)'은 소설사 연구 분야를 개척한 것으로 오늘날까지 고전적 가치를 지닌다. 또한 그는 '미명사(未名社)', '어사사(語絲社)' 등의 문학단체에 의한 문학운동을 일으킴과 동시에 청년 문학자를 지도하는 데도 힘썼다.

1923년 최초의 소설집 《눌함(吶喊)》을 출판했고, 2년 뒤 재직하고 있던 베이징 여자사범대학이 강제 해산되자 반외운동에 참가했다는 이유로 교육부 첨사직에서 파면당했다. 같은 해에 소설집 《고독자(孤獨者)》, 《상서(傷逝)》, 평론집 《열풍(熱風)》을 출간했다.

1926년 군벌정부에 의한 학생과 시민 데모 사살 사건을 계기로 그는 샤먼(厦門)을 거쳐 광둥으로 옮겼다.

1927년 광둥 중산대학(中山大學)에서 교편을 잡으면서 평론집 《분(墳)》 등을 계속 발표했고, 후에 반정부 학생 체포에 항의해 중산대학을 그만두고 상하이로 옮겨와 쉬광핑(許廣平)과 재혼한 뒤 줄곧 문필 생활에만 몰두했다. 상하이에서는 혁명문학파에게 소부르주아 문학자라고 공격을 받았지만 그들의 관념성을 예리하게 비판했다. 그의 사상과 문학은 현실에 대한 투철한 인식과 민중에 대한 절실한 관심에 차 있었다. 그는 반(半)봉건, 반식민지적 현실에서 눈을 돌리고, 구미를 좇는 근대주의와는 대치되는 자리에 섰다. 동시에 그는 외국의 사상과 문화를 치밀하고 확실하게 번역하고 소개하는 것을 중시했다.

1929년 49세 때는 목각(木刻) 등 근대 회화를 소개하기 위해 '조화사(朝花社)'를 일으켰으며, 창작과 동시에 해외 문학 번역에도 힘써 플레하노프, 체호프, 고골리 등의 작품을 소개하기도 했다.

1936년 역사소설집인 《고사신편(故事新編)》을 출판했으나 그해 3월부터 지병인 결핵으로 고생하다가 병세가 악화되어 결국 10월 19일에 향년 56세로 타계했다. 그의 유해는 상하이의 만국공원(萬

國公園)에 묻혔다.

그는 일생 동안 끊임없는 집필 활동을 통해 실로 방대한 저술과
번역서를 남겼다. 이처럼 양적으로나 질적으로 커다란 문학적 성
취를 이룬 그에게는 중국 현대문학의 창시자라는 영광스러운 칭호
가 주어졌지만, 무엇보다도 그를 돋보이게 하는 것은 그의 깊은 사
상과 열렬한 혁명 정신이다. 그는 숨기고 싶었을지도 모르는 중국
의 피의 역사와 중국인의 추잡함, 격변과 소용돌이에 휩싸인 근대
이후 중국 사회의 모습을 거리낌 없이 있는 그대로 그려내고 중국
인의 정신세계를 가식이나 에누리 없이 투명하게 펼쳐 보인다. 그
는 자신의 작품을 통해 중국인의 반봉건적인 사상을 계도(啓導)하
고 중국 인민의 투쟁을 반영해 보여주었으며, 앞으로 중국이 나아
가야 할 길, 중국 근대화의 길을 선구적으로 제시한 용감하고 개혁
적인 인물이었다. 그렇기 때문에 그의 작품은 중국뿐만 아니라 세
계적으로 인정을 받았으며, 지금까지도 많은 청년들의 가슴에 뜨
거운 불을 지핀다.

이처럼 모든 허위를 거부하며, 정신과 언어의 공전(空轉)이 없는,
어디까지나 현실에 뿌리를 박은 강인한 사고(思考)가 뚜렷이 부각
되어 있는 그의 문학과 사상은《루쉰 전집》(1938)과《루쉰 30년집》
(1941)에서 총망라되었다.

루쉰의 두 번째 소설집인《방황》은 11편의 단편소설을 수록하여
1926년에 출판되었다. 여기 실린 작품들은 1924년에서 1925년에
이르는 기간에 집필된 것으로 5·4운동 퇴조기의 시대적 배경 아래

쓰였으며, 중국 근대화 과정의 격변하는 사회 현실과 민중의식을 가식 없이 반영하고 있으며 근대화를 위한 계몽사상의 고취로 점철되어 있다.

루쉰은 당시 농촌 사회의 비참한 생활과 여성에 대한 봉건사상의 속박을 폭로하고, 피압박 여성의 비참한 운명을 동정하며 그녀들의 봉건질서에 대한 회의를 반영한 〈축복〉과 〈이혼〉, 한때는 높은 이상을 품었으나 사회에서 소외되어 몰락해가는 지식인의 모습을 그린 〈술집에서〉〈고독한 사람〉〈죽음을 슬퍼함〉, 이상과 현실 사이에서 갈등하다 결국 현실과 타협하고 사는 속물 지식인을 풍자한 〈행복한 가정〉〈비누〉〈까오 선생〉, 구경거리를 좋아하는 민중의 근성을 그린 〈조리돌리기〉 등에서 전통에 대해서 이야기할 뿐만 아니라 그 전통 비판을 통해서 중국 국민이 획득하고 있는 근대성에 대한 깊은 성찰과 지식인의 각성을 촉구하고 있다.

루쉰, 그는 한 시대를 풍미한 거대한 작가였다. 중국이 몰락의 나락에서 허우적대던 때에 태어나 신해혁명이라는 격동기를 겪으면서 병들어 있던 당시 사회를 유감없이 질타했다.

봉건사회의 병폐를 뿌리 뽑고 고통에 신음하는 사람들을 구하기 위해서 그는 의학 대신 문학을 선택했다. 썩어 있는 정신을 도려내기 위해 주저하지 않고 필설을 휘두른 것이다. 그것은 사그라져가는 중국을 '회생'시키기 위한 '외침'이었다.

옮긴이 **정석원**

경북 상주에서 태어나 다섯 살 때부터 조부에게서 한학(漢學)을 익혔다.
1978년 연세대학교 중문과를 졸업하고,
國立臺灣 師範大學 國文研究所에서 석사(문자학 전공, 1983) 학위를,
臺灣 東吳大學 中文研究所에서 박사(한중문화교류 전공, 1991) 학위를 받았다.
현재 한양대학교 교수로 재직 중이며 중국의 문화와 한자를 알리는 데
힘쓰고 있다.
지은 책으로《재미있는 漢字旅行》1·2,《新千字文》,《部數로 통달하는 漢字》,
《지혜를 열어주는 故事成語 120》,《문화가 흐르는 한자》등이 있고,
번역한 책으로는 루쉰《아Q정전·광인일기》, 위앤커《중국의 고대신화》
등이 있다.

방황

1판 1쇄 발행 2012년 9월 28일
1판 2쇄 발행 2021년 1월 1일

지은이 루쉰 | 옮긴이 정석원
펴낸곳 (주)문예출판사 | 펴낸이 전준배
출판등록 1966. 12. 2. 제 1-134호
주소 03992 서울시 마포구 월드컵북로 6길 30
전화 393-5681 | 팩스 393-5685
홈페이지 www.moonye.com | 블로그 blog.naver.com/imoonye
페이스북 www.facebook.com/moonyepublishing | 이메일 info@moonye.com

ISBN 978-89-310-0717-6 03820

(뒷면 계속)